Robert Richardson

BRETTER, DIE DEN TOD BEDEUTEN

KRIMINALROMAN

Aus dem Englischen von
Reinhard Ulbrich

Verlag Volk & Welt
Berlin

Titel der englischen Originalausgabe
The Latimer Mercy

First published by Victor Gollancz Ltd, London

MEINER MUTTER

Daß es St. Albans gibt, steht außer Frage, daß Vercaster dieser Stadt auffallend ähnelt, wird eingeräumt, daß die Figuren und Ereignisse des vorliegenden Buches frei erfunden wurden, ist sicher.

ERSTES KAPITEL

»Meine liebe Rebecca«, sagte Augustus Maltravers, »du bist ein Kind, bei dem man anfängt, über die möglichen Vorzüge des Zölibats nachzudenken.«

Seine drei Jahre alte Nichte ignorierte diesen gelungenen Aphorismus, an dem er mehrere Minuten lang im Geiste gebastelt hatte. Zufrieden nahm sie seinen Druckkugelschreiber auseinander, der einen größeren Reiz ausübte als die verstreute und verschmähte Sammlung raffinierter Spielzeuge, in denen sich Bildung und Unterhaltung verbanden. Zu ihrem großen Vergnügen sprang die Feder mit einem leisen »Bing« heraus, und unerklärlicherweise zeigte sich auf der Hand des Kindes ein weiterer Tintenstrich. Die Feder hatte bei ihrem Abgang anscheinend einen Selbstzerstörungsmechanismus ausgelöst, durch den nun das ganze Schreibgerät in seine Einzelteile zerfiel. Rebeccas Mutter Melissa kam wieder in die Küche, erfaßte augenblicklich die Situation und tat, was erforderlich war. In einer einzigen Bewegung nahm sie das Kind mit dem Arm hoch, setzte es in ein zuvor demoliertes gelbes Plastikbauwerk und stieg gekonnt über die verschiedenen Trümmer hinweg zum Waschbecken.

»Dinge wie Kugelschreiber sollst du ihr nicht geben, Augustus«, sagte sie. »In diesem Alter steckt sie alles in den Mund.«

Maltravers sammelte die Einzelteile in der Hoffnung auf, daß es alle waren, und machte sich dann an die schwierige Arbeit, sie wieder richtig zusammenzusetzen. Seine Frau, mit der er eine körperlich erfüllte, aber ansonsten inhaltsleere und kurze Ehe geführt hatte, meinte einmal, er verstünde nur das Prinzip des Hammers, und allem, was technisch schwieriger sei als das Auswechseln einer Glühlampe, begegne er mit Mißtrauen und im Bewußtsein der Tücke des Objekts.

»Ist es nicht Zeit, Diana abzuholen?« fragte Melissa, und Maltravers entnahm ihrem zunehmend ungeduldigen Tonfall, daß er in seiner Rolle als Onkel und Kinderhüter ebenso versagt hatte, wie er wohl nie einen Hersteller von Kugelschreibern abgeben würde.

»Sie kommt erst in einer knappen Stunde an«, konterte er vorsichtig.

Melissas Rücken ließ mit leichten, aber vielsagenden Bewegungen erkennen, daß dies nicht die erwünschte Antwort gewesen war. Als Rebecca gleichzeitig noch ihr Verlangen nach einem gewissen Örtchen anmeldete, hielt er es für klüger zu gehen. Wie alle Menschen ohne Kinder empfand er deren grundlegende Naturfunktionen als bedrohlich.

»Ich bummle mal zur Kathedrale«, sagte er.

»Ein hervorragender Einfall. Ach, und du kannst unterwegs auch ein paar Avocados kaufen. Sie sind für heute zum Abendessen, bevor wir losgehen.«

Nachdem Maltravers hinreichend über die richtigen Methoden zur Bewertung von Avocados unterwiesen worden war, machte er sich auf in die Straßen von Vercaster. Sein Schwager bewohnte als ortsansässiger Kanonikus der Kathedrale ein schönes, wenn auch direkt angebautes georgianisches Haus auf dem Kirchengelände von Punt Yard. Es hatte zwar den Vorzug der zentralen Lage, litt aber dafür ständig unter den Autos von Touristen und Einkäufern. Die einzige Möglichkeit zum Stakbootfahren, dem Punt Yard seinen Namen verdankte, bot sich auf den trägen Wassern des Flusses Verta, fast vierhundert Meter weiter in einer Senke jenes Tals, das die Kathedrale und ihre dichtgedrängte Stadt einst beherrschten. Es war dies, bevor im späten viktorianischen Zeitalter die neuentwickelte Eisenbahn kam und das zweifelhafte Vergnügen einer Fahrt ins ungefähr dreißig Kilometer entfernte London auch zum städtischen Wachstum in den benachbarten Landstrichen führte.

Maltravers trat aus der Haustür, fast genau gegenüber befand sich das Ende der Lady Chapel, und links von ihm erhob sich, was er respektlos und zu Michaels leiser Verärgerung »Gottes begehrte Immobilienzugabe« nannte. Die Kathedrale von Vercaster verdankte ihre Existenz einem angelsächsischen Bauernmädchen, den eigenen prächtigen Schafen und dem Überleben mit Hilfe von Tabak. Auf dem Hügel, wo sie heute stand, war einst das ansonsten wenig bemerkenswerte Kind Etheldreda von einem Anfall der Verzückung heimgesucht worden, bei dem es schrie, es sehe eine Engelschar und höre den Klang von Glocken. Wenig später starb es in einem ähnlich ekstatischen Zustand, und die Herrschenden jener Tage ließen mit Blick auf ihre verwundbaren unsterblichen Seelen die erste Kirche am Ort des Geschehens errichten. Das Gebäude war von den Normannen entworfen worden, aber im vierzehnten Jahrhundert stellten flämische Einwanderer dieses Werk noch bei weitem in den Schatten. Ihre Fähigkeiten als Weber brachten der Region in Verbindung mit einem umfangreichen Wollhandel großen Reichtum; gleichzeitig machte die Hochbauarchitektur Fortschritte. Das Ergebnis war ein aufstrebendes Meisterwerk, mit dem der Mensch Gott durch Stein und farbiges Glas pries. Am südlichen Querschiff befand sich dazu der besonders prachtvolle Kapitelsaal. Seine unglaublich feingliedrigen Strebepfeiler bildeten ein Gewölbe aus Dreiecken, die als Steinmetzarbeit über acht flammend bunten Glasfenstern wie gewebte Spitzen ineinandergefügt waren. Nachdem man die Benediktinermönche ohne viel Federlesens hinausgeworfen hatte, um Heinrich VIII. mit dringend benötigtem Geld zu versorgen, verfiel die Anlage, bis im neunzehnten Jahrhundert ein gewisser Thomas Reade ihre vollständige und wohldurchdachte Restaurierung finanzierte und sie damit vor dem ungeschickten Zugriff der Viktorianer bewahrte. Er war ein Sohn der Stadt und hatte auf den Plantagen Virginias ein Vermögen gemacht.

Der architektonische Eindruck wurde nur von einem nutzlosen Anbau getrübt, dem fünfundvierzig Meter hohen Turm an der Westseite. 1620 hatte man ihn noch vergrößert, damit er theoretisch in der ganzen Diözese gesehen werden konnte. Durch das zusätzliche Gewicht waren an seinem unteren Teil beeindruckende, aber plumpe Strebepfeiler erforderlich geworden. Das ganze Unternehmen begann sehr unglücklich, denn der alte Bischof, der die Erweiterung weihen sollte, brach beim Ersteigen der zusätzlichen Stufen zusammen und kam ums Leben. Zum Ausgleich benannte man postum den ganzen Turm nach ihm, und in abgelegeneren Teilen der Diözese wurde der Reim

Wenn Talbots Turm du morgens siehst,
vorm Abend noch der Regen gießt

zum Bestandteil der örtlichen Wetterkunde. Später machte dann die gegenteilige Variante

Kennst du Talbots Turm nicht wieder,
strömt der Regen schon hernieder

die unvermeidliche Logik solcher Witterungserscheinungen komplett.

Maltravers wandte sich vor dem Haus nach links, in die entgegengesetzte Richtung zur Hauptstraße, die am anderen Ende von Punt Yard lag, und folgte den Umrissen seines Schattens zur Tür am südlichen Querschiff. Er war ein großer, eckiger Mann, dessen Bewegungen nicht viel zur Unbeholfenheit fehlte. Das längliche Gesicht unter dem störrischen braunen Haar schien nur die Sommer aus vierunddreißig Lebensjahren gesehen zu haben. Noch vor zehn Jahren hatten seine Züge ärgerlich jung gewirkt, im Laufe der Zeit wurden sie zunehmend vorteilhafter. Er befand sich wegen der wiedererstandenen Kunstfesttage in Vercaster. Sie hatten ihren Anfang ursprünglich als Feier zum diamantenen Thronjubiläum von Königin Viktoria genommen, waren dann aber merklich verblaßt und schließlich ganz abgestorben. Damals, in den dreißiger Jahren, lag die Obhut in den Händen eines ältlichen Bürgers, dessen exklusive Begeisterung für pastorale Tänze den Reiz des Ganzen erst schmälerte und bald darauf völlig erstickte. Man hatte es nun wieder ins Leben gerufen, um den vierhundertsten Jahrestag einer Visite von Königin Elisabeth I. zu begehen, zu welcher sie der Stadt die Gründungsurkunde überreichte. Bedauerlicherweise verursachten seinerzeit die Kosten für die Verpflegung ihres Gefolges den Ruin des ersten Earl of Verta. Doch zum Glück für die Familie konnte sein Urenkel das Vermögen zurückerlangen, indem er absichtsvoll seine Schwester als Mätresse an Charles II. übergab.

Die Planungen zu den wiedergeborenen Festtagen ließen Gutes erwarten. Ein renommiertes Streichquartett sollte ebenso auftreten wie ein Symphonieorchester und ein Jazzkomponist, von dem sogar der Bischof schon gehört hatte. Außerdem würde ein Dichter lesen, der mit einigem Recht den Anspruch erhob, Larkin ebenbürtig zu sein. Die nicht unbegabte Laienspielgruppe von Vercaster hatte den alten Mysterienspielzyklus der Stadt entrümpelt und inszeniert, nachdem er über ein Jahrhundert lang irgendwo verborgen und vergessen gewesen war, und noch verschiedene weitere künstlerische Talente schickten sich an, ihren Beitrag zu zwei Wochen voller Geschäftigkeit zu leisten. Als Höhepunkt war auf der langgestreckten grünen Böschung zwischen Kirche und Fluß ein mittelalterlicher Jahrmarkt gedacht. Dort sollten zum Schluß die Mysterienspiele aufgeführt und am Abend als hoffentlich gelungener Abschluß ein Feuerwerk entzündet werden.

Maltravers' Schwester gehörte zum Organisationskomitee, und ihrer Bitte entsprechend, war er an dem ersten Sonnabend selbst beteiligt. Vor ungefähr einem

Jahr hatte der Fernsehsender Channel 4 eine Trilogie von Stücken aus seiner Feder gesendet, die »Stadt des Erfolgs« hieß. In der Hauptrolle sah man eine bis dahin unbekannte Schauspielerin namens Diana Porter. Obwohl von den Kritikern gelobt, bedeutete das Bühnenwerk nicht eben eine Bedrohung für die Einschaltquoten der endlosen Epen über das Leben in Nordengland oder Südtexas, und Diana hatte die Einladung zu einem Ein-Personen-Abend in Vercaster gern angenommen. Danach nahmen die Dinge noch eine unerwartete Wendung, als sie in einer bilderstürmerischen Produktion von »Hedda Gabler« auftrat, in der eine frontale Nacktszene vorkam, die Ibsen unerklärlicherweise übersehen haben mußte. Das experimentelle und schwer verständliche Theaterereignis wäre vermutlich unbemerkt geblieben, wenn nicht eine Zeitung aus der Fleet Street mit schwachem Inhalt, aber starker Auflage ein Foto der Szene erhalten hätte. Es erschien unter der Überschrift »Hedda aufgegabelt!«; die Buchstabengröße entsprach etwa dem, was man bei einer Entführung aus dem Vatikan erwarten durfte.

Das Interesse von mehreren Millionen Lesern war kurzzeitig geweckt, auch wenn sie zuvor keine Ahnung von Mrs. Gabler, Mr. Ibsen oder wenigstens von der geographischen Lage Norwegens gehabt hatten. Diana wurde zur Zielscheibe der Klatschkolumnisten und Nachrichtenredakteure, die stets eine neue Persönlichkeit suchten, der man im Dienste der Pressefreiheit nachjagen konnte. Die Vorteile einer so immensen Popularität wußte sie mit zynischer Heiterkeit hinzunehmen und überdies finanziell sehr einträglich zu nutzen. Ihr verläßliches Talent als Schauspielerin würde sie schon weiterbringen, wenn sich die Albernheiten erst einmal gelegt hatten.

Die »Vercaster Times« als Lokalzeitung einer höflichen Domstadt legte Zurückhaltung an den Tag und druckte das notorische Foto nicht ab. Doch ihr Hinweis auf Dianas geplanten Auftritt zu den Festtagen erregte in bürgerlichen Kreisen und im Klerus ein unzufriedenes Raunen. Die Wogen glätteten sich erst wieder, als sie sonntags in einer kirchlichen Fernsehsendung geistvoll und mit makellos gutem Geschmack aus den Arbeiten des Julian von Norwich las und dabei ein schlichtes, schickliches Kleid trug, das einem anderen nicht unähnlich sah, welches sich im Besitze der Frau des Bischofs befand. Auch ein weiterer Auftritt in einer »traditionellen« Inszenierung des Macbeth – sie stammte aus dem Old Victoria Theatre ungefähr von 1936 – fand ein positives Echo unter Kritikern solcher Tageszeitungen, die zwar eine kleine Auflage hatten, aber wegen ihrer Qualität im Hause von Geistlichen gelesen wurden. Da sich nun zeigte, daß es in Vercaster keine Wiederholung des Gabler-Vorfalls geben würde, zog die Boulevardpresse weiter, um anderswo Ärger zu machen, und die öffentliche Aufmerksamkeit für die Festtage bewegte sich fortan auf akzeptablerem Niveau. Melissa, anfangs entsetzt, hatte sich darüber sehr erfreut gezeigt und Maltravers die höchste Auszeichnung des Haushalts in Form eines Helden-Kekses verliehen.

Als sich Maltravers nun dem südlichen Querschiff näherte, bemerkte er einen neuen Farbtupfer in der örtlichen Szenerie: Vor der Tür stand ein Polizist in Uniform. Die Anwesenheit der Beamten oder ihrer

Spießgesellen, der Verkehrswächter, war in Punt Yard nichts Außergewöhnliches, denn die Liebe zu Gott kam hier erst an zweiter Stelle nach den blechgeprägten Parkverbotsschildern. Aber dieser Vertreter von Gesetz und Ordnung befand sich in einer Art Wachdienst.

»Guten Morgen«, sagte Maltravers aufgeräumt.

»Guten Morgen, Sir. Ich fürchte, wenn Sie etwas in der Kathedrale zu erledigen haben, können Sie nicht hinein.«

Maltravers zog eine Braue hoch. »Es könnte sein, daß das, was ich ›erledigen‹ will, ein Gebet ist.«

Der Beamte schien nicht sicher, ob weltliche Instanzen ermächtigt waren, ein derart untadeliges Vorhaben zu behindern. Er wurde schwankend, und man sah ihm sein Unbehagen an.

»Tja, Sir. Also ... es hat da leider ein bißchen Ärger gegeben«, sagte er.

»Ärger? Welcher Art? Menschenopfer? Eine schwarze Messe vor dem Hochaltar? Doch wohl keine nackten Nonnen?«

Der Polizist merkte, daß man sich im Dienst über ihn lustig machte, was, obgleich keine direkte Beeinträchtigung vorlag, zu mißbilligen war.

»Es tut mir sehr leid, aber ich kann Sie nicht hineinlassen«, sagte er steif und unter betontem Verzicht auf das »Sir« in der Anrede.

»Aber ich habe einen ziemlich wichtigen Termin beim Domherrn Cowan«, erwiderte Maltravers. »Es hängt mit dem Festival zusammen.« Das stimmte überhaupt nicht, aber seine Neugier war geweckt, und er zeigte sich fest entschlossen, Zutritt zu erlangen. »Ist dies der einzige gesperrte Eingang?« Er hatte richtig vermutet, daß nicht an jedem Portal der Kathedrale eigene Wächter in Uniform stehen würden.

»Domherr Cowan ist bei Detective Sergeant Jackson«, erklärte der Polizist in dem offenkundigen Gefühl, damit einen nicht mehr zu überbietenden Trumpf als Argument auszuspielen.

»Dann wird er mich gewiß dabeihaben wollen. Ich bin sein Anwalt.« Nachdem Maltravers einmal angefangen hatte, die Unwahrheit zu sagen, sah er keinen Grund, nicht noch weiter zu lügen, solange es nötig war.

»Ich glaube nicht, daß es sich um eine Angelegenheit handelt, die ...«, begann der Polizeibeamte, aber Maltravers wurde in nervtötender Weise energisch.

»Das zu beurteilen, überlassen Sie mir«, schnauzte er, umrundete flugs das Hindernis und schritt geradewegs durch die Tür. Dem jungen Wachtmeister, so ging es ihm durch den Kopf, würde die spätere Erkenntnis, daß er ausmanövriert worden war, zukünftig von Nutzen sein.

Er ging durch das Querschiff an dem Souvenirladen und dem Bücherstand vorbei, ohne die geringste Ahnung, wo Michael und der Mann des Gesetzes stecken könnten. Fast im gleichen Augenblick sah er die beiden linker Hand an der Nordwand des Hauptschiffes vor einer kleinen Vitrine mit flachem Glas-oberteil nahe der Orgel stehen. Der Detective Sergeant, breitschultrig und mit einem dicken braunen Schnurrbart, schrieb gerade etwas in ein Notizbuch, als Maltravers hinzutrat.

»Wie wurde sie genau genannt?« fragte er.

»Latimers Güte«, antwortete Michael. Maltravers betrachtete die leere Vitrine.

»Latimers Güte?« wiederholte er. »Was ist damit passiert?«

»Sie ist gestohlen worden«, erklärte Michael.

»Das ist abscheulich«, entfuhr es Maltravers.

»Wir nennen es kriminell, Sir«, sagte der Detective. »Bedaure, aber ich kenne diesen Gentleman nicht.«

»Oh, er ist mein Schwager, Mr. Maltravers«, erläuterte Michael. »Der Schriftsteller ... Er ist wegen der Festtage hier.«

»Ich verstehe, Sir«, erwiderte Jackson. »Also Sie sagten, es sei Latimers Güte. Um was genau handelt es sich dabei?«

»Nun, es ist ... Sie müssen neu in Vercaster sein.«

»Ich bin vor einem Monat aus Lincolnshire hierher zur Polizei gekommen«, entgegnete Jackson geduldig. »Ich entnehme ihren Worten, daß ich alles über Latimers Güte wüßte, wenn ich schon länger hier wäre.«

»Also es ist eine große Kostbarkeit dieser Kathedrale. Wie soll ich es erklären? Haben Sie mal von den ›Heiteren Bibeln‹ gehört?«

»Nein, Sir. Ist das noch etwas, wovon ich wissen müßte?«

»Nein, aber vielleicht würden Sie sie kennen, wenn ...« Michael, der es ausgezeichnet verstand, sich mit vorbereiteten Predigten an die unwillige Zuhörerschaft einer Gemeinde zu wenden, fand Frage-und-Antwort-Situationen aufreibend. »Augustus, vielleicht könntest du ...?«

»Die ›Heiteren Bibeln‹ waren eine fehlerhafte Fassung von 1546«, erläuterte Maltravers flugs. »Sie wurden in Vercaster gedruckt, und nachdem man den Makel bemerkt hatte, fielen etliche der Vernichtung anheim. Es war in Psalm 25, Vers 10, wo es hieß ›Die

Wege des Herrn sind heiter Güte und Wahrheit denen, die seinen Bund und seine Zeugnisse halten.‹ Ich finde, offen gesagt, es gewinnt durch den Fehler.«

»Und das war also eine ›Heitere Bibel‹?« fragte Jackson, wobei er auf die leere Vitrine deutete.

»Ja, aber eine ganz besondere. In diesem Exemplar hatte man den Druckfehler korrigiert. Das Wort ›heiter‹ war durchgestrichen worden, und am Rand stand statt dessen ›eitel‹ mit den Initialen ›HL‹ daneben. Die Legende besagt, daß Bischof Hugh Latimer diese Korrektur vorgenommen hat, deshalb Latimers Güte.«

Jacksons nächste Frage kam überraschend. »Wann ist das geschehen?« fragte er.

»Das läßt sich schwer sagen«, warf Michael ein. »Gestern abend war das Buch vermutlich noch da; der Diebstahl muß ...«

»Nein, das meine ich nicht. Wann ist die Verbesserung ausgeführt worden?«

Michael schien von der Art dieser Frage ebenso verwirrt wie von der Tatsache der Korrektur selbst. »Ich glaube, das weiß überhaupt niemand. Augustus?«

»Ich würde nicht mal eine Schätzung wagen.« Maltravers sah Jackson eindringlich an. »Aber mich interessiert, warum Sie danach fragen.«

»Nur weil Latimer 1550 in meiner Heimatstadt Stamford gepredigt hat – im November glaube ich –, und auf seinem Weg dorthin könnte er doch offenkundig hier vorbeigekommen sein.« Jackson lächelte Maltravers verschmitzt an, bevor er zu Michael sagte: »Vermutlich werde ich derlei Dinge über Vercaster noch lernen, wenn ich erst ein bißchen länger hier bin.«

Michael, den jede Kritik beunruhigte, so feinsinnig sie auch vorgebracht wurde, sah verärgert aus, aber Maltravers erwiderte Jacksons Lächeln mit einem bewundernden Grinsen.

»Touché, Sergeant«, sagte er. »Und Ihre Theorie ist auch interessant. Aber für die Kathedrale handelt es sich doch um eine sehr beunruhigende Angelegenheit.«

»Natürlich«, erwiderte Jackson, dem klar wurde, daß er sich mit Maltravers besser verständigen konnte. »Wie hoch wäre der Wert dieser Bibel anzusetzen?«

Maltravers verzog das Gesicht. »Ich bin kein Experte, aber jede Bibel von vor 1580 würde wohl einen anständigen Preis erzielen. Vor ein paar Jahren brachte eine Coverdale von 1535 in New York dreißigtausend Dollar, wenngleich eine Matthews-Bibel von 1537 im gleichen Jahr nur auf sechstausend kam. Das Latimer-Exemplar ist während des letzten Jahrhunderts neu gebunden worden, wodurch sich sein Wert beträchtlich verringert haben dürfte.«

»Welche Auswirkungen könnte der Druckfehler haben?«

»Auf den Wert keine großen«, sagte Maltravers. »Die Leute denken zwar immer, wenn sie so eine Breeches-Bibel haben, es sei an der Zeit, sich zur Ruhe zu setzen, aber die ist dreißig Jahre lang mit einer oder mehreren Jahresauflagen erschienen. Andererseits macht die Korrektur Latimers Güte zu einem Einzelstück. Es wird kaum bei Sotheby's oder Christie's wieder auftauchen.«

Jackson nickte und hob dann den Deckel der Vitrine an, der, wie Maltravers sehen konnte, mit einem Schraubenzieher oder etwas Ähnlichem aufgebrochen worden war.

»Sie haben es nicht sonderlich gut geschützt, Sir«, bemerkte er.

Michael sah unbehaglich aus. »Unser Dekan ist etwas radikal und meint, daß umfangreiche Sicherungsanlagen nicht in eine Kirche gehören.« erklärte er. »Ich glaube, wenn es nach ihm ginge, würde er das ganze Haus bei Tag und Nacht unverschlossen lassen.«

»Sie werden verstehen, daß wir dies nicht gutheißen können. Verbrecher sind normalerweise kaum für ihre Pietät bekannt.« Jackson rümpfte die Nase und schloß den Deckel. »Nun gut. So wie es aussieht, können wir annehmen, daß die Bibel für eine ganz bestimmte Person oder von einer solchen gestohlen wurde. Wann haben Sie festgestellt, daß sie nicht mehr da ist?«

»Ungefähr um zehn Uhr, also heute vormittag. Eine der Damen aus dem Souvenirladen hat es bemerkt. Soweit wir wissen, befand sich das Buch gestern abend noch an Ort und Stelle.«

»Und die Kathedrale war nachts zugeschlossen?«

»Aber sicher«, sagte Michael und ließ erkennen, daß er die Vorliebe des Dekans für ein offenes Haus mißbilligte.

»Keine Anzeichen für einen Einbruch in das Gebäude?«

»Nicht, daß ich wüßte.«

»Das Werk eines Insiders«, bemerkte Maltravers mit einem unnötig dramatischen Klang in der Stimme. Jackson lächelte finster.

»Möglicherweise«, sagte er im Ton eines Profis, der sich geduldig einem Amateur widmet. »Um wieviel Uhr schließt die Kathedrale am Abend?«

»Zu dieser Jahreszeit gegen acht.«

Jacksons nächste Fragen klangen, als dächte er laut nach. »Also vielleicht spätabends ... hätte doch niemand noch einmal extra nachgesehen? Nein ... oder heute morgen, nachdem die Kathedrale geöffnet worden war ... oder in der Nacht.« Er hielt einen Augenblick inne und grübelte schweigend.

»Nun denn. Wir müssen mit jedem sprechen, der Schlüssel für irgendeine der Türen hat.«

Michael sah ihn entsetzt an. »Aber darunter sind einige sehr alte Geistliche«, wandte er ein. »Sie wollen doch wohl nicht ...«

»Jeder, der einen Schlüssel hat«, beharrte Jackson gleichmütig. »Vielleicht ist einer gestohlen worden«, fügte er hinzu, um Michaels Unwillen abzuschwächen. »Wir müssen auch mit dem gesamten Personal reden. Es könnte sein, daß jemand etwas Verdächtiges gesehen hat. Haben Sie Fremdenführer?«

»Es gibt hier keine Führungen im eigentlichen Sinne, außer bei Reisegruppen, die das selbst organisieren«, sagte Michael. »Aber ein paar Leute laufen schon im Haus umher und geben Erklärungen für Besucher.«

»Sind sie angewiesen, auf alles Ungewöhnliche zu achten?«

»Nicht direkt angewiesen, aber ich bin sicher, sie wissen es.«

»Gut.« Jackson klappte sein Notizbuch zu und ließ es in die Tasche gleiten. »Gibt es hier bei Ihnen einen Plan, dem zu entnehmen ist, wer gestern nachmittag und heute früh Dienst hatte?«

»Ja«, antwortete Michael. »Er hängt am Anschlagbrett im Laden. Ich zeige es Ihnen.« Alle drei gingen wieder zum südlichen Querschiff.

»Na klar«, sagte Maltravers. »Jeder Hinweis auf das Motiv wäre eine große Hilfe.«

»Ja, Sir«, stimmte Jackson zu. »Aber ohne definitive Beweise bleibt es Spekulation. Wir müssen inzwischen erst einmal die Ermittlungen auf dem üblichen Dienstweg weiterführen.«

Jackson holte den Wachtmeister, der noch immer vor dem Portal gestanden hatte, und trug ihm auf, die Namen vom Dienstplan der Fremdenführer abzuschreiben. Ein kleiner, ein wenig rundlicher Mann, der eine ebenso kleine Tasche trug, kam herein und trat zu ihnen.

»Morgen«, stieß er hervor. »Higson. Fingerabdrücke. Wo?« Lange Sätze waren zweifellos nicht sein Fall.

»Gleich hier um die Ecke«, sagte Jackson und wies ihm die Richtung. »Hölzerne Vitrine auf der linken Seite. Sie können sie nicht verfehlen.« Higson ging, ohne noch mehr Worte zu verschwenden, forsch weiter.

»Ich könnte mir denken, daß der Schaukasten mit Fingerabdrücken übersät ist«, bemerkte Maltravers hilfreich. »Die Leute haben die unangenehme Gewohnheit, auf so etwas herumzutippen.«

»Routine«, entgegnete Jackson knapp. »Wir benötigen außerdem auch Ihre Aussage, Domherr Cowan. Könnten Sie vielleicht heute im Laufe des Tages aufs Revier kommen?«

»Ja schon, obwohl ich nicht weiß, was ich ...«

»Und natürlich die Dame, die den Diebstahl zuerst entdeckt hat«, unterbrach ihn Jackson. »Ist sie noch da?«

»Nein, sie war von dem Vorfall ziemlich mitgenommen, und ich habe sie nach Hause geschickt.«

»Schön, wir müssen sie nicht sofort behelligen, aber Sie können sie ja vielleicht mitbringen, wenn Sie später zu uns kommen.«

»Ja, selbstverständlich«, willigte Michael ein. In ihm gewann der dienstliche Vorgesetzte die Oberhand über die Würde des Geistlichen. »Nach dem Mittagessen?«

»Vielen Dank, Sir, das paßt gut. Sagen Sie einfach, daß Sie zu mir wollen, wenn Sie da sind.« Jackson nickte kurz und ging.

»Ich muß zum Dekan und ihm erzählen, was passiert ist«, sagte Michael. »Was wolltest du überhaupt?«

»Nichts, ich habe mir nur die Zeit vertrieben«, antwortete Maltravers. »Diana und Tess kommen in ungefähr einer Stunde an, und ich hole sie ab.«

»Ach ja, natürlich.« Angesichts des ordinären Diebstahls aus geweihtem Hause schien sich der bevorstehende Besuch von erwarteten Gästen für Michael zu einem großen Unglück auszuweiten. »Wir sehen uns alle beim Mittagessen.«

Nachdem er gegangen war, kehrte Maltravers dorthin zurück, wo der wortkarge Higson seine geheimnisvolle Kunst an der leeren Vitrine praktizierte, und schaute ihm nachdenklich zu. Noch immer fühlte er sich wie nach der ersten spontanen Reaktion in seinen Empfindungen gekränkt. Zwar stellte er regelmäßig die allgemein anerkannte religiöse Glaubenslehre in Frage, doch er respektierte alles, was durch sein Alter geadelt war. Die Traditionen der Kirche in Sprache, Architektur, Zeremoniell und Verhaltenskodex fand er bemerkenswert. Latimers Bibel war in den letzten, von Krankheit zerrütteten Jahren Heinrichs VIII. gedruckt worden. Und wenn Jacksons interessante Theorie stimmte, hatte sie, noch bevor Spenser, Marlowe oder Shakespeare geboren wurden, möglicherweise ein Mann korrigiert, dessen Körper fünf Jahre später die Flammen verschlangen. Seine letzten, laut nachhallenden Worte der Glaubensstärke waren zum Triumph eines Gottvertrauens geworden, das Maltravers nicht teilte, aber achtete. Diese Bibel gehörte niemandem, denn sie gehörte allen. Daß man sie gestohlen hatte, erfüllte ihn mit Bestürzung. Außerdem handelte es sich, abgesehen von sonstigen Erwägungen, um ein Buch, und Bücher waren Maltravers heilig. Er hatte das beklemmende Gefühl, daß ein unheilvolles Motiv dahintersteckte.

Der gleiche Gedanke ging David Jackson auf der kurzen Fahrt zur Polizeihauptwache von Vercaster durch den Kopf. Es war allerdings nur eine von mehreren Möglichkeiten, während seine Überlegungen darum kreisten, was sich ereignet hatte und was getan werden mußte: Bei der Grafschaftszentrale nachfragen, ob der Diebstahl in ein bestimmtes System von Verbrechen paßte; dann weitere Erkundigungen bei anderen Polizeieinheiten in gleicher Sache. Aber hier handelte es sich um eine ganz bestimmte Art von Diebstahl, bei der möglicherweise schon ein Kunde wartete. Man würde sämtliche Flug- und Seehäfen alarmieren und den Zoll anweisen müssen, danach Ausschau zu halten. Alles in allem, wenn es denn vielleicht außer Landes ginge, wäre auch Interpol zu informieren. Eine seltsame Geschichte ... Kleine Gelegenheitsdiebstähle und große Bankraube ließen gemeinsam die Habsucht als Hintergrund erkennen, und beide vollzogen sich nach offenkundigen Mustern, aus denen fast die gesamte

Polizeiarbeit bestand. Für alles, was nicht der Norm gehorchte, gab es eigene, einmalige Gründe, und dort lagen die Schwierigkeiten. Jacksons großer Vorzug als Kriminalist bestand darin, daß er für alle Varianten aufgeschlossen blieb; der reiche, heimliche Sammler war eine offensichtliche Theorie, aber gab es noch etwas anderes? Sonderbare Verbrechen, so überlegte er, wurden durch oder für sonderbare Leute aus unbekannten und sehr persönlichen Motiven begangen. Es war nicht möglich zu ergründen, wie sonderbar und wie persönlich, aber in so einem rätselhaften Dunkel konnte alles stecken.

ZWEITES KAPITEL

Eine Tüte hoffentlich zufriedenstellender Avocados im Arm, beobachtete Maltravers, wie einer der regelmäßig aus London kommenden Züge in den Bahnhof von Vercaster einfuhr. Er war sicher, daß er auf Grund geheimnisvoller Gesetze, die dergleichen Dinge regulierten, auf jenem Teil des Bahnsteigs stand, der am weitesten von dem Wagen entfernt lag, aus welchem Tess und Diana aussteigen würden. In einer sich ständig wandelnden unverläßlichen Welt fand er es beruhigend zu sehen, daß er recht gehabt hatte: Ganz am nördlichen Ende des Bahnsteigs tauchten zwei Personen auf, während er am südlichen wartete.

Während er ihnen entgegenging, stellte er fest, daß Tess einen ihm fremden Hut trug. Vielleicht hing es mit Erinnerungen an ihre Kindertage zusammen, als eine Frau, die ohne Kopfbedeckung eine Kirche betrat, noch verstohlen angestarrt wurde, gleichsam als sinnbildlicher Ersatz für eine Steinigung wegen Ehebruchs. Ihre Beziehung zu Maltravers ging auf eine Dinnerparty zurück, bei der die wohlmeinende Gastgeberin beide nach reiflicher Überlegung neben zwei anderen Tischpartnern plaziert hatte, um dann erschüttert festzustellen, daß ihre Menschenkenntnis sehr zu wünschen übrigließ. Tess war Schauspielerin wie Diana, aber ihr fehlte das angeborene Flair und die Neigung für zufällige Publicity; sie sah eher aus wie Billie Whitelaw. Diana trug mit Mühe einen Koffer von erstaunlichen Ausmaßen für nur eine Übernachtung. Sie war als »bekannte Persönlichkeit« gekleidet, wenn nicht gar als Star. Ihr violettes Kleid wehte, und das Haar sah so lässig aus, wie dies nur mit viel Geld und Mühe möglich wird.

»Augustus, Darling!« kreischte sie überschwenglich. »Wartest du schon sehr lange?«

»Hör auf, die große Dame zu spielen, alberne Weibsperson!« erwiderte Maltravers unbewegt. »In der Provinz haben sie mehr Verstand.«

»Entschuldige.« Und im gleichen Augenblick kam die Diana Porter zum Vorschein, zu der er großes Vertrauen hegte. »Gott, ich muß endlich mal lernen, damit aufzuhören.«

»Und du hörst auch besser auf, andauernd ›Gott‹ zu sagen. Die Gesellschaft, in der du dich hier bewegst, wirft mit Ihm nicht so locker um sich.«

»Ich werde fromm und rein sein wie eine Nonne.«

»Das«, sagte Maltravers, küßte sie flüchtig auf die Wange und ging hinüber, um Tess zu begrüßen, »wäre eine bemerkenswerte Leistung, selbst bei deinen Maßstäben.«

Er nahm Tess' Tasche sowie Dianas bescheidenen Handkoffer und wankte damit in grotesker Weise ein paar Schritte.

»Gott sei Dank ist es nur ein Ein-Personen-Auftritt«, meinte er.

»Jetzt hast du es aber gesagt«, rechtfertigte sich Diana.

»Was? O Gott. Ja, na bei mir kommt es nicht darauf an. Man hat allgemein den Eindruck, daß ich sowieso nicht mehr zu erlösen bin. Aber du hast noch einen Ruf zu verlieren.«

Im Taxi nach Punt Yard erzählte ihnen Maltravers vom Diebstahl der Latimer-Bibel.

»Was für eine törichte Sache«, fand Tess.

»Diesen Anschein erweckt die Angelegenheit, aber ich glaube, es kann damit eine sehr seltsame Bewandtnis haben«, erwiderte Maltravers.

»Was soll das heißen?«

»Das Ganze ist so sinnlos, daß es einen Sinn geben muß«, erklärte er. »Man kann die Bibel nicht verkaufen – warum sollte man sie also stehlen?«

»Offenbar möchte sie irgendein Exzentriker in seine Privatsammlung aufnehmen und heimlich studieren.«

»Dann mögen seine Seele und seine Nachkommen verrotten«, sagte Maltravers grimmig. »Das wäre so ein Typ, der in mir den Wunsch wecken könnte, daß es wirklich eine Hölle geben möge.«

»Es macht dir Sorgen, oder?« fragte Tess.

»Es ... kränkt mich.« Maltravers benutzte das Wort noch einmal mit zunehmender Gefühlsbewegung. »Und ... ja, es macht mir in gewisser Weise auch Sorgen. Wenn man die hirnverbrannte Theorie mit dem Sammler mal beiseite läßt, finde ich es ... beunruhigend.«

Diana, die Maltravers kaum weniger gut kannte und ihm fast ebenso zugetan war wie Tess, zeigte sich gleichermaßen sensibel für seine Empfindungen und lenkte das Gespräch zum Ende der Fahrt auf die Festtage.

Melissa hatte dank wunderbarer Fähigkeiten als Hausfrau ihr Heim von dem halben Katastrophengebiet, das Maltravers verlassen hatte, in ein zur georgianischen Eleganz passendes Reich der Ordnung verwandelt sowie aus

Rebecca wieder ein vorzeigbares Kind und aus sich selbst die Gattin eines Domherrn gemacht.

Sie öffnete die Haustür und sagte: »Hallo, Sie müssen Diana sein. Kommen Sie herein, ich zeige Ihnen Ihr Zimmer, dann können Sie sich umziehen.« Mit routinierter Gastlichkeit wurde Diana die Treppe hinaufgeleitet. »Hallo, Tess«, rief Melissa rückwärts über die Schulter. »Augustus wird sich um dich kümmern.«

Tess sah Melissa oben verschwinden. »Deine Schwester hält immer noch nichts von mir«, bemerkte sie.

»Sie hält von uns beiden nichts«, präzisierte Maltravers. »Im Hause von Geistlichen sieht man Scheidungen als etwas an, das dem Weltenplan des Allmächtigen entgegengesetzt ist, und Ehebruch wird generell mißbilligt. Wir schlafen in getrennten Zimmern.«

»Getrennte Zimmer, um Gottes willen!«

»Nicht so laut! Sie liegen nebeneinander – dafür hat Melissa gesorgt.«

Tess akzeptierte dies widerwillig mit einem damenhaften Seufzer. »Ich nehme an, vor den Mahlzeiten gibt es auch Tischgebete«, fügte sie mit einem letzten Seitenhieb hinzu.

»Ja, und ich respektiere die Gefühle eines jeden in seinem Haus.«

»Werde nicht pathetisch. Los, gehen wir hoch, und ...«

»Genug, Weib!« rief Maltravers. »Es gibt hier ein Kind.«

Rebecca, das Kind des Hauses, entpuppte sich als Auslöser von etwas völlig Unerwartetem. Maltravers hatte Diana nie mit Kindern in Verbindung gebracht, und jetzt saß sie hier ehrlich interessiert mit der Kleinen auf dem Boden. Rebecca verhielt sich ihr gegenüber genauso, als ob jemand, der wie eine Märchenprinzessin aussah, auch sofortiges Vertrauen verdiente. Während Melissa die Vorbereitungen für das Mittagessen zu Ende brachte, beobachteten Maltravers und Tess die beiden voller Staunen, bis Michael zurückkehrte.

»An dieser Stelle des Stücks betritt ein Geistlicher den Raum«, sagte Maltravers, als er hereinkam. »Er sieht betroffen aus.«

»Guten Tag, Tess«, sagte Michael und ignorierte ihn. »Und ich nehme an, dies ist ...?«

»Oh, hallo, tut mir leid, ich kann nicht aufstehen. Wie Sie sehen, bin ich ziemlich beschäftigt«, erwiderte Diana vom Fußboden.

»In dieser Rolle hätte ich dich nicht vermutet«, meinte Maltravers.

»Nein, das tun die wenigsten«, entgegnete Diana mit eigentümlichem Lächeln und wandte ihre ganze Aufmerksamkeit wieder Rebecca zu.

»Und wie hat der Dekan die Neuigkeit aufgenommen?« fragte Maltravers Michael.

»Sehr schlecht. Er will nicht, daß die Kirche intensiv gesichert wird, denn er glaubt, es sei letztendlich egal, ob jemand etwas mitnimmt ...«

»Gott kann man schließlich nicht stehlen«, warf Maltravers ein.

»Genau. Aber trotzdem ist er schockiert, wenn etwas verschwindet, besonders wenn es sich um eine der Kostbarkeiten aus der Kathedrale handelt. Wie auch immer, laßt uns erst mal essen. Ich muß noch mit Miss Targett zur Polizei.«

»Du machst Witze!« lachte Maltravers.

»Ganz und gar nicht. Du warst doch dabei, als dieser Jackson uns bestellt hat.«

»Nein, nein, nein. Ich meine, es gibt hier wirklich ein *Fräulein,* das so ähnlich wie eine Zielscheibe heißt: Miss Targett?«

»Noch schlimmer.« Melissa kam herein. »Es gibt zwei von ihnen. Die Misses Targett. Kommt rüber, das Essen ist fertig.«

Über einer Auswahl von Käse, kaltem Fleisch und Salat drehte sich die Unterhaltung um Dianas Auftritt am Abend. Er sollte im Chapter House stattfinden und trug den Titel »Das Kreuz und der Kreis«. Maltravers und Diana ließen sich nicht entlocken, was dies bedeutete, als sie danach gefragt wurden.

»Wartet ab, und seht selbst«, sagte Maltravers.

»Ich würde meinen, das ist naheliegend«, erklärte Michael und stocherte wählerisch in den Resten des Salats herum. »Der Kreis ist die Welt, und das Kreuz wäre das Christentum dazu.«

»Eine sehr raffinierte Auslegung«, erwiderte Maltravers mit unbewegtem Gesicht, während Diana ihm unter dem Tisch gegen den Knöchel trat. Im gleichen Augenblick wurde die Mahlzeit vom Geräusch der Türklingel unterbrochen.

»Das wird Miss Targett sein«, stellte Michael mit einem Blick auf die Uhr fest.

»Die Frau muß ich sehen«, sagte Maltravers. »Ich gehe hin und verspreche, mich zusammenzunehmen.«

Als er die Tür öffnete, stand ein junger, besorgt dreinblickender Pfarrer davor.

»Sie sind nicht Miss Targett, wie ich annehme?« erkundigte sich Maltravers.

Verwirrung huschte über das Gesicht des Geistlichen. »Wie bitte?«

»Entschuldigen Sie. Wir haben jemand anders erwartet. Sie möchten gewiß zum Domherrn Cowan.«

»Wenn es keine Umstände macht«, sagte der junge Mann. »Tut mir leid, daß ich unangemeldet komme, aber ...«

»Das macht gar nichts, ich fürchte nur, er muß in Kürze gehen.« Maltravers zog die Tür ganz auf. »Bitte treten Sie ein, ich werde ihm Bescheid sagen, daß Sie da sind.«

War der Besucher anfangs noch in offensichtlicher Sorge gewesen, so hatte sich sein Zustand eilends zu deutlicher Verzweiflung gesteigert. Maltravers bemerkte, wie seine Finger bebten; das keineswegs rundliche Gesicht wirkte zunehmend verstört. Aufgeregt und hastig fuhr er sich mit der Hand über das sauber geschnittene schwarze Haar und schien nicht sicher, was er tun sollte. »Ach, wenn er weggeht ... ich möchte nicht ... tut mir leid, tut mir leid.«

Maltravers beschloß, daß Entschiedenheit erforderlich war, damit er nicht in regelrechte Hysterie verfiel. »Ich bestehe darauf«, sagte er. »Es ist doch anscheinend wichtig.«

»Nun, meinen Sie wirklich ...« Der Gottesmann wußte seinerseits überhaupt nicht, was er meinen sollte. Maltravers spürte, daß es übertrieben wirken würde, wenn er ihn direkt hereinzog, deshalb streckte er freundlich den Arm aus und umfing ihn mit einer unsichtbaren Geste des Willkommens.

»Ich meine schon. Treten Sie ein«, sagte er lebhaft. »Ich denke, das Arbeitszimmer wird am besten sein«, fügte er hinzu, nachdem er seinen verängstigten Fisch angelandet hatte. »Ich gehe den Domherrn holen.«

Er drängte den Besucher in Michaels Arbeitszimmer, das gleich neben der Haustür von der Diele abging, und blieb dann vor seinem Gang zur Küche noch einmal stehen.

»Entschuldigung«, erkundigte er sich, »aber Sie sind ...?«

»Matthew Webster. Sukzentor der Kathedrale.«

»Selbstverständlich«, erwiderte Maltravers, obwohl sich dies überhaupt nicht von selbst verstand. Dann ging er los, um Michael Bescheid zu sagen.

»Zielscheibe verfehlt, keine Miss Targett«, erklärte er, als er wieder in die Küche kam. »Ein Matthew Webster möchte dich sprechen, und ich habe das unbestimmte Gefühl, es ist dringend.«

»Matthew Webster?« entfuhr es Michael. »Was um alles in der Welt will der?«

»Das konnte ich nicht rauskriegen, aber er ist in deinem Arbeitszimmer.«

»Hast du ihm nicht gesagt, daß ich beschäftigt bin?«

»Nein. Du bist nicht beschäftigt, und selbst wenn du es wärst, hätte ich dir nahegelegt, mit ihm zu reden. Der junge Mann ist voller Sorge.«

Michael machte seiner Abneigung mit einem undefinierbaren Geräusch Luft, das aus einer lockeren Verbindung von Schniefen und Ächzen bestand. Er verließ den Raum.

»Was hat denn Matthew schon wieder?« fragte Melissa im Tonfall einer Frau, die schon viel mitgemacht hat.

»Es handelt sich offenbar nicht um etwas Belangloses«, erwiderte ihr Bruder. »Der Mensch ist furchtbar aufgeregt.«

Melissa seufzte. »Das ist er oft. Er ist ... sehr ernst. Alles wird von ihm als bedeutend angesehen. Sein Leben ist ein immerwährendes Drama. Selbst der Bischof findet seine lautere Besorgnis manchmal aufreibend.«

»Das klingt, als ob du über einen Heiligen sprichst«, sagte Maltravers. »Und ich dachte immer, es wäre nervtötend, mit einem solchen zusammenzuleben. Wer ist er überhaupt? Ich kann mich nicht erinnern, ihn schon mal gesehen zu haben.«

»Unser Sukzentor – wir haben zum erstenmal einen stellvertretenden Chorherrn. Er ist nach seiner Ordination vom Bischof berufen worden, weil der festgestellt hat, daß Matthew eine besondere musikalische Begabung besitzt. Er spielt auch sehr gut Orgel und fungiert ehrenamtlich als Ersatzmann für den alten Martin Chamberlain. Das ist zur Zeit von unschätzbarem Wert, weil Martin schon seit Wochen im Krankenhaus liegt.« Sie seufzte. »Aber er übertreibt es ein bißchen mit der Inbrunst seines Glaubens. Was immer ihm passiert sein mag, es ist vielleicht nur für ihn selbst von brennender Wichtigkeit.«

Weitere Spekulationen wurden durch das Eintreffen von Miss Targett unterbunden. Sie war eine dürre Dame in beträchtlich fortgeschrittenem Alter, die sich benahm, als würde sie es durchaus begrüßen, wenn jemand gegen ihre jüngferliche Empfindlichkeit sündigte, und als wäre sie imstande, mit freudig erregtem Abscheu unanständige Worte zu flüstern. Nachdem ihr Melissa die Gründe für Michaels Abwesenheit erklärt hatte, brachte sie die Besucherin in die Küche, wo sie nach knappster Vorstellung augenblicklich begann, die drei wildfremden Menschen wie lebenslange Bekannte zu behandeln.

»Ach, meine Lieben«, begann sie lebhaft und streifte ihre dekorativen Sommerhandschuhe aus weißer Baumwolle ab. »Was sind das nur für Sachen! Latimers Güte ist verschwunden, und ich bin die erste, die es bemerkt. Also, ich weiß gar nicht, warum ich überhaupt nachgesehen habe. Es ist nicht so, daß ich mich normalerweise groß darum kümmere. Schließlich muß ich Hunderte Male daran vorbeigegangen sein, ohne hinzuschauen. Aber, wissen Sie, irgendwas hat mich doch dazu gebracht, und was meinen Sie? Weg! Verschwunden. Gestohlen! Na, ich wußte gar nicht, was ich machen sollte. Niemand zu sehen, und zu dieser Zeit am Vormittag, wem konnte ich es sagen? Trotzdem, ich ...«

»Wie spät war es?« fragte Maltravers kühn in den reißenden Strom aus Worten hinein.

»Bitte? Die Uhrzeit? Oh, es muß ungefähr ... lassen Sie mich überlegen. Ich bin spät losgegangen, weil Sebastian, das ist mein Kätzchen, umherstreunte, und ich habe nach ihm gesucht, um sicherzugehen, daß er ordentlich eingeschlossen wird. Dann traf ich unterwegs Miss Templeton – ach Melissa, meine Liebe, haben Sie gehört, daß ihre Nichte wieder ein Baby bekommen hat? Es ist das vierte. Wer hätte das von so einem zierlichen Ding gedacht? Nun, wir haben uns ausführlich über alles unterhalten, dann sagte ich, daß ich weiter müsse und bin direkt in den Laden gegangen – natürlich war ich immer noch vor dieser furchtbaren Weibsperson Morgan da –, habe aufgemacht, die Kasse überprüft und alles andere. Dann redete ich mit einem der Küster … nein, ich sage die Unwahrheit, es kamen zwei Leute herein und kauften ein paar Karten … *Danach* redete ich mit dem Küster. Worüber? Na, ich erinnere mich nicht mehr. Dann kam die Morgan und bestand natürlich darauf, die Kasse noch einmal zu überprüfen. Also schaute ich ihr dabei zu (damit es später keinen Streit gab) und machte hinterher einen schnellen Rundgang. Es gefällt mir immer in der Kathedrale, wenn es so still und friedlich ist. Wollen wir mal sehen … Ich ging bei der Lady Chapel vorbei, weil das Fenster mit der Morgensonne dahinter so herrlich aussieht, dann … ja, ich muß durch das ganze Gebäude gegangen sein, bis ich bei der Vitrine ankam, folglich …« Miss Targett lächelte strahlend in die vier Gesichter, die einen bemühten Ausdruck höflicher Aufmerksamkeit zeigten, »… folglich war es etwa halb elf«, schloß sie. »Oder so …«

»Halb elf«, wiederholte Maltravers, den angesichts der ausführlichen Schilderungen bereits Mitleid für Jacksons Leiden bei der Aufnahme ihrer Aussage ergriff.

»Ja sicher, obwohl, wenn ich es recht bedenke …«, begann Miss Targett von neuem.

»Nein, nein, das genügt vollauf«, unterbrach Maltravers sie hastig. »Eine vernünftige Schätzung erfüllt den Zweck. Anscheinend waren zu dieser Zeit nicht besonders viele Leute dort. Die Kathedrale öffnet wann?«

»Um neun Uhr«, antwortete Miss Targett ungewohnt kurz.

»Um neun. Dann … nein, der Diebstahl hätte also auch gestern abend stattgefunden haben können, und er wäre niemandem aufgefallen, bis Sie ihn bemerkten. Sagen Sie ...« Maltravers brach ab, denn Miss Targett geriet plötzlich in helle Aufregung.

»Oh!« rief sie. »Sie sind ... Sie sind ... oh, ich kenne Sie ... Sie sind ...« Mit weit aufgerissenen Augen starrte sie über den Tisch.

»Diana Porter«, sagte Diana.

»Natürlich! Ach, meine Liebe, entschuldigen Sie, daß ich Sie nicht gleich erkannte. Ich habe sie im Fernsehen gesehen. Ihre Lesung aus Julian von Norwich war ganz wunderbar. Wissen Sie, bei mir liegt ein Exemplar neben dem Bett, und ich lese jeden Abend darin, aber Sie haben soviel Sinn hineingelegt. Ich freue mich sehr ...« Miss Targett stellte fest, daß selbst die ihr gegebene Sprachgewalt hier nicht ausreichte, und schüttelte nur vielsagend die Hände ihres Gegenübers.

»Vielen Dank, Miss Targett«, sagte Diana. »Es ist immer schön, wenn man seine Arbeit so anerkannt sieht.«

Miss Targett, der als einer von ungezählten Tausenden alle, die im Fernsehen auftraten, wie seltene und höhere Wesen erschienen, von denen bemerkt zu werden so überwältigend war wie eine Audienz im Königshaus, floß über vor Begeisterung.

»Oh, meine Liebe«, war alles, was sie sagen konnte, aber der Tonfall dieser drei Worte verriet zusammen mit feinen Anzeichen ihrer Körpersprache, daß sie sich dieses Dankes unwürdig fühlte. Maltravers stellte sich lebhaft vor, wie sie später diesen Augenblick frohgemut, wenn auch mit unwahren Ausschmückungen, zu Ehrfurcht und Neid ihrer Bekannten wiedergeben würde.

»Miss Davy ist natürlich auch Schauspielerin«, warf er ein.

»Ach, tatsächlich«, sagte Miss Targett und löste sich nur widerstrebend aus der Anziehungskraft von Dianas charmanter Höflichkeit. »Ich glaube, ich habe Sie noch nicht gesehen ...«

»Ich arbeite vor allem am Theater«, entgegnete Tess, indem sie richtig kalkulierte, daß Ort und Charakter ihrer Tätigkeit nicht im Interessenbereich von Miss Targett lagen.

»Nun ja, macht nichts, vielleicht werden Sie eines Tages ...«, fuhr sie gerade huldvoll fort, als Maltravers ihr weiteres Voranschreiten in diese recht gefährliche Richtung der Konversation dadurch unterband, daß er absichtlich eine Wasserkaraffe umwarf. Das anschließende kleinere Chaos bewahrte Miss Targett davor, Bekanntschaft mit Tess' scharfer Zunge zu machen, und es übertönte auch das Geräusch der Haustür, die Michael hinter Webster schloß.

»Was wollte Matthew?« fragte Melissa, nachdem er in die Küche zurückgekehrt war.

»Ach, er macht sich große Sorgen wegen des Diebstahls«, antwortete Michael. »Du weißt doch, wie er ist.«

Melissa wußte es zweifellos, aber Maltravers ergriff die Gelegenheit zu Nachfragen, um weitere Probleme eines Gesprächs mit Miss Targett über unbedeutende Theaterfiguren, die im obskuren Westend vor sich hinkümmerten, zu vermeiden.

»Er ist aufrichtig betroffen«, erklärte Michael. »Daß so etwas in der Kathedrale passiert, entsetzt ihn.«

»Aber das fällt doch gar nicht in seine Verantwortung, oder?«

»Nein, überhaupt nicht. Seine Aufgabe ist die Kirchenmusik. Aber er hat einen sehr ausgeprägten Sinn für die Würde und die Heiligkeit des Gotteshauses im allgemeinen.«

»Ich wünschte, all seine Kollegen aus der Geistlichkeit würden ihn teilen«, bemerkte Maltravers.

»Ja, natürlich«, sagte Michael, der nicht in Stimmung für eine neue Runde religiöser Anzüglichkeiten von seinem Schwager war. »Aber Matthew kann ...« Er suchte nach dem passenden Wort.

»... maßlos sein«, setzte Melissa fort.

»Ja ... eifrig ... übermäßig hingebungsvoll – das trifft es vielleicht noch besser. Ich fürchte, diese Angelegenheit hat ihm schrecklich zugesetzt. Ich war während der letzten paar Minuten nur damit beschäftigt, ihn zu beruhigen und aufzurichten. Er sagte, daß er in die Kathedrale beten gehen wolle. Das tut er oft.«

»Ich dachte, das tätet ihr alle«, meinte Maltravers verschmitzt. »Es steht doch in eurem Arbeitsvertrag, oder?«

»Im Augenblick, Augustus, habe ich zuviel um die Ohren, als mich auf eine neue sinnlose Diskussion über Dinge einzulassen, von denen du wenig weißt, aber viel redest«, entgegnete Michael herablassend. »Miss Targett, ich denke, wir sollten uns auf den Weg machen.«

Miss Targett hatte ihre Aufmerksamkeit unvermeidlich wieder Diana zugewandt und verschlang sie mit diskreten Blicken. Jemanden offen anzustarren war ihr in längst verstrichenen Kindertagen als schlechtes Benehmen ausgetrieben worden. Sie zeigte ihre Enttäuschung darüber, daß man sie aus dieser Gesellschaft fortrief, unmittelbar und deutlich, verbarg sie aber sogleich unter Höflichkeit. Die innere Hoffnung gab ihr Trost, daß es noch zu weiteren Begegnungen kommen könnte, solange sich Diana in Vercaster aufhielt. Bevor sie mit dem Domherrn losging, entstand noch eine kurze Verzögerung, weil ein Reporter und ein Fotograf der »Vercaster Times« auftauchten. Die beiden hatten dank ihrer Kontakte zur Kathedrale bereits lange vor der offiziellen Bekanntgabe der Polizei einen Tip wegen der Latimer-Bibel bekommen. Michael ärgerte sich sehr über ihr ungelegenes, wenn nicht gar dreistes Erscheinen, und Maltravers übernahm die Sache mit diplomatischem Geschick, indem er die Journalisten ins Arbeitszimmer führte. Der Reporter war jung und enthusiastisch, der Fotograf, etliche Jahre älter, schickte sich resignierend an, das gesamte Interview abzuwarten, bis er mit seiner Arbeit anfangen konnte.

»Entschuldigen Sie, aber ich weiß nicht, wer Sie sind«, begann der junge Mann mit anerkennenswerter Offenheit.

»Eigentlich bin ich nur der Schwager des Domherrn Cowan, aber ich weiß eine ganze Menge über diese Angelegenheit. Mein Name ist Augustus Maltravers.«

»Oh, der Schriftsteller«, sagte der Reporter, und Maltravers registrierte beifällig, daß man ihn erkannte. »Irgendwann schreibe ich auch mal ein Buch.«

»Das haben die meisten aus Ihrer Branche vor«, meinte Maltravers. »Ein paar von meinen besten Freunden aus der Fleet Street beabsichtigen, Schriftsteller zu werden; im Grunde reden die meisten seit Jahren darüber. Also, was möchten Sie wissen?«

Die Informationen wurden in einer ausgefallenen Mischung von Normalschriftkritzeln und stenographischen Kürzeln festgehalten, die selbst Pitman nicht kannte, wenngleich die Fragen beeindruckend gründlich waren. Der Fotograf erwachte zu neuem Leben, nachdem er die Kunst der stillen, wie hoffentlich auch nutzvollen Meditation gemeistert hatte und das Gespräch auf ein Bild kam. Maltravers schickte die beiden mit der unwahren Versicherung zur Kathedrale, der Domherr habe seine Zustimmung für ihr Tun signalisiert.

»Ach, und wie alt sind Sie?« fragte der Reporter im Gehen.

»Ich wüßte nicht, daß dies von irgendwelcher Bedeutung sein könnte«, erwiderte Maltravers. »Was den Domherrn betrifft, so ist er achtundsechzig und hält sich für sein Alter bemerkenswert gut. Das dürfen Sie wörtlich zitieren. Auf Wiedersehen.«

Unter selbstzufriedenem Grinsen ging er ins Wohnzimmer, wo Diana und Tess gerade mit wachsender Begeisterung und Betroffenheit die wechselnden Geschicke ihrer Zeitgenossen besprachen.

»Mach keine Witze!« rief Tess, als er eintrat. »So eine Rolle konnte der doch nur an Land ziehen, wenn er vorher mit jemandem geschlafen hat, und ich wage gar nicht daran zu denken, wer es war.«

»Das ist keine Unterhaltung für eine Stadt mit Kathedrale«, bemerkte Maltravers. »Ihr werdet die Gottesfürchtigen noch verderben. Aber wie auch immer, wir müssen uns das Chapter House ansehen gehen.«

Für die Öffentlichkeit blieb das Gebäude an diesem Tag geschlossen, denn man errichtete in seiner Mitte gerade eine niedrige, kreisförmige Bühne aus Holz, die stufenförmig ansteigende Stuhlreihen umgaben. Als die drei eintrafen, waren die Arbeiten bereits beendet, und sie hatten das Haus für sich. Diana betrat den provisorischen Bretterboden und sah sich nach allen Seiten um.

»Augustus, es ist wunderschön!« rief sie.

»Na ja, ich habe versucht, es zu beschreiben, aber das ist einer von den Orten, den man sehen muß, damit man's glaubt«, sagte er. »Vielleicht wird das alles nur noch von der Kapelle Heinrichs des VII. in Westminster übertroffen, die ungefähr zur gleichen Zeit gebaut wurde. Aber worauf es noch mehr ankommt – die Akustik ist sehr gut, wenngleich man das wohl damals nicht geplant hat.«

»Könnten wir mal einen Teil durchgehen?« fragte Diana.

»Ja, ich dachte mir schon, daß du das möchtest. Laß uns den Anfang und das Ende probieren. Wir haben jede Menge Zeit, und es ist ziemlich unwahrscheinlich, daß jemand kommt, denn da sind Schilder aufgestellt.«

Maltravers und Diana hatten die Vorstellung schon vorher in London nur mit Tess als Publikum geprobt. Sie und Maltravers saßen eine halbe Stunde lang schweigend da und besahen sich das abschließende Ergebnis.

»Was meinst du?« fragte Diana, als sie fertig war.

»Was ich schon lange meine«, antwortete Tess. »Du wirst das nicht nur für einen Abend in Vercaster spielen.« Sie drehte sich zu Maltravers um. »Warum schreibst du so was nicht mal für mich?«

»Weil du nicht Diana bist, meine Liebe. Und das weißt du auch. Los, kommt, ich zeige euch die restlichen Räumlichkeiten.«

Sie verließen das Chapter House und liefen durch einen langen Gang bis zu einer weiteren Tür, die in einen überdachten, rechtwinklig verschachtelten Korridor führte. Genau vor ihnen lag eine Reihe von Steinbögen, die sich zu dem viereckigen Kreuzgang des Innenhofes öffneten.

»Es wird euch interessieren zu erfahren, daß dies der Pfarrweg ist«, erklärte Maltravers. »Es handelt sich dabei um eine Verbindung zwischen dem südlichen Querschiff dort drüben rechts und dem Chapter House mit den Kreuzgängen. Ich würde euch auch gern noch mit dem entsprechenden Fachbegriff dafür imponieren, aber ich kenne ihn nicht. Und jetzt bitte hier entlang.« Er wandte sich nach links.

Sie folgten dem Pfarrweg und gingen dann durch die linke von zwei Türen in der hinteren Wand. So gelangten sie in einen kleinen, schmucklosen und hellen Raum. Durch das Fenster, von dem aus am Fuße des Abteihügels der Fluß Verta zu sehen war, fiel die Nachmittagssonne.

»Natürlich kann man abends die Vorhänge zuziehen, und siehe, es finden sich die Wunder moderner Sanitärinstallation.« Maltravers öffnete die Tür eines eingebauten Schrankes, und ein Waschbecken mit Spiegel kam zum Vorschein. »Die Beleuchtung ist nicht überragend, fürchte ich, aber übertriebenes Schminken wird auch nicht nötig sein. Brauchst du sonst noch etwas?«

Diana lächelte und schüttelte den Kopf. »Nein, alles in Ordnung.« Ihre Hände zuckten nervös und verrieten innere Spannung. »Dieses Chapter House hat eine magische Wirkung, kennst du das Gefühl? Es wird gelingen, Gus.« Unvermittelt umschlang sie ihn mit den Armen wie ein glückliches Kind.

»Los«, sagte er, »ich zeige euch den Rest der Kathedrale, wenn wir schon mal hier sind.«

Während sie den Pfarrweg zurück zum Südschiff gingen, ergriff er Tess' Hand und lächelte zufrieden, weil sich Diana so freute. Als sie durch die Bögen des Kreuzganges kamen, hörte ein Mann ihre Stimmen, der auf der gegenüberliegenden Seite lief, und schaute zu ihnen herüber. Seine Blicke blieben an Dianas blondem Haar hängen, das im Sonnenlicht glänzte. Er hielt inne und starrte sie wie gebannt an, bis die drei aus seinem Blickfeld verschwanden.

DRITTES KAPITEL

Die drei nach Süden und Westen gerichteten Fronten des Chapter House erstrahlten unter der frühen Abendsonne in allen Farben der Welt. Inmitten seines Glasmosaiks aus Rubinen, Smaragden und Gold schimmerte die graue Rüstung des St. Georg wie Silber. Tiefblau leuchtend hoben sich die Augen des heiligen Kindes Etheldreda von dem zarten Rosa der Gesichtszüge ab, und ein helles Licht beschien die marinefarbenen Kleider der Jungfrau. Die Fenster ließen all die Töne nach jahrhundertelanger Verwitterung nicht mehr durch; so lag das Innere nur in einem fahlgelben Dämmerschein. Während der anderthalb Stunden von Dianas Auftritt würde auch diese Helligkeit unmerklich schwinden und zu einer nicht wahrnehmbaren Anpassung der Augen des Publikums führen, bis dann zum Höhepunkt nur noch bläuliche Düsternis übrig war. Maltravers hatte den zusätzlichen dramatischen Effekt einer wechselnden Betonung von Glas und Stein einkalkuliert. Er war ihm das erste Mal vor mehreren Jahren aufgefallen, als er eines Abends mit Melissa im Chapter House saß und über den Tod ihres Vaters sprach. Melissa hatte ihn gewarnt, die Wirkung hinge von den Launen des Wetters ab, doch er blieb zuversichtlich.

»An dem Tag sind keine Testspiele angesetzt, deshalb ist Regen höchst unwahrscheinlich«, hatte er festgestellt.

»Außerdem bin ich sicher, daß du und Michael ein Wort beim Allmächtigen einlegen werdet.«

Während das Publikum die Plätze einnahm, stupste er Melissas Arm an und nickte in Richtung der leuchtenden Fenster.

»Vielen Dank für eure Gebete«, flüsterte er.

»Sei nicht so respektlos. Du kennst doch Michael«, zischte sie zurück.

»Ich sehe noch mal nach Diana. Halte mir den Platz frei.«

Er bahnte sich seinen Weg durch die hereinströmende Menge und ging den Pfarrweg entlang, der durch Platzanweiser abgesperrt war. Als er an die Tür kam, trat er unbewußt leiser auf. Er öffnete sie und sah Diana vollkommen reglos mit geschlossenen Augen auf einem einfachen Holzstuhl sitzen. Leise machte er die Tür zu, ging an ihr vorbei zum Fenster und schaute durch einen Spalt zwischen den Vorhängen über den Kiesweg und die zur Kathedrale gehörenden Felder hinweg in den goldenen und taubenblauen Sommerabend. Nach ein paar Augenblicken hörte er, daß sich Diana hinter ihm entspannte; er drehte sich um und lächelte.

»Du weißt, daß du vor diesem Publikum sozusagen mit links spielen könntest«, sagte er.

»Aber ich kann mich nicht selbst mit links spielen«, entgegnete sie. »Und in einem Haus wie diesem darf man nicht schlechter sein als hervorragend. Wie ist das Publikum?«

»Zahlreich und erwartungsvoll. Von Rang und Namen in Vercaster. Ein ganzer Schwung Geistliche natürlich, und gerade habe ich auch den Bürgermeister, seine atemberaubend schöne Frau und – mach dich auf was gefaßt – Lord Verta persönlich gesehen! Aber sei unbesorgt, ich bin sicher, daß er taub ist.«

Maltravers gab sich bewußt unernst. Diana praktizierte vor jeder Vorstellung eine bestimmte Verhaltensroutine, die nichts mit Aberglauben und erst recht nichts mit Affektiertheit zu tun hatte. Auch das anspruchsloseste Publikum würde ein kleines Stück von Diana Porter geboten bekommen, das ebenso einmalig war wie der Anlaß selbst. Die dafür erforderliche Anspannung mußte erst aufgebaut und dann durch ein festes Ritual unter Kontrolle gehalten werden. Zu dessen Bestandteilen gehörten auch ein paar Minuten belanglosen Gesprächs, bevor es losging.

»Was meinst du, wie werden sie es finden?« fragte sie und betrachtete ihr Äußeres noch einmal im Spiegel.

»Bestimmt nicht langweilig«, antwortete er. »Und mach dir keine Sorgen über den Kunstverstand da draußen. Vercaster ist ein ziemlich kultivierter Ort, auf den London noch ausstrahlt. Was immer hier an Bauern wohnt, wird von den Preisen für die Eintrittskarten abgeschreckt worden sein.«

»Waren sie über meine Gage entsetzt?«

»Hochgezogene Augenbrauen gab es schon, aber ich habe sie schnell über die Realitäten des Lebens aufgeklärt. Egal, es ist total ausverkauft, sie haben also ihre Unkosten wieder hereinbekommen und noch dazu Gewinn gemacht. Also.« Er sah auf die Uhr. »Ganzes Theater aufgepaßt – jetzt geht's los! Warte noch einen Augenblick.«

Maltravers fragte die Platzanweiser, ob alle im Publikum saßen, und bat sie dann, die Türen vom Chapter House zu schließen. Anschließend kehrte er zu Diana zurück und ging gemeinsam mit ihr den Pfarrweg entlang bis zu jener Tür, hinter der höfliches Stimmengewirr zu hören war. Er schaute Diana fragend an und ergriff ihre Hand. Sie nickte kurz, er öffnete die Tür, durchschritt den Mittelgang zwischen den Sitzreihen und betrat die Bühne. In die Stimmen mischte sich zögernder Applaus, den er zum Verstummen brachte, als er zu sprechen begann.

»Eure Exzellenz Herr Bischof, sehr geehrter Herr Dekan, verehrter Herr Bürgermeister, Eure Lordschaft, hochgeschätzte Gäste, meine Damen und Herren«, sagte er zügig. »Ich habe das große Vergnügen, die erste Veranstaltung der wiedererstandenen Festtage von Vercaster zu eröffnen. Bitte begrüßen Sie mit mir in diesem wunderbaren Hause zu einer speziellen Einzelvorstellung ... Miss Diana Porter.«

Nach dieser Begrüßung richtete er den Blick nach hinten auf die offene Tür, aus der Diana mit strahlendem Lächeln auf ihn zukam. Der Beifall hallte von den Wänden wider, er nahm ihre Hand, als sie das Podium erstieg, und trat dann zurück, um sich auf seinen Platz zu setzen. Dianas weizengelbes Haar wallte über einem hochgeschlossenen weiten Abendkleid aus reiner Seide, am Hals trug sie eine Rubinbrosche. Zuerst lief sie in einem schnellen Kreis über die Bühne, dann nahm sie auf einem hohen Stuhl in der Mitte Platz. Sie verschränkte die Hände auf dem Schoß und senkte den Kopf, während der Beifall verklang und sich alles in der eintretenden Stille auf ihre reglose Gestalt konzentrierte.

»Ist Ihnen schon einmal in den Sinn gekommen, an welcher Stelle Frauen auf Gottes Prioritätenliste stehen?« fragte sie mit leiser Stimme, die freilich noch immer wie eine Glocke bis zur Decke hinaufschallte. »Erst gab es Himmel und Erde, dann Nacht und Tag, dann teilte Er die Wasser, schuf Land und Meer, dann Gräser und Kräuter und Bäume, die Früchte trugen.« Sie zählte die einzelnen Positionen gewandt mit den Fingern ab. »Danach Sonne, Mond und Sterne, große Wale, Vieh und was da sonst noch kreucht und fleucht. Irgendwann kommt auch Adam, aber der ist eine Weile beschäftigt, weil Gott will, daß er allem einen Namen gibt.«

Sie senkte die Stimme, bis sie klang wie ein erwachsener Mann, der die Geduld mit einem Kind verliert. »Nein, Adam, du kannst es nicht Flußpferd nennen, das haben wir schon. Wie wär's mit Kröte? Nein? Gefällt dir nicht? Gut, du sollst deinen Willen haben, wir nennen es Giraffe. Und was soll nun aus diesem gepunkteten Ding mit dem langen Hals werden? Nein, Unsinn, es sieht einfach nicht nach Igel aus. Du kannst auch nicht zu allem, was Federn hat, bloß ›Vogel‹ sagen ... also komm jetzt – konzentriere dich!«

Dianas normale Stimme kehrte zurück. »Nur der Himmel weiß, wie lange das Sortieren dauerte. Und dann? Dann hat Adam überhaupt nichts mehr zu tun, außer im Garten Eden umherzuwandern, seine langen Finger vom Baum des Wissens über Gut und Böse zu lassen und die Macht über alle lebenden Wesen auszuüben. Und was beschließt Gott? Er braucht eine Gefährtin.« Sie blickte verwundert auf. »Wofür, um alles in der Welt? Na egal, Gott entscheidet, daß er eine haben soll, und so bekommen wir endlich die Frau ... das letzte, was Gott geschaffen hat.« Diana machte eine

Pause und blickte tiefsinnig, bevor die Betrachtung deutlicher wurde. »Natürlich muß er nach all der Übung recht gut im Erschaffen von Dingen gewesen sein«, fügte sie nachdenklich hinzu.

Sie erhob sich von dem Stuhl, trat zum Bühnenrand vor eine Reihe älterer Geistlicher und ihrer Angehörigen, legte den Kopf auf die Seite und starrte die Frau des Bischofs unverblümt an.

»Aber selbstverständlich«, fuhr sie hinterlistig fort, »hat Adam jetzt nicht nur eine Gefährtin ... er hat auch jemanden, dem er die Schuld geben kann.«

Die beiden Frauen musterten sich einen Augenblick, dann lächelte die Frau des Bischofs ganz kurz und nickte zustimmend. Maltravers, der ihre Reaktion aufmerksam beobachtet hatte, stieß einen ebenso langen wie leisen Seufzer der Erleichterung aus.

»Es funktioniert«, murmelte er.

»Bist ein schlaues Brüderchen«, flüsterte Melissa zurück.

Das Kreuz am Kreis war offenbart worden, nicht wie Michael es sich gedacht hatte, als Zeichen von Golgatha über der Erdkugel, sondern als das biologische Symbol des weiblichen Geschlechts. Diana führte ihr Publikum weiter durch wohlbekannte Gefilde, die von einem deutlich anderen und aufschlußreichen Standpunkt aus betrachtet wurden. Sie erzählte die Geschichte von Simson und Delila aus Delilas Sicht (»Langes Haar paßte überhaupt nicht zu ihm.«), zeichnete ein neues Bild von Ruth als lustiger Witwe zusammen mit Boaz, der nur auf seinen Vorteil bedacht war, und entwickelte eine ganze Palette biblischer Frauengestalten: Salome, die Königin von

Saba, Lots Weib, Martha und Maria, sowie all die anderen mal schnippisch, dann wieder verbittert, hier zynisch, da mitfühlend. Es war eine sehr sorgfältig ausbalancierte Aufführung, und ihr Spiel machte das Ganze perfekt.

Mit der Schlußszene kam die heikelste von allen. Zusammengesunken und zerbrochen vor Gram kniete Diana mitten auf der Bühne und flüsterte die letzten Worte der Maria Magdalena zu dem gekreuzigten Jesus. Es war eine lange, qualvolle Klage ohne Selbstmitleid, bei der es nicht um die Erlösung der Menschheit ging, sondern um Liebe und Tod. Das Publikum beobachtete sie unter gespanntem Schweigen und teilte mit ihr die hilflose Verwirrung und das Leiden eines Menschen in höchster Sorge. Maltravers, der wochenlang um die Worte gerungen hatte, die sie sprach, war ebenso gefesselt wie alle anderen. Am Ende hob sie nach einer winzigen Pause das gefühlsbewegte und tränenfeuchte Gesicht: »Warum hast du mich verlassen?« Mit diesem letzten, aus tiefster Trauer aufsteigenden Schrei, der das ganze Chapter House erfüllte, sank sie zu ohnmächtigem Schluchzen zusammen, bevor sie ganz verstummte. Wie ein Pistolenschuß erklang das erste Klatschen des Beifalls, und Maltravers stellte erfreut fest, daß es vom Bischof kam. Diana erhob sich und machte einen tiefen Knicks, während der Applaus sie umbrandete. Sie verbeugte sich nach allen Seiten zum Publikum, bevor sie dann schnell auf dem gleichen Weg hinausging, auf dem sie hereingekommen war. Der Beifall wurde lauter, sie fand wieder zu sich, kam lächelnd zurück und verbeugte sich erneut. Danach zog sie den widerstrebenden Maltravers auf die Bühne, damit er an ihrem Erfolg teilhaben konnte, um schließlich einen endgültigen Abgang zu machen, aus dem sie keine noch so nachdrückliche Forderung zurückholen würde. Auch bei den Leuten löste sich die emotionale Erregung, und ein unübersichtlicher, doch geordneter Rückzug ins Refektorium zum Kaffee setzte ein. Melissa wandte sich an ihren Bruder.

»Augustus, das war wunderbar«, sagte sie. »Du verstehst die Frauen besser als alle Männer, die ich kenne. Selbst Michael wird darüber nachdenken müssen.«

»Vielen Dank«, antwortete er und küßte sie. »Aber vollendet hat es erst das zum Leben erweckte Wort. Das war die großartigste Leistung, die ich je von ihr gesehen habe.«

»Sie kommt doch rüber zum Kaffee, nicht wahr?« fragte Melissa besorgt. »Ich muß ihr unbedingt gratulieren.«

»Selbstverständlich kommt sie, aber du mußt ihr ein paar Minuten Zeit geben. Geh du vor, Tess und ich werden nachsehen, wie sie sich fühlt.«

Als sie zu Dianas Tür kamen, drückte Tess seinen Arm, sagte aber nichts.

»Ich weiß«, meinte er schlicht. »Los, holen wir sie wieder auf den Boden der Tatsachen zurück.«

Diana hatte die Vorhänge aufgezogen, und als sie eintraten, stand sie mit starr auf die dunkler werdende Landschaft gerichtetem Blick am Fenster. Maltravers ging durch das Zimmer und legte ihr die Hände auf die Schultern.

»Ich fürchte, du erweist meiner Arbeit mehr Ehre als sie wert ist.«

»Ich danke dir«, sagte sie. »Es war gut, nicht?«

»So könnte man es auch sagen. Aber ich fand es eher wie ein Wunder.«

Diana drehte sich um und sah Tess an. »Was denkst du?«

»Daß *ich* meine Karriere ebensogut aufgeben könnte«, antwortete sie.

»Du redest Unsinn, und das weißt du auch.« Diana lachte und streckte beiden die Hände entgegen. »Aber es freut mich, daß es etwas Besonderes war und euch gefallen hat.«

Sie schlang die Arme um Maltravers, und er spürte, wie ihre Spannung sich legte.

»Komm«, sagte er. »Deine Zuschauer warten im Refektorium, sie waren ein sehr gutes Publikum.«

»Nicht wahr? Fabelhaft. Weißt du, von welchem Augenblick an es richtig gelaufen ist? Es war das Stück am Anfang über Adam, der jemanden hat, dem er die Schuld geben kann. Ich dachte schon, diese Frau würde überhaupt nie reagieren. Wer war das?«

»Die Frau des Bischofs.«

Diana zog eine übertriebene Grimasse von gespieltem Horror. »Es hätte nicht viel gefehlt, und ich wäre am Samstagabend in Vercaster gestorben.«

»Mir wäre es um ein Haar ebenso gegangen. Ich wußte ja, wer sie war.«

Die drei gingen ins Refektorium, wo Diana zu Maltravers' Vergnügen noch eine kleine, aber genau beobachtete Vorstellung gab, die da hieß: Öffentlicher Auftritt einer Prominenten. Mehrfach wurden Glückwünsche ausgesprochen, mal überschwenglich, mal aufschlußreich kurz, dann hatten sie die Gruppe der wichtigsten Gäste erreicht. Maltravers stellte Diana dem

Bischof vor. Er war ein kleiner, empfindsamer Mann mit hellgrauem Haar über einem kräftigen und vergnügten Gesicht.

»Miss Porter«, sagte er und machte eine so dienerähnliche Bewegung, wie sie ihm gerade noch möglich war, ohne die Würde von Bischofsstab und Mitra zu verletzen. »Es fällt mir schwer, die Freude in Worte zu fassen, die Sie uns heute abend bereitet haben. In meinem Alter werde ich wohl langgehegte Glaubensgrundsätze nicht noch einmal überprüfen müssen, aber Sie haben vielen von uns etwas zu denken gegeben. Ich möchte Sie gern vorstellen.«

Maltravers trat zurück, holte sich einen Kaffee und beobachtete mit dem einnehmenden Blick eines Vaters, der auf seine glänzende Tochter stolz ist, wie der Bischof sie im Kreise seiner Begleiter herumführte. Während er dabei noch zusah, spürte er eine Berührung am Ärmel, und als er sich umdrehte, stellte er fest, daß es Jackson war.

»Hallo«, sagte er. »Sind sie dienstlich hier oder privat?«

»Dienstlich. Ich dachte einfach, ich würde vielleicht irgend jemanden oder irgend etwas sehen, wodurch ein bißchen Licht in den Fall käme.«

»Und waren Sie erfolgreich?«

»Nein.« Jackson lächelte. »Aber ich habe Miss Porter gesehen, und das hat sich schon gelohnt.«

»Daraus entnehme ich, daß es keine neuen Erkenntnisse gibt?«

Jackson schüttelte den Kopf. »Bisher nicht die geringsten, obgleich wir noch am Anfang stehen. Soweit wir sehen, paßt das Ganze in kein bekanntes Schema. Ich hoffe nur, daß wir alle in Frage kommenden Fluchtwege außer Landes abgeriegelt haben.«

Maltravers' Aufmerksamkeit wurde dadurch abgelenkt, daß der Bischof seinen Namen rief, und er ging zu ihm und Diana hinüber. Sie standen mit dem Bürgermeister, dessen Frau und mehreren Geistlichen zusammen.

»Wie ich höre, haben Sie die Texte für den heutigen Abend geschrieben, Mr. Maltravers?« wandte sich der Bischof an ihn.

»Mit ein wenig Hilfe durch die Bibel, Herr Bischof.«

»Nun, wir müssen auch Sie beglückwünschen. Einige sehr bemerkenswerte Interpretationen. Sagen Sie, haben Sie schon einmal erwogen, selbst in den Dienst der Kirche zu treten?«

Maltravers hörte, wie Melissa, die dicht dabei stand, in ihren Kaffee prustete.

»Nein«, entgegnete er. »Ich glaube, ich hätte Schwierigkeiten mit einigen Lehren.« Zu seiner Erleichterung ging der Bischof nicht näher darauf ein. Auch wenn Maltravers seit Jahren den Glauben seines Schwagers im Streit anzweifelte oder zu untergraben und sogar lächerlich zu machen versuchte – der Bischof gehörte nicht zur Familie. In diesem Augenblick trat der Dekan zu der Gruppe, um Diana zu gratulieren, was Maltravers die Möglichkeit eröffnete, sich zurückzuziehen.

»Sehr selbstbeherrscht«, murmelte Melissa. »Der Bischof ist ein viel zu sanftmütiger Christ für deine ätzenden Bemerkungen.«

»Was ich geschrieben habe, fand seine Billigung«, hielt ihr Maltravers entgegen.

»Schon, aber da hast du ausnahmsweise auch mal leise Töne angeschlagen. Übrigens, sieh jetzt nicht hin, gleich rechts hinter dir steht ein Mann, der immerzu hier herüberstarrt. An der Tür. Ich habe ihn schon ein paar Minuten lang beobachtet, und es scheint, als ob er sich kaum von Dianas Anblick losreißen kann.«

»Na, sie ist ja auch der Star des Abends«, sagte Maltravers. »Du weißt doch, wie die Leute mit Berühmtheiten umgehen. Denk mal an Miss Targett.«

»Ja, aber das ist ... ich weiß nicht. Mir gefällt einfach nicht, *wie* er schaut.«

»Das heißt, du kennst ihn auch nicht.«

»Nein. Er hat ganz sicher nichts mit der Kathedrale zu tun. Ich dachte, du hättest vielleicht ... ach verdammt, jetzt ist er weg.«

Maltravers drehte sich instinktiv um und schaute zur Tür des Refektoriums, die offengeblieben war.

»Wie sah er aus?« fragte er.

Melissa zuckte die Schultern. »Och, ganz gewöhnlich. Kann sein, es war reine Einbildung. Hat mir aber nicht gefallen. Noch Kaffee?«

Es war fast elf, als sie die Kathedrale verließen und den kurzen Weg zum Punt Yard durch die samtene Sommernacht zurücklegten. Dort nahmen sie noch einen letzten Drink vor dem Schlafengehen.

»Wann müssen Sie morgen los?« fragte Melissa Diana.

»Irgendwann am Nachmittag. Wann fahren denn Züge? Hauptsache, ich bin Montag früh wieder in der Stadt.«

»Schön. Michael hat morgen den Frühgottesdienst in St. John's, vielleicht könntet ihr drei mit Rebecca spazierengehen, wenn ich das Mittagessen mache. Und kommen Sie auch am Nachmittag zur Gartenparty beim Dekan?«

»Natürlich«, erwiderte Diana. »Er hat unbedingt darauf bestanden. Es ist egal, welchen Zug ich nehme.«

Nachdem die anderen ins Bett gegangen waren, blieben Maltravers und Tess noch auf und unterhielten sich.

»Heute abend hat sie sich selbst übertroffen«, stellte Tess fest.

»In der Tat. Und denk mal daran, was sie noch alles geben wird. Desdemona, Julia, Kleopatra, Ophelia ... Sie holt da Dinge heraus, von denen selbst der selige William nichts ahnte.«

Tess betrachtete ihn, während er nachdenklich in den leeren Kamin starrte, der sogar ohne Winter und Kohlen die Blicke anzog. Sie wußte, daß in seinem Kopf eine lebhafte Phantasie arbeitete. Seit annähernd drei Jahren fühlte sie sich in dem Bewußtsein geborgen, daß ein Teil von ihm durch die Zauberkraft des geschriebenen oder gesprochenen Wortes beherrscht wurde, und sie hatte erkannt, daß sie in diese persönliche Welt nicht eindringen durfte. Seine Gefühle konnte sie teilen; sie war selbst Schauspielerin und hatte erlebt, wie eine Frau, mit der sie befreundet war, ihre eigene Kunst in höchster Vollendung dargeboten hatte. Eine Weile blieben sie noch sitzen, um über Diana Porters größte Leistung nachzusinnen, dann gingen sie zu Bett.

VIERTES KAPITEL

Plumpe und wohlgenährte Enten ruderten am Rande des Wassers, in das Tess, Diana und Rebecca zerbröckelte Brotstücke zwischen die ungezügelt um sich spritzenden Schnäbel warfen. Von weitem ertönten mit mathematischer Genauigkeit die Glocken der Kathedrale. In ihren Klang mischte sich unharmonisch die elektrische Spieluhr eines Eiswagens, der gerade auf dem Parkplatz an den Uferwiesen der Verta stoppte; sie spielte ein paar synkopische Takte von »Greensleeves«. Rebecca lachte über die Eskapaden der Enten, während im Kristallblau des Himmels hoch oben jenseits des Flusses ein Turmfalke stand und Mauersegler flach über die wie aus Silber getriebene Wasseroberfläche schossen.

»Die Welt ist beladen mit der Erhabenheit Gottes«, bemerkte Maltravers. »Ich teile zwar nicht die Überzeugungen des unglücklichen Gerard, aber in diesem Punkt bin ich mit ihm einer Meinung.«

Sie hatten am Frühgottesdienst in der Kathedrale teilgenommen, und ein großes Umdrehen, Anstoßen und Flüstern war durch die Gemeinde gegangen, als sie ihre Plätze einnahmen. Michael hatte noch immer anderswo in St. John's zu tun, Melissa war mit der Zubereitung eines Gerichtes befaßt, zu dem verschiedene Reisschichten gehörten.

Tess hängte sich bei Maltravers ein, und Rebecca hielt – nunmehr voller Bewunderung – Dianas Hand. So gingen sie flußaufwärts bis zur Ruine einer verlassenen angelsächsischen Kirche, die einst aufgegeben worden war, als man die Kathedrale baute. Es standen noch ein paar unförmige Teile einer Mauer sowie ein kompletter Gewölbebogen, der den früheren Eingang umschlossen haben mußte. Wenn man ihn durchschritt, fand man dahinter genügend Reste, anhand derer sich Größe und Grundform des ursprünglichen Bauwerks ermessen ließen.

»Sie war ganz winzig«, sagte Diana.

»Tja, zwischen dem Abzug der Römer und Etheldredas religiöser Ohnmacht war Vercaster nicht gerade eine Weltstadt«, erklärte Maltravers. »Wahrscheinlich paßten ungefähr achtzig Leute hinein, das dürfte auch ausgereicht haben.«

»Ist dies noch immer geweihter Boden?«

»Kann sein. Ich weiß gar nicht genau, wie man einen Ort entweiht. Oder heißt es ›rückweiht‹? Die Ruine steht sicherlich noch auf Land, das zur Kathedrale gehört, aber neben den großen übriggebliebenen Brocken der römischen Stadtmauer gilt sie nicht mal als Sehenswürdigkeit für Touristen.«

Sie setzten sich ins Gras, mit dem Rücken gegen die Reste einer Wand gelehnt, und Diana machte für Rebecca eine Kette aus Gänseblümchen, deren kleinen Blütenring sie ihr dann auf das schimmernde braune Haar steckte.

»Für dich auch eine«, forderte Rebecca.

»In Ordnung. Geh und suche noch ein paar Gänseblümchen.«

Maltravers beobachtete die Idylle mit Interesse.

»Dieser mütterliche Instinkt ist neu«, sagte er. »Ich habe noch gar nicht gewußt, daß du dich überhaupt irgendwie für Kinder interessierst.«

»Ich habe sie sehr gern«, antwortete Diana und fädelte vorsichtig ein Gänseblümchen durch den aufgeschlitzten Stiel eines zweiten. Sie wandte sich an Rebecca. »Und wenn ich je ein kleines Mädchen bekomme, werde ich es nach dir nennen ... So.« Sie setzte die fertige Blumenkette auf ihr Haar. »Oder vielleicht Titania?« Fernab hörten sie die Uhr der Kathedrale.

»Ich verkneife mir das naheliegende Zitat, wir müssen auch zurück zum Mittag«, mahnte Maltravers. »Und dann kommt noch diese Trollopesche Versammlung beim Dekan.«

Während des Essens stellte er Mutmaßungen darüber an, ob sie bei dem Ereignis einem Slope, Proudie oder Septimus Harding begegnen würden.

»Benimm dich anständig«, warnte ihn Melissa eindringlich. »Du bist dort zu Gast.«

»Jawohl, große Schwester«, erwiderte er lammfromm.

»Und ich bin nicht deine große Schwester. Ich bin fünf Jahre jünger.«

»Vielleicht. Aber du wirkst immer so.«

Das Haus des Dekans lag im Cathedral Close, der von der gegenüberliegenden Seite des Chapter House parallel zum Punt Yard verlief. Während Maltravers vor der Tür auf die anderen wartete, um sich gemeinsam mit ihnen auf den kurzen Weg zu machen, bemerkte er auf der Straßenseite gegenüber einen Mann, der das Haus eingehend betrachtete. Sein zurückgekämmtes Haar lichtete sich bereits, und er trug ein kariertes Hemd mit offenem Kragen. Als er gewahr wurde, daß Maltravers zurückstarrte, entfernte er sich schnell in Richtung der Hauptstraße am entgegengesetzten, der Kathedrale abgewandten Ende von Punt Yard.

»Komischer Vogel. Möchte wissen, wer das war«, sagte Maltravers, als Tess kam.

»Wer?«

»Der Kerl, der da gerade um die Ecke geht. Noch so ein Glotzer aus Vercaster.«

»Bloß ein Tourist. Der Ort ist voll von ihnen. Los, komm, die anderen sind da.«

Sie wurden von der beeindruckenden Gattin des Dekans begrüßt, einer Frau mit bemerkenswertem Busen, wie Maltravers Tess zuflüsterte. Sie führte die Besucher geradewegs durch das Haus hindurch und zur Verandatür hinaus in den Garten, der bereits von mehreren Geistlichen bevölkert wurde, die entweder standen oder langsamen und schicklichen Schrittes umhergingen. Der Garten hatte eine enorme Größe – Maltravers erfuhr später, daß er rund dreitausend Quadratmeter maß –, und er bestand größtenteils aus einer gewaltigen Fläche makellosen Rasens zwischen zwei Reihen hoher, dunkler Rhododendronsträucher mit Blumenrabatten davor. Vereinzelt waren auch noch andere kleinere Büsche und Beete über das Grasareal verstreut, das zu einer gemischten Ansammlung von alten, sich selbst überlassen gebliebenen Bäumen und dem dazugehörenden Gestrüpp hin abfiel, die das letzte Drittel des Gartens bildete. Das Ganze wirkte vollkommen abgeschieden; die anschließenden gleichartigen Gärten der Häuserreihe dahinter blieben fast unsichtbar. Maltravers dachte über die mögliche Eignung als Treffpunkt der Nudisten von Vercaster nach und amüsierte sich damit, daß er die gegenwärtigen Besucher im Geiste ihrer Talare, violetten Westen oder ehrwürdigen Gamaschen entkleidete. Als sein Blick auf die Frau des Dekans fiel, hörte er jedoch schlagartig damit auf.

Wie er es vorausgesehen hatte, glich die Atmosphäre der des alten Barchester: Die Konversation war höflich und gedämpft, die Rangunterschiede der Geistlichkeit wurden sorgsam beachtet. Eine Zeitlang unterhielten er und Tess sich mit einem sehr jungen Kuraten und dessen Frau, die unvermittelt ihr nervöses Verlangen nach einer Zigarette offenbarte. Aber sie fürchtete den Zorn der Frau des Dekans angesichts einer Kippe, die den Rasen seiner unberührten Perfektion beraubt hätte. Maltravers schlug ihr mitfühlend vor, zu dem Waldstück am Ende des Gartens zu spazieren und dort Zuflucht zu suchen. So bahnten sie sich ihren Weg durch die Bäume, bis sie an der Umgrenzung des Zaunes ankamen, von dem aus man knapp zwanzig Meter des Ufers der Verta überblicken konnte. Als sie zurückkehrten, wurden sie von der Frau des Dekans getrennt, die bestimmt einen finsteren Verdacht hegte, was sie dort getrieben hatten. Tess und Maltravers wurden mit Nachdruck zum Pfarrer einer weit entfernten Gemeinde geleitet, der offenbar den Wunsch geäußert hatte, sich mit ihnen zu unterhalten, während die Frau des Kuraten einen vernichtenden Blick auffing, der wenig Anlaß zur Hoffnung für das weitere Fortkommen ihres Mannes in der Diözese bot. Während sie redeten, beobachtete Maltravers, wie Diana in Begleitung des Hausherrn zwischen den Gästen umherging. Wenn sie nähertrat, öffneten sich für sie alle Grüppchen voller endlich erfüllter Erwartung. In welchen Teil des Gartens sie auch ging, er war von Lachen erfüllt.

»Eine charmante junge Frau«, sagte eine Stimme neben seinem Ellenbogen, und als er sich umwandte, stand er genau vor den waagerechten Proportionen der Gastgeberin. »Wir freuen uns so, daß sie kommen konnte. Unterhalten Sie sich alle gut?« Für eine Antwort blieb keine Zeit. In dem Bewußtsein, daß die Anwesenheit der anderen ein unvermeidlicher Preis für Dianas Anwesenheit war, wogte die Frau des Dekans eindrucksvoll davon.

Der Tee wurde natürlich in feinem und dünnem Porzellangeschirr serviert, dazu gab es auf passenden Tellern schmale Sandwiches mit feingeschnittener Salatfüllung. Es war eine äußerst wohlerzogene, zivilisierte Versammlung geistlicher Herrschaften, die Maltravers, auch wenn er sich später erbarmungslos darüber lustig machen würde, ausgesprochen angenehm fand.

»Mich wundert nur eins: Ist heute für Sie nicht Arbeitstag?« fragte Maltravers einen Pfarrer, der mit einigem Geschick gleichzeitig Tasse, Untertasse und Teller vor sich herjonglierte. »Ich weiß, der Schöpfer hat an diesem Tage geruht, aber müssen Sie nicht alle irgendwo predigen gehen, oder so?«

»Ja, die meisten von uns haben noch Abendgottesdienst, und einige, die einen weiteren Weg zurücklegen müssen, sind auch schon gegangen.« Maltravers bemerkte, daß sich die Reihen der Gäste gelichtet hatten.

»Eigentlich«, der Pfarrer stürzte den restlichen Tee in für solch ein Gefäß ungebührlicher Eile hinunter, »... wenn Sie mich entschuldigen würden, müßte ich auch weg.«

Der Abendgottesdienst in der Kathedrale begann um halb sieben, und fünf nach sechs lag der Garten wieder verwaist. Die Besucher hatten keinerlei Spuren hinterlassen, die auf ihre Anwesenheit gedeutet hätten. Tess, Maltravers, Michael und Melissa standen auf der Terrasse und verabschiedeten sich.

»Vielen herzlichen Dank, Herr Dekan«, sagte Michael. »Es war wunderbar, aber ich muß jetzt wirklich hinüber in die Kathedrale.«

»Natürlich«, erwiderte der Dekan. »Aber ich möchte noch Miss Porter auf Wiedersehen sagen. Wo ist sie? Ich mußte sie vor einer Weile allein lassen, als der Bischof ging und ...« Er sah sie höflich fragend an. Es herrschte eine leichte Verwirrung, als die Blicke durch den leeren Garten schweiften.

»Vor ein paar Minuten habe ich sie noch gesehen«, erklärte Tess. »Sie war dort unten.« Sie zeigte auf die Bäume am unteren Ende des Gartens.

»Und mit wem?« fragte Maltravers.

»Ich weiß nicht. Ich glaube, sie war allein, aber ich habe nicht genau darauf geachtet.«

»Vielleicht ist sie im Haus«, sagte die Frau des Dekans kurz. »Nein, bleiben Sie hier, ich werde nach ihr suchen gehen.«

Während sie auf der Terrasse warteten, zog eine Wolkenwand vor die langsam untergehende Sonne, und die

Helligkeit verschwand aus dem Garten. Tess ergriff Maltravers' Arm und fröstelte ein wenig.

»Kühl«, sagte sie mit schmalem Lächeln.

»Tja, drinnen ist sie nicht.« Die Frau des Dekans trat aus der Verandatür. Sie klang etwas ungehalten; einer der Gäste benahm sich daneben.

Auch eine Suche im Garten, die Maltravers mit dem zunehmend ungeduldigen Michael unternahm, ergab nichts. So entschuldigten sie sich schließlich in angemessener Weise und gingen. Während der Dekan abwiegelte und sich verständnisvoll zeigte, war seine Frau alles andere als erfreut.

»Wo steckt sie, verdammt noch mal?« platzte Maltravers heraus, als sie das Haus verlassen hatten.

»Vielleicht ist sie schon in den Punt Yard zurückgegangen«, meinte Tess.

»Aber doch nicht, ohne sich zu verabschieden«, entgegnete er bestimmt.

Diana war nicht im Punt Yard, obgleich ihr für die Rückfahrt nach London gepackter Koffer noch in der Diele stand. Auch eine Freundin Melissas, die ihre Tochter herübergebracht hatte, damit sie mit Rebecca spielen konnte, solange sie fort waren, konnte sich nicht erinnern, sie gesehen zu haben. Eine Viertelstunde warteten sie noch, dann verlor Maltravers die Geduld und ging auf die Suche, freilich ohne die geringste Ahnung, wo er anfangen sollte. Er lief hinüber zur Kathedrale, aber der Küster am Westportal versicherte ihm, daß Diana nicht dort gewesen sei. Darauf ging er noch einmal zum Fluß und zur Kirchenruine. Diana war nie zuvor in Vercaster gewesen, und es gab nur sehr wenige Stellen, die sie kannte.

»Allmählich wird es albern«, blaffte Maltravers, als er in den Punt Yard zurückkehrte und feststellen mußte, daß sie während seiner Abwesenheit nicht aufgetaucht war.

»Wo ist Diana?« fragte Rebecca unvermittelt und blickte vom Fußboden auf, wo sie spielte.

»Hat Diana dir auf Wiedersehen gesagt?« fragte Melissa.

»Nein«, antwortete das Kind einfach, und die drei Erwachsenen starrten sich an.

Maltravers nahm einen Drink, den ihm seine Schwester anbot, und zündete sich eine Zigarette an. Geräuschvoll und erregt stieß er den Rauch zwischen den Zähnen hervor.

»Also, das wollen wir jetzt mal klarstellen«, hob er an. »Tess, du sagst, du hast sie in der Nähe der Bäume stehen sehen um ... wann? ... irgendwann nach sechs Uhr. Keiner von uns hat sie noch zu einem späteren Zeitpunkt zu Gesicht bekommen. Und du sagst, es war niemand bei ihr.«

»Ich kann mich nicht erinnern, irgendwen gesehen zu haben. Aber sie könnten von den Bäumen verdeckt gewesen sein.«

»Was hat sie gemacht?«

»Einfach nur dagestanden.«

»Und gesprochen?«

Tess überlegte einen Augenblick. »Nein. Aber wenn da noch jemand gewesen ist, den ich nicht sehen konnte, hat sie vielleicht auch zugehört.«

»Na gut«, meinte Maltravers. »Kann sie zurück in die Stadt gefahren sein? Ihr Koffer ist noch hier.«

»Sie hatte ihre Handtasche bei sich«, stellte Tess fest. »Darin waren die Fahrkarte und ihr Portemonnaie.«

»Also ... nein, Unsinn. Sie hat sich von niemandem verabschiedet, nicht einmal von Rebecca. Wo zum Teufel ist sie?«

Darauf wußte niemand eine Antwort, und Dianas Verschwinden lastete weiter auf ihnen, während Rebecca ins Bett gebracht wurde. Michael kam nach Hause, sie aßen kalt zu Abend, und am Ende der Mahlzeit erklärte Maltravers, daß er in Dianas Londoner Wohnung anrufen würde. Ein paar Minuten später kehrte er zurück und berichtete, daß niemand abgenommen habe.

»Meinst du, wir sollten zur Polizei gehen?«

»Was werden die schon machen? Bestimmt keine Fahndung auslösen, nur weil sich jemand aus unerklärlichen Gründen schlecht benimmt, wie es scheint.«

»Ihr Koffer ist immer noch da«, bemerkte Tess.

»Genau. Sie könnte auch einfach irgendwo in der Stadt spazierengehen. Das paßt zwar überhaupt nicht zu ihr, aber die Polizei wird es nicht besonders aufregen, glaube ich.«

Den Rest des Abends sahen sie geistesabwesend fern. Maltravers versuchte in regelmäßigen Abständen, per Telefon Dianas Wohnung und verschiedene Freunde zu erreichen. Er blieb erfolglos. Schließlich, es war schon fast Mitternacht, rief er doch die Polizei an.

Der diensthabende Sergeant hörte sich an, was er zu sagen hatte, und stellte dann eine Reihe von Fragen, um das Ganze noch einmal durchzugehen.

»Haben Sie es bei all ihren Freunden versucht?« erkundigte er sich.

»Na ja, das sind eine Menge Leute, und ich kenne sie nicht alle. Bis jetzt habe ich es bei einem Dutzend probiert.«

»Ich denke, das ist im Augenblick das beste, was man tun kann, Sir«, erklärte der Sergeant. »Moment mal ... Sie sagten, daß sie mit dem Zug gekommen ist. Haben Sie sich schon am Bahnhof erkundigt?«

»Nein, daran habe ich noch nicht gedacht.«

»Nun, das können wir auch machen. Würden Sie mir bitte sagen, was die junge Dame trug?«

»O Gott, ich weiß nicht ... Augenblick bitte.« Maltravers rief Tess ans Telefon. Sie beschrieb die Einzelheiten und übergab ihm dann wieder den Hörer.

»Gut Sir, Sie versuchen es weiter bei ihren Bekannten, und ich sage Ihnen Bescheid, wenn es irgendwelche Neuigkeiten vom Bahnhof gibt. Wenn Sie mir Ihre Nummer nennen würden ...« Maltravers las sie von der Wählscheibe ab. »In Ordnung. Vielen Dank. Ich kann mir nicht vorstellen, daß irgendein Anlaß zur Sorge besteht, aber ich werde die Sache weiterleiten. Sie sollten inzwischen so viele Erkundigungen einziehen wie nur möglich.«

Als Maltravers aufgelegt hatte, wurde ihm klar, daß man zu dieser nachtschlafenden Zeit keinen Menschen anrufen konnte, um zu fragen, ob er nicht wüßte, wo Diana sei. Aber er beschloß, es trotzdem zu versuchen. Er hatte gerade drei Anrufe geschafft, die am anderen Ende mit unterschiedlicher Höflichkeit aufgenommen worden waren, als der Sergeant sich wieder meldete und ihm mitteilte, daß es am Bahnhof keine Spur von Diana gab.

»Ich bin sicher, die junge Dame wird wohlbehalten wieder auftauchen, Sir. Aber informieren Sie uns gleich morgen früh, falls es nichts Neues gibt. Grund zur Beunruhigung besteht sicherlich nicht. Gute Nacht, Sir.«

Nachdem Maltravers widerstrebend ins Bett gegangen war, lag er im Dunkeln und grübelte. Leise öffnete sich die Schlafzimmertür, und Tess kam herein.

»Rück rüber«, sagte sie und trat an das Bett. »Pfeif auf den Anstand, aber heute nacht lasse ich dich nicht allein.« Sie kuschelte sich zurecht und legte den Arm um ihn. »Sie taucht wieder auf. Morgen kommt alles in Ordnung.«

Doch dem war nicht so. Maltravers rief gleich früh als erstes in Dianas Wohnung an, aber es nahm noch immer niemand ab. Er versuchte es erfolglos bei mehreren anderen Leuten, um dann erneut mit der Polizei zu telefonieren. Der gleiche Sergeant hatte Dienst.

»Überhaupt nichts, Sir? Einen Augenblick bitte, ich verbinde Sie mit der diensthabenden Inspektorin. Sie weiß im wesentlichen Bescheid.«

Mehrmaliges Knacken im Hörer signalisierte, daß Dianas Verschwinden nunmehr von einem untergeordneten Problem zu einem Fall für die Polizei geworden war, der Maltravers und die anderen mit einer Springflut amtlicher Ermittlungen überschwemmen würde. Die Inspektorin nahm kurzangebunden und sachlich nüchtern die wenigen neuen Informationen entgegen und hieß dann Maltravers, so lange im Hause zu bleiben, bis der entsandte Inspektor käme. Es war abermals Jackson. Maltravers, der angenommen hatte, das Verschwinden einer erwachsenen Person für weniger als vierundzwanzig Stunden fände bei der Polizei wenig Interesse, zeigte sich von den intensiven Aktivitäten zuerst beeindruckt und dann beunruhigt.

»Vor ein paar Jahren hätte das noch anders ausgesehen«, erzählte ihm Jackson. »Aber heutzutage drücken wir viel früher auf den Alarmknopf.«

Er begann, Maltravers und Tess als diejenigen, die Diana am besten kannten, eingehend zu befragen. Ob sie depressiv gewirkt habe? Oder außergewöhnlich aufgeregt? War sie wegen irgend etwas in Sorge gewesen? Hatte sie mal davon gesprochen, sich das Leben zu nehmen? Maltravers sah ihn durchdringend an.

»Reden Sie keinen Blödsinn«, polterte er.

»Das ist kein Blödsinn, es ist eine naheliegende Ermittlungsrichtung. Könnten Sie mir bitte ihre genaue Anschrift in London geben?«

»Wozu?«

»Wir möchten mit ihren Nachbarn sprechen. Und wir wollen dort auch hinein.«

»Was zum Teufel erwarten Sie dort zu finden?«

»Wir erwarten gar nichts. Aber wir könnten Miss Porter finden.«

»Sie ist nicht da. Ich sagte Ihnen doch schon, wie oft ich dort angerufen habe!«

»Vielleicht kann sie nicht mehr ans Telefon gehen«, erwiderte Jackson ruhig.

»Himmelherrgott, warum nicht?«

Jackson hielt inne, seufzte und schüttelte den Kopf.

»Tut mir leid, aber dann muß ich es wohl ganz deutlich sagen«, fuhr er fort. »Miss Porter ist eine sehr bekannte Persönlichkeit, aber unter den hier vorliegenden Umständen würden wir stets genauso verfahren – egal, um wen es geht. Sie ist ohne Erklärung verschwunden, und wir müssen alle Möglichkeiten in Betracht ziehen. Sie sagen, daß sie nicht wirkte, als ob sie einen Selbstmord vorhätte. Aber es gibt Leute, die lassen keinerlei Anzeichen dafür erkennen. Ich möchte die Situation nicht noch mit zusätzlichen Aufregungen und Befürchtungen belasten, denn ich respektiere Ihre wachsende Besorgnis. Aber es ist eine simple Tatsache, daß sie sich in ihrer Wohnung befinden und außerstande sein kann, Anrufe zu beantworten, weil sie sich das Leben genommen hat. Ich erwarte nicht, daß Sie an diese Möglichkeit glauben, dennoch gehört sie zu den Varianten, die von der Polizei in Erwägung gezogen werden müssen.«

»Sie können doch nicht einfach in ihre Wohnung einbrechen«, widersprach Maltravers.

»Mit einem Haussuchungsbefehl schon. Und Sie dürfen mir glauben, unter diesen Umständen bekommen wir auch einen.«

Maltravers sackte, überwältigt von dem polizeilichen Ermittlungsverfahren und von Jacksons ruhiger Vernunft, in seinen Sessel zurück. Er dachte an Dianas Hochstimmung nach ihrem Auftritt, an ihr Lachen auf der Gartenparty und daran, wie sie vollkommen entspannt und glücklich gewirkt hatte. Aber für die Polizei war das bedeutungslos; verschwundene Personen folgten einem bestimmten statistischen Verhaltensmuster, das nur eine begrenzte Zahl von Möglichkeiten offenließ. Er begriff, daß alles, was er tun konnte, darin bestand, sich kooperativ zu verhalten.

»Mir fällt gerade etwas ein«, sagte er. »Diana hatte heute vormittag einen Termin in London. Ich habe keine Ahnung wo, aber ihr Impresario wird es wissen. Soll ich ihn anrufen?«

Jackson nickte mit einem Ausdruck übermäßiger Geduld.

»Wenn Sie so freundlich wären.«

Joe Goldman sprang Maltravers bildlich gesprochen durch das Telefon hindurch an.

»Gus!« brüllte er. »Wo ist Diana, verflucht noch mal?«

»Du hast nichts von ihr gehört?«

»Nein! Wir sind in zehn Minuten bei der BBC dran! Ich habe es bei ihr zu Hause versucht, aber sie nimmt nicht ab! Verschwunden? Was soll das heißen: verschwunden? Ist sie plötzlich unter die Zauberer gegangen? Gus, Scherze kann ich nicht gebrauchen.«

»Das ist kein Scherz. Wir haben die Polizei hier.«

»Die Bullen? Diana Porter verschwindet von einer Gartenparty im Pfarrhaus, und jetzt beschäftigt sich die Polizei damit?« Seine Stimme schwang sich in Oktaven auf, die allein für Juden erreichbar schienen. »Es wird mächtig krachen bei der BBC, Gus! Das kostet mich heute drei Einladungen zum Lunch. Finde sie, die elende, blöde Kuh!«

Maltravers, der selber mit seinen entfesselten Gefühlen rang, versuchte alles in seinen Kräften Stehende, um ihn zu beruhigen, doch es blieb ohne Wirkung.

»Wenn du sie findest, will ich der zweite sein, der es erfährt«, schrie Joe. »Ich werde die alte BBC mit irgendeiner Story hinhalten, aber schaff sie mir her!« Am anderen Ende knallte der Hörer auf die Gabel.

Als Maltravers wieder bei Jackson ankam, war noch ein zweiter Polizist eingetroffen.

»Sie sagten, das sei Miss Porters Koffer in der Diele? Dieser Beamte benötigt ein Kleidungsstück daraus, für die Hunde.«

»Für die Hunde? Was für Hunde?«

»Sie sind zur Zeit im Hause des Dekans und fangen mit einer Durchsuchung des Gartens an, obwohl ich bei der großen Anzahl von Leuten dort nicht allzu optimistisch bin.« Jackson bemerkte Maltravers' erstaunten Gesichtsausdruck. »Es ist auch eine Gruppe von Froschmännern zur Verta unterwegs«, fügte er hinzu. »Miss Davy, würden Sie so freundlich sein, Miss Porters Koffer für diesen Beamten zu öffnen und etwas Geeignetes herauszusuchen? Die einzige andere Frage wäre im Augenblick noch«, fuhr er fort, »ob Sie von irgendwelchen Drohungen gegen Miss Porter wußten?«

Maltravers schüttelte den Kopf.

»Na gut, wir werden sehen, ob wir etwas in ihrer Wohnung finden, oder ob die Nachbarn irgendeine Ahnung haben. Außerdem brauchen wir noch Ihre vollständigen Aussagen und auch die von allen anderen auf der Gartenparty. Versuchen Sie, sich an alles zu erinnern – mit wem sie sprach, was sie gesagt hat. Und was Sie selbst betrifft, alles vom Zeitpunkt ihrer Ankunft in Vercaster bis zu ihrem Verschwinden. So unwichtig es auch sein mag, es könnte uns weiterhelfen. Sie haben nicht zufällig ein Foto von ihr, oder?«

»Nicht hier. Warum?«

»Nun, wir werden es natürlich in der Presse veröffentlichen müssen, obwohl die vielleicht ohnehin Bilder im Archiv haben.«

»Finden Sie nicht, daß Sie ein bißchen über das Ziel hinausschießen?« fragte Maltravers.

»Es ist genau wie mit Ihrer Latimer-Bibel«, erläuterte Jackson. »Wir instruieren alle Häfen und Flugplätze, nach ihr Ausschau zu halten, und wir informieren andere Polizeieinheiten. Was erwarten Sie denn von uns? Sollen wir die Schultern zucken und darauf hoffen, daß sie wieder auftaucht, um dann festzustellen, daß wir uns schrecklich geirrt haben? Dafür bekommen wir schon genug Prügel. Falls es sich erweist, daß unsere Reaktion übertrieben war, schadet es nichts. Aber wenn sich herausstellt, daß wir nicht die richtigen Schritte eingeleitet haben, gucken wir ganz schön belemmert aus der Wäsche.«

Der restliche Vormittag war erfüllt vom Crescendo der richtigen Schritte: Die Frau des Dekans zeigte sich entrüstet über die ihren Garten verwüstenden großen Stiefel und umhertrottenden Hundepfoten, während der besorgte und verständnisvolle Dekan bemüht war, sie zu besänftigen. Schaulustige sahen neugierig den Froschmännern zu, die das träge Wasser der Verta aufwühlten; das Telefon klingelte unablässig; Joe Goldman wurde immer erregter und unbeherrschter; eine besorgte und wißbegierige Miss Targett kam hinzu; der Bischof war schockiert; Reporter hatten Maltravers ausfindig gemacht – und es gab keinerlei Nachricht von Diana.

Für die amtlichen Aussagen durchforsteten Maltravers und die anderen ihr Gedächtnis nach Einzelheiten von Vorgängen, die sie kaum bemerkt hatten, und in der gesamten Diözese taten die restlichen Gäste des Dekans dasselbe. Gegen Mittag wurde Maltravers angesichts seiner eigenen Trägheit inmitten all des geschäftigen Treibens von einem Gefühl der Frustration beschlichen. Seine anfängliche Verwunderung über Dianas Verschwinden hatte einer tiefen Besorgnis Platz gemacht, und er ging kettenrauchend im Hause auf und ab.

»Könnte es nicht ein Gedächtnisverlust sein?« fragte Tess unvermittelt. »So was kommt vor.«

»Daß wir daran noch nicht gedacht haben!« sagte er. »Da steckt sie vielleicht sonstwo! Unter falschem Namen in einer Pension in Frinton abgestiegen. Per Flugzeug unterwegs in die äußere Mongolei. Oder sie ist in irgendein verfluchtes Nonnenkloster eingetreten.«

»Ich wollte ja nur helfen!« stieß Tess beleidigt hervor.

»Was für eine Hilfe soll denn so ein gottverdammter Gedächtnisschwund sein?«

»Hört auf, ihr beiden!« ging Melissa dazwischen. »Ich weiß, daß ihr mit Diana befreundet wart und daß ihr euch Sorgen macht. Aber sie war auch hier bei uns zu Besuch, und obwohl wir sie kaum kannten, mochten wir sie zufällig sehr gern. Es ist schon für alle schlimm genug, ohne daß ihr noch um die Wette schimpfen müßtet.« Sie sah die beiden zornig an, und sie entschuldigten sich. »So ist es besser. Nun, es mag für euch im Augenblick nicht so wichtig sein, aber die Festtage gehen noch weiter, und heute abend wird das erste Mysterienspiel aufgeführt. Ihr sagtet, daß ihr es euch ansehen wolltet, und ihr könntet euch auch wirklich damit ein Weilchen von all dem ablenken. Laßt die Polizei ihre Arbeit machen, und beschäftigt euch einfach für ein paar Stunden mit etwas anderem.«

Tess ging sich die Haare waschen und nahm ein Bad, während Maltravers in Michaels Arbeitszimmer nach einem Buch suchte, um seinen Geist zu beschäftigen. Nachdem er die Regale mit religiöser und kirchlicher Literatur durchgegangen war, nahm er einen Band von Brewers »Sprache und Dichtung« heraus, den er gedankenlos durchblätterte, bis er auf einen Abschnitt über Fehldrucke von Bibeln stieß. An Latimers Güte hatte er überhaupt nicht mehr gedacht, aber als er jetzt die Liste der verschiedenen fehlerhaften Ausgaben las, ging es ihm noch einmal durch den Kopf, ob nicht eine mögliche Verbindung zwischen dem Diebstahl und Dianas Verschwinden bestand, doch er konnte keine erkennen. Seine Gedanken kreisten noch immer darum, als er zu Melissa sagte, daß er einen Rundgang durch die Kathedrale machen würde.

Gleich nachdem er das Südschiff betreten hatte, stürzte Miss Targett hinter dem Souvenirstand hervor und bestürmte Maltravers. Sie überschwemmte ihn mit einer Woge besorgter Äußerungen, die durch ihre kurze Begegnung mit Diana noch verstärkt wurde. Während er in den wenigen Pausen ihres Redeflusses angemessene Erwiderungen einschob, suchten seine Blicke nach einer Möglichkeit zur Flucht, und unerwartet sah er den Sukzentor.

»Mister Webster!« rief er ebenso verzweifelt wie erleichtert. »Wenn Sie einen Augenblick Zeit hätten? Sie werden entschuldigen, Miss Targett, ich muß wirklich ...«, und er zog sich eilends dorthin zurück, wo ihm Webster verwirrt entgegenschaute.

»Das tut mir leid«, sagte er, als er bei ihm war. »Sie kamen gerade recht, um mich von Miss Targett zu erlösen.«

Webster lächelte verständnisvoll. »Sie kann ein bißchen anstrengend sein«, bestätigte er. »Gehen wir hier entlang.« Sie entfernten sich aus der Sicht von Miss Targett in Richtung jener Seite der Kathedrale, an der die Lady Chapel lag.

»Ich habe gerade bei der Polizei meine Aussage über Miss Porter gemacht«, knüpfte Webster an. »Ich weiß noch, daß ich mich auf der Gartenparty mit ihr unterhalten habe, aber irgendwelche nützlichen Hinweise konnte ich wahrscheinlich kaum geben. Sie müssen alle in schrecklicher Sorge sein. Wie das so ist wegen dieser Angelegenheit und der Geschichte mit der Latimer-Bibel – ich glaube, wir haben in der Kathedrale überhaupt noch nie so viele Polizisten gehabt.«

»Ich fürchte, dieser neue Fall wird überall für Unruhe sorgen«, erwiderte Maltravers. Danach brachte er das Gespräch wieder auf Latimers Güte, schließlich war er in die Kathedrale gegangen, um nicht immer nur an Diana zu denken.

»Ich habe gerade etwas über Fehldrucke von Bibeln gelesen. Ich wußte gar nicht, daß es so viele gibt«, sagte er. »Von der Lasterbibel, bei der das Wort ›nicht‹ im siebenten Gebot fehlt und der Ehebruch theologisch sanktioniert wird, hatte ich schon gehört. Aber die Frauenhasser-Bibel von 1810 kannte ich noch nicht, wo es … bei Lukas, glaube ich … heißt ›Wenn ein jeglicher Mann zu mir komme und nicht hasse seinen Vater und seine Mutter, fürwahr, und sein Weib ebenso‹, statt ›sein eigen Leben so‹ … Oder die andere, in der steht ›sündigt nur mehr‹ statt ›sündigt nie mehr‹. Aber am besten gefällt mir eigentlich die Druckerbibel, in der David sich beklagt ›Printer haben mich grundlos verfolgt‹, wo wo es ›Prinzen‹ heißen müßte. Ich finde, das würde sich auch auf dem Schreibtisch vom Herausgeber des ›Guardian‹ gut machen.«

Webster lächelte schwach. »Ja, ich glaube schon, obgleich die Bibel das Wort Gottes ist und ich persönlich fehlerhafte Ausgaben für bedauerlich halte.« Maltravers fiel ein, daß er dafür bekannt war, alles sehr ernst zu nehmen, und er beschloß, daß eine weitere Erörterung des Themas unhöflich sein würde. Er fand Geistliche, die über ihren Glauben nicht auch manchmal lachen konnten, schwierig.

Die Unterhaltung drehte sich danach um weniger heikle Fragen im Zusammenhang mit den Festtagen. Als sie das nördliche Schiff erreichten, erklärte Webster, daß er zum Bischof müsse. Maltravers setzte seinen Rundgang durch die Kathedrale fort, wobei er gelegentlich stehenblieb, um die in Marmor gehauenen überschwenglichen Lobpreisungen der vor langer Zeit Verstorbenen zu lesen und dem Gedanken nachzuhängen, daß die früheren Generationen offenbar von einzigartiger und makelloser Tugendhaftigkeit gewesen sein mußten. So ging er durch das ganze Gebäude, bis er dann eilig wieder das Südschiff durchquerte, um eine weitere Begegnung mit Miss Targett zu vermeiden. Schließlich setzte er sich eine Weile in die Lady Chapel, betrachtete reglos das große Fenster, das Jesus auf dem Thron darstellte und fast die gesamte Wand am Ende des Raumes einnahm, und ließ die beruhigende Stille auf sich einwirken.

Von weitem hörte er, wie die Uhr von Talbots Turm sechs schlug, und er beschloß, daß es an der Zeit war, zurückzukehren. Um der noch immer auf der Lauer liegenden Miss Targett aus dem Wege zu gehen, wollte er die Kathedrale durch das Nordschiff verlassen und draußen wieder zurücklaufen, doch als er aufstand, bemerkte er in der südlichen Wand der Lady Chapel eine kleine Pforte, die seiner Schätzung nach genau gegenüber der Haustür von Michael und Melissa herauskommen mußte und für seine Zwecke bestens geeignet schien, falls sie nicht verschlossen war. Und das war sie nicht; auch ihre Lage entsprach seinen Erwartungen, wenngleich der Blick zum Punt Yard von einem Polizeiwagen verstellt wurde, der davor auf der gelben Doppellinie parkte. Als er das Haus betrat, wartete schon Jackson auf ihn.

»Offiziell bin ich gar nicht hier«, erklärte er. »Aber ich dachte, ich könnte auf dem Heimweg ruhig noch mal vorbeischauen und Sie über den neuesten Stand informieren. Miss Porter ist nicht in ihrer Wohnung, und wir konnten dort nichts finden, was uns weiterhilft. Mit den meisten Leuten, die auf der Gartenparty waren, haben wir ebenfalls gesprochen, aber es ist nichts Wesentliches dabei herausgekommen. Der einzige Verwandte, den wir aufzutreiben imstande waren, ist ihr Bruder in Bristol, und der hat sie schon seit mehreren Monaten nicht gesehen. Daß ihre Eltern tot sind, wissen Sie schon, glaube ich.«

Maltravers nickte. »Sie ist also einfach spurlos verschwunden?« fragte er.

»Anscheinend. Und was noch wichtiger ist, auch ohne jeden Grund.« Jackson machte eine Pause und nagte an seiner Unterlippe. »Wissen Sie, ich will Ihnen nicht noch mehr Sorge bereiten, aber je länger das geht, desto ernster wird es. Sie ist eine bekannte Künstlerin, und sie hatte einen Arbeitstermin, den sie offenkundig einhalten würde. Unter diesen Umständen sind vierundzwanzig Stunden ohne irgendwelche Hinweise eine lange Zeit.«

»Wir haben schon an Gedächtnisschwund gedacht«, sagte Maltravers. »Meines Wissens hat sie daran nie gelitten, aber es wäre ja möglich.«

»Wir wissen, daß so etwas möglich ist, aber das macht Leute nicht unsichtbar«, kommentierte Jackson. »Ihr Paß liegt noch immer in der Wohnung, wir können also annehmen, daß sie das Land nicht verlassen hat. Aber wie auch immer – Sie dürfen beruhigt sein, daß wir alles tun, was wir können. Der ›Standard‹ hat in seiner Spätausgabe einen Artikel mit Bild gebracht, und im Fernsehen wird es möglicherweise heute abend kommen. In den überregionalen Zeitungen müßte es morgen auch stehen, gefragt haben sie jedenfalls genug. Soweit ich sehe, verbreiten sich die Nachrichten im Augenblick ein bißchen langsam, was für uns von Vorteil ist.«

»Danke, daß Sie gekommen sind«, sagte Maltravers.

Jackson stand auf, um zu gehen. »Ich habe Miss Porter nie persönlich kennengelernt, aber ich sah ihren Auftritt im Chapter House und fand ihn sehr bewegend. Versprechen kann ich Ihnen nichts, aber ich werde versuchen, Sie außerhalb der offiziell üblichen Wege auf dem laufenden zu halten. In Ordnung?«

Sie schüttelten sich die Hände, und Maltravers brachte ihn hinaus. Tess kam die Treppe herunter, und sie gingen beide hinüber zu Michael und Melissa in die Küche. Maltravers erzählte, was ihm Jackson an Neuigkeiten mitgeteilt – oder eher nicht mitgeteilt – hatte, und danach schaltete Michael das Radio gerade in dem Augenblick an, als die für sie interessante Meldung zu Ende war.

»... wo sie bei den Kunstfesttagen von Vercaster aufgetreten war.« Der Sprecher unterbrach sich kurz und fuhr dann fort: »Im Londoner Scheidungsgericht wurde heute ein Mann wegen ungebührlichen Verhaltens zu einer Gefängnisstrafe verurteilt, nachdem er mit seinem Katapult auf einen der Richter geschossen hatte. Der arbeitslose Firmendirektor Stanley Thackery aus Süd-London erklärte, er habe damit gegen die Höhe der von Richter Hereward festgelegten Unterhaltszahlungen an seine getrennt lebende Frau protestieren wollen. Der nicht ernstlich verletzte Richter hielt ihm entgegen ...« Maltravers schaltete das Gerät aus.

»Wirklich ein Tag für ›langsame‹ Nachrichten«, bemerkte er. »Aber wir haben nichts verpaßt, was wir nicht schon wüßten. Wollen mal sehen, ob eure Mysterienspiele uns vom eigenen Mysterium ablenken können.«

Die Aufführung fand in der Aula des Edward-VII.-Gymnasiums statt, einem hartnäckigen Überbleibsel vergangener Tage in einem Zeitalter eher egalitärer Bildungsgrundsätze, und sie war ebenso unterhaltsam wie fesselnd. An diesem Abend wurden die ersten drei Stücke des Zyklus gezeigt: Der Fall Luzifers, die Schöpfung und die Geschichte von Adam und Eva sowie Noahs Sintflut. Die Schauspieltruppe aus Vercaster zerstreute Maltravers' düstere Bedenken gegen die Schrecken von Amateurtheatern. Sie erwies sich als gut vorbereitet und phantasiereich geführt, sie war zu raffinierten Effekten imstande und von kurzweiliger Erfindungsgabe. Die Werke des Mönches Stephen von Vercaster wurden in einer geschickten Bearbeitung gezeigt; der erfahrenste Englischlehrer der Schule hatte alle antiquierten und unverständlichen Bezüge zugunsten einer modernen Interpretation gestrichen. Auch die Rolle des Teufels war wirkungsvoll erweitert worden. Man hatte ihn als Gegenpart zu Gott in jedes der Stücke eingefügt, mal böse, mal spitzbübisch, dann wieder furchterregend oder lustig. Er ließ alle Würde fallen und erging sich in manischem, sinistrem Gelächter, die Erschaffung von Adam und Eva wurde von ihm mit gieriger Vorfreude auf die Möglichkeiten zum Beflecken der Unschuld beobachtet, und beim Bau der Arche und dem Verladen der Tiere sorgte er für ein sehr komisches Durcheinander. Als die Frauen Sems, Hams und Japhets die als Tiere der Welt verkleideten Kinder irgendwie zu ordnen versuchten, fuhr der Teufel unentwegt dazwischen – er hatte dem Publikum nebenher erklärt, daß er unsichtbar sei – und rief gegenteilige Anweisungen, bis ein vollständiges Chaos entstand. Als hinter der Bühne Donner grollte und Noah mit seiner Familie die Heftigkeit des Sturms beklagte, stand er ruhig an der Seite unter einem roten Regenschirm, und dem kleinen Mädchen, das als Taube verkleidet war, stellte er, nachdem sie das Olivenblatt gebracht hatte, bei ihrem Abgang arglistig ein Bein.

Gott gab Noah seinen Segen und sicherte den Menschen zu, keine weiteren Stürme zu entfesseln, worauf der Teufel beobachtete, wie sie jubelnd davonzogen. Dann, allein auf der Bühne, wandte er sich an das Publikum und sprach die unheilkündenden Abschiedsworte:

»Zu Ende geht's mit Sturm und Regen
Doch Luzifer harrt allerwegen
Die Welt bleibt mein, ganz ohne Frage
Bis hin zum grausig Jüngsten Tage.«

Seine Augen glänzten böse und voll höllischer Vorfreude auf das, was kommen würde. Danach umhüllte ihn plötzlich hervorquellender blutroter Rauch, und die Bühne versank in Dunkelheit.

Melissa nahm Maltravers und Tess mit hinter die Kulissen zu den Darstellern, wo Maltravers den Teufel ausfindig machte, der sich gerade seines Kostüms und der Schminke entledigte. Es war Jeremy Knowles, ein ortsansässiger Rechtsanwalt mit scharfgeschnittenen Zügen und einem faszinierend finsteren Gesichtsausdruck.

»Sie könnten das beruflich machen«, meinte Maltravers zu ihm.

»Das ist sehr freundlich von Ihnen«, erwiderte er. »Aber ich glaube, Höheres als die Laienspieltruppe von Vercaster und das städtische Schiedsgericht schwebt mir nicht vor.«

»Vermute ich recht, daß Sie auch noch in den übrigen Teilen des Zyklus zu sehen sind?«

»O ja. In Trevors Bearbeitung bin ich fast ununterbrochen auf der Bühne. Wir haben uns eine Menge Freiheiten erlaubt, aber ich denke, es kommt an. Übrigens«, fügte er noch hinzu, »ich habe am Samstagabend Miss Porter gesehen. Gibt es irgend etwas Neues von ihr?«

So sehr Maltravers auch versuchte, Dianas Verschwinden aus seinem Bewußtsein zu verdrängen, es kam immer wieder als wichtigster Gedanke zurück. Er sagte ein paar erklärende Worte und ging dann wieder zu Tess, die unterdessen als Schauspielerin erkannt worden war und Autogramme für einige Kinder aus dem Stück gab.

»Sind Sie auch Schauspieler?« wollte ein sommersprossiger Junge mit roten Haaren wissen.

»Nein. Ich bin Schriftsteller.«

»Ach«, sagte das Kind nur einsilbig mit einer Mischung aus Desinteresse und wegwerfender Geringschätzigkeit, um sich dann abzuwenden.

Maltravers wußte, daß Schreiben nicht zu den glanzvollen Künsten gehörte. Aber der Zwischenfall war für ihn trotzdem ein leichter Dämpfer. Außerdem spürte er, daß in seinem Innern die Sorge wucherte wie ein Krebsgeschwür: Was gestern nachmittag noch eine bloße Merkwürdigkeit gewesen war, hatte sich in schleichende Angst verwandelt.

Während er darauf wartete, daß Tess fertig würde, trat er an ein Fenster und schaute hinaus auf jenen Teil von Vercaster, der unterhalb des Hügels lag, auf dem die Schule stand. Zur Rechten zeichnete sich auf seiner eigenen, höheren Erhebung Talbots Turm vor einem tintenfarbenen Himmel ab, der matt im Licht der Straßenlaternen schimmerte. Seine Blicke wanderten gedankenverloren über das unregelmäßige Muster aus Schiefer- und Ziegeldächern, in dem sich ab und an der Zwischenraum einer Straße oder eines freien Platzes öffnete. Unter einem der Dächer befand sich ein armselig möbliertes, schleimgrün gestrichenes Schlafzimmer mit billiger Tapete an den Wänden, die so alt war, daß ihre Farbe an ein zu lange benutztes Geschirrtuch erinnerte. In der vergangenen Nacht hatte dort Arthur Powell geschlafen, neben sich auf dem fleckigen und rissigen, lackierten Tisch am Bett das kostbare Bild von Diana Porter. Ohne sich etwas zu denken, sah Maltravers darüber hinweg bis an den Stadtrand, wo er die unsteten Lichter des Verkehrs auf der weit abgelegenen Autobahn ausmachen konnte.

»Gute Nacht!« rief eine Stimme hinter ihm.

Maltravers drehte sich um, und Jeremy Knowles blickte ihn mit einem messerscharfen Lächeln an, durch das er noch unheimlicher aussah.

»Bis bald«, fügte er hinzu. Dann wandte er sich schnell ab und war verschwunden.

FÜNFTES KAPITEL

Der Kopf von Detective Chief Superintendent William Madden schien nur aus Haut und Knochen ohne ein Stück lebendigen Menschenfleischs zu bestehen. Sein Haar glich in Beschaffenheit und Farbe einem alten Tennisball, der bei jedem Wetter draußen gelegen hatte. Er lächelte selten, und wenn er lachte, dann nur voller Bitterkeit. Vom Scheitel bis zur Sohle war er so vollkommen Polizeibeamter, daß selbst seine Zivilkleidung noch wie eine Uniform wirkte, die er gar nicht mehr trug.

Am Dienstagmorgen saß er an seinem Schreibtisch und las den zusammenfassenden Bericht über das Verschwinden von Diana Porter. Vor ihm stand steif und unbehaglich David Jackson. Madden genoß über seine eigene Einheit hinaus landesweit den Ruf eines legendären Polizeibeamten – rücksichtslos, methodisch, ohne Mitgefühl, sehr fachmännisch – , und Jackson hatte seit seiner Ankunft in Vercaster ihrer ersten Begegnung mit ängstlicher Erwartung entgegengesehen. Madden las schnell und still, sein Körper blieb wie in Granit gehauen vollkommen reglos. Dann legte er die Papiere hin und angelte nach einer Stapelbox für Ordner, die geringfügig über den Rand des Schreibtischs hinaushing, um sie zurechtzurücken. Jackson wartete geduldig, bis er mit dem Nachdenken fertig war.

»Absolut gar nichts? Nirgends?« fragte Madden.

»Nein, Sir. Wir erwarten zwar noch die Abschlußberichte von zwei Häfen an der Südküste für den Fall, daß sie sich einen provisorischen Paß hat ausstellen lassen, aber das ist wenig wahrscheinlich.«

Madden drückte die Spitze seiner Nase kräftig mit Daumen und Zeigefinger zusammen, dann atmete er tief ein und aus. Es war die einzige an ihm beobachtete körperliche Eigenart.

»Na gut«, sagte er. »Entweder wird sie von irgendwem versteckt – möglicherweise sogar, ohne es zu wissen, wenn sie sich in einem abgelegenen Hotel oder so aufhält –, oder sie ist tot.«

Jackson fand, daß er voreilige Schlüsse zog, aber er hütete sich, ihm zu widersprechen. Maddens Arbeit beruhte auf dem Grundsatz, daß koordinierte Ermittlungen der Polizei nicht fehlschlagen konnten, weil er davon überzeugt war, selbst unfehlbar zu sein, und dies auch bei allen anderen Polizeibeamten voraussetzte. Außerdem hatte er eine beeindruckende Erfolgsbilanz aufzuweisen, die ihm recht gab.

»Das Problem besteht darin, daß wir es mit Schauspielern zu tun haben«, fuhr er fort. »Gefühlsbetont, unbedacht, kunstsinnig.« Er hatte für alle Schichten der Gesellschaft seine Standarddefinition, die jeweils aus kaum mehr als drei abwertenden Adjektiven bestand. Irgendwie stellte er sich alles, was lebte, ähnlich geordnet vor wie seinen Schreibtisch.

»Dieser Maltravers. Er hat sie nach Vercaster gebracht, und er gehörte auch zu den letzten, die sie sahen.« Er schaute Jackson eindringlich an. »Ideen?« fragte er herausfordernd und ließ erkennen, daß er die

Sache bereits durchdacht und seine eigenen – per Definition richtigen – Schlußfolgerungen gezogen hatte und nur sehen wollte, ob sein Untergebener ihm folgen konnte.

»Ich stimme Ihnen zu, Sir, daß er Miss Porter sehr gut kennt«, hob Jackson an. Maddens Logik war naheliegend und stützte sich auf ein überprüftes Tatschema. Wenn Diana Porter ermordet worden war, konnte es als statistisch wahrscheinlich gelten, daß der Mörder sie kannte. Dann mußte man nur noch die gemeinsame Anwesenheit in Vercaster einkalkulieren und die Möglichkeit ausschließen, daß ungewöhnliche und damit nichtstatistische Umstände eine Rolle spielten, bis man schließlich auf Augustus Maltravers kam. Wenn man diesen Punkt erreicht hatte, war der nächste Schritt einfach. Maltravers mußte immer energischer vernommen werden, bis er entweder gleich alles zugab oder unter Druck zusammenbrach und ein Geständnis ablegte.

»Aber ich halte ihn nicht für einen potentiellen Mörder«, fuhr Jackson fort und setzte unvorsichtigerweise noch hinzu: »Immer unter der Voraussetzung, daß Miss Porter ermordet wurde.« Die Möglichkeit eines Tötungsverbrechens hatte in Maddens Augen einiges für sich. Die Alternative, daß sich Diana Porter bei irgendwelchen nebulösen Freunden verborgen hielt, würde zeitaufwendige und ärgerliche Nachforschungen durch die Polizei erfordern. Simpler Mord nach einem oft wiederholten und überprüften menschlichen Verhaltensmuster war demgegenüber entschieden vorzuziehen, wie auch statistisch von größerer

Wahrscheinlichkeit und überhaupt insgesamt praktischer.

Jackson beschloß, daß es für ihre zukünftige Zusammenarbeit von Vorteil sein würde, offen klarzustellen, wie er über den Fall dachte.

»Um es ganz deutlich zu sagen: Ich halte die Version, daß Maltravers Miss Porter umgebracht hat, für vollkommene Scheiße«, verkündete er und fügte noch hinzu: »Sir.«

Madden hob das Gesicht wie eine sehr alte Schildkröte und starrte ihn mit Basiliskenblick an. Jackson holte leise Atem und widerstand der Versuchung, noch etwas Relativierendes zu sagen und sich damit indirekt für seine Äußerung zu entschuldigen.

»Tatsächlich?« Madden sprach das Wort leise, aber in peitschend ansteigendem Tonfall aus. Dann strapazierte er Jacksons Nerven dadurch, daß er mehrere Sekunden lang schwieg, ohne die lastende Stille zu durchbrechen. Schließlich senkte er den Blick wieder zu den Papieren auf dem Schreibtisch.

»Na schön«, sagte er. »Halten Sie mich über alles, was geschieht, auf dem laufenden.« Er gab den Bericht gleichmütig zurück.

»Vielen Dank, Sir«, sagte Jackson und verließ Maddens Büro. Als er draußen den Korridor entlangging, murmelte er zu sich selbst: »Das war verdammt nahe dran.«

Maltravers las gerade Rebecca im Wohnzimmer etwas vor, als neben seinem Ellenbogen der Zweitapparat zu Michaels Telefonanschluß im Arbeitsraum klingelte. Es war Joe Goldman.

»Gus, ist sie aufgetaucht?« wollte er wissen. »Sie muß gefunden werden!«

»Joe, es wird alles unternommen, was möglich ist. Sobald ...«

»Weißt du, wer mich angerufen hat?« unterbrach ihn Goldman erregt. »Clive Zabinski. Ja, Zabinski, dieser Superknabe aus Hollywood. Er ist in London, irgendwer zeigt ihm ein Video von ›Stadt des Erfolgs‹, und er will Diana sprechen. Natürlich sage ich zu ihm, daß er alles ignorieren soll, was in den Zeitungen steht. Das sind nur Mißverständnisse, sage ich. Na klar sind wir morgen im Dorchester, Mister Zabinski. Gus, wenn Zabinski dich anruft, sage ihm bloß nicht, daß die Schauspielerin, die er für seinen neuen Film will, nicht aufzufinden ist. So was darf einem Zabinski *niemand* sagen!«

»Joe, beruhige dich, ja? Wir kommen hier alle um vor Sorge.«.

»*Ihr seid in Sorge?* Da kann ich euch einen Gefallen tun – ich sorge mich für alle. Ihr braucht sie bloß zu finden und bis morgen nach London zurückzubringen!« Die Verbindung brach abrupt ab.

»Wo ist Diana?« fragte Rebecca, die noch immer auf den Knien ihres Onkels saß. Er zauste ihr das Haar.

»Ich glaube, Diana spielt Verstecken«, sagte er. »Sie macht einen Spaß mit uns.«

»Aber ich habe Mama heute morgen weinen gehört, nicht lachen«, widersprach das Kind.

»Sieh mal, bei den wilden Kerlen gibt es einen wilden Zank.« Maltravers nahm das Buch noch einmal in die Hand. »Und die sind trotzdem nicht zum Fürchten, oder?«

»Ich habe keine Angst vor ihnen gehabt«, antwortete Rebecca einfach. Maltravers las das Buch zu Ende und sah kurz auf die Uhr.

»Komm«, meinte er. »Im Fernsehen bringen sie ein paar von diesen entsetzlichen Computer-Zeichentrickfilmen.« Rebecca kletterte herunter, lief durch das Zimmer und schaltete den Fernseher an, während Maltravers in die Küche ging, wo Melissa am Tisch Pilze putzte.

»Warum mußtest du weinen?« fragte er. »Rebecca hat dich gehört.«

»Ach, du kennst mich doch. Es waren einfach zu viele düstere Vorahnungen.«

»Komm schon, sie ist einfach auf mysteriöse Weise verschwunden. Durch das ganze Getue der Polizei wirkt es nur schlimmer. Und die Morgenzeitungen von heute sind auch nicht hilfreich.«

Angesichts des üblichen Problems, viel Platz mit wenig sensationellem Material füllen zu müssen, hatte man in der Fleet Street zu den gängigen Übertreibungen gegriffen. Jedes Blatt versuchte, die Konkurrenz durch besonders phantasievolle Schlagzeilen, auffallende Gestaltung und reißerische Wortwahl zu übertrumpfen. Sämtliche Stories brachten auch deutlich sichtbar das nebensächliche Nacktfoto von Diana, und ihr Verschwinden galt wahlweise als Geheimnis, Rätsel oder Anlaß zu schlimmen Befürchtungen. Über die Polizei hieß es dagegen, sie sei verwirrt, besorgt oder mit Suchaktionen auf internationaler Ebene befaßt. Normalerweise betrachtete Maltravers solche Eskapaden in der Zeitung amüsiert als Ausdruck von Frayns Gesetz: Journalisten schrieben für andere Journalisten.

Aber seine eigene Verwicklung in diesen Fall führte ihm drastisch vor Augen, welche Verzweiflung ein derart gefühlloses Vorgehen auslösen konnte.

»Ich weiß, daß es dumm ist«, sagte Melissa, »aber ich versuche einfach, mich zu beschäftigen und nicht daran zu denken. Was macht ihr heute? Ich gehe mit Rebecca zu ein paar Freunden Mittag essen, und wir werden dort wahrscheinlich auch den größten Teil des Nachmittags bleiben. Könnt ihr euch alleine amüsieren? Vergeßt nicht, heute abend ist in der Kathedrale das Konzert.«

»Wir finden schon etwas, was wir unternehmen können«, entgegnete er. »Wir gehen mittags essen und kommen dann später zurück.«

Maltravers und Tess verbrachten den restlichen Vormittag mit dem Einkauf von Geschenken für Rebecca und deren Eltern als Gastgeber. Dann gingen sie in eine Kneipe, die »Das Sarazenenhaupt« hieß und wo das gewöhnliche Bauernfrühstück alternativ nach dem der Kreuzfahrer benannt war. Sie sprachen gerade über die Mysterienspiele des Vorabends, als Jeremy Knowles mit Essen und Trinken in der Hand an ihren Tisch trat und fragte, ob er sich zu ihnen setzen dürfe.

»Wenn man vom Teufel spricht«, sagte Maltravers und rutschte auf der dunklen Eichenbank zur Seite, um Platz zu machen.

»Seltsam, daß ich Sie treffe«, meinte Knowles, während er sich setzte und sein Essen auf dem Tisch zurechtstellte. »Domherr Cowan erzählte mir gestern abend, daß die Latimer-Bibel gestohlen wurde, und heute morgen bekam ich einen sehr merkwürdigen Brief mit der Post. Hier, sehen Sie mal ...«

Er zog einen blaßblauen Umschlag hervor, den man an sein Büro geschickt und am Tag zuvor in Vercaster aufgegeben hatte. Er trug die Inschrift »Persönlich« und war mit Schreibmaschine getippt, nicht unterschrieben und ohne Adressenangabe im Kopf. Knowles fing an zu essen, und Maltravers begann zu lesen, wobei er anschließend jedes Blatt an Tess weitergab.

»Aus Gründen, die noch deutlich werden dürften«, stand dort, »muß dieser Brief anonym bleiben. Er betrifft den Diebstahl der Latimer-Bibel, von dem ich heute morgen in der ›Times‹ las. Die Polizei nimmt an, daß sie außer Landes gebracht worden sein könnte, ich hingegen hege den Verdacht, daß sie sich eher ganz hier in der Nähe befindet. Wegen persönlicher Umstände, die ich im einzelnen hier nicht darlegen kann, möchte ich mich nicht direkt an die Polizei wenden, weil jede von mir gegebene Information auch zu mir zurückverfolgt werden könnte. Auf einen anonymen Brief würde man dort selbstverständlich nichts geben, aber es wäre etwas ganz anderes, wenn Sie als ortsansässiger Rechtsanwalt sich meldeten.

Ich halte es für naheliegend, daß die Bibel von Herrn Stadtrat Ernest Hibbert gestohlen wurde (oder zumindest für ihn), denn er ist, wie Sie vielleicht wissen, ein großer Sammler antiquarischer Bücher. Die meisten davon stellt er auch in der Bibliothek seines Hauses zur Schau, aber mir ist zufällig bekannt, daß sich im Eckschrank jener Bibliothek, den er stets verschlossen hält, auch eine Anzahl Bücher befindet, die er nie jemandem zeigt. Es spielt keine Rolle, wie ich diese Entdeckung gemacht habe, aber Sie dürfen mich beim Wort nehmen, daß sie stimmt. Ich möchte mit äußerstem Nachdruck empfehlen, daß die Polizei diesen Schrank durchsucht. Sollte sich Stadtrat Hibbert einer solchen Durchsuchung widersetzen, so bewiese dies nur seine Schuld.

Ich bin zeitlebens Kirchgänger in der Kathedrale von Vercaster gewesen und empfinde Empörung und Abscheu über den Diebstahl, insbesondere weil er, wie ich stark annehme, von einem Mann begangen wurde, der sich selbst für ein Muster an Tugendhaftigkeit unserer Gemeinde hält.

Ich bitte um Entschuldigung, daß ich Sie in diese Angelegenheit hineinziehe, aber ich habe meine Gründe oben erläutert. Die einzige Verbindung zwischen uns besteht darin, daß Sie vor einigen Jahren für mich in einer Rechtssache tätig gewesen sind und ich von Ihrer Tüchtigkeit, Höflichkeit und Integrität sehr beeindruckt war. Ich bedaure deshalb, jetzt in diesem Brief unhöflich sein und meinen Namen verschweigen zu müssen, aber ich bin sicher, Sie werden entgegenkommenderweise Verständnis für die Situation aufbringen, in der ich mich befinde.«

»Irgendeine Ahnung, von wem er kommt?« fragte Maltravers, als er mit dem Lesen fertig war.

»Nicht die geringste«, antwortete Knowles mit dem Mund voller Lasagne. »Ich betreibe meine Praxis hier seit über fünfzehn Jahren, es könnte also einer von Hunderten Leuten sein.«

»Wer ist Ernest Hibbert?« erkundigte sich Tess.

»Ernie Hibbert?« Knowles wischte sich die Soßenreste von den Lippen. »Na klar, Sie sind nicht aus Vercaster. Die Hibberts sind die führende Familie der Stadt, kann man sagen. Haben ihr Geld im Obst- und Gemüsehandel verdient, mit Immobilien als sehr profitablem Nebenerwerb.«

»Ich habe bei ihnen neulich ein paar Avocados gekauft«, erinnerte sich Maltravers. »Sie haben ein Geschäft in der High Street.«

»Sie haben ungefähr ein Dutzend Geschäfte in der ganzen Grafschaft«, erklärte Knowles. »Außerdem gehören ihnen noch verschiedene Häuser im viktorianischen Stil, die man zu sehr teuren Wohnungen umgebaut hat. Ernie Hibbert ist wahrscheinlich der reichste Mann von Vercaster. Er war vor ein paar Jahren Bürgermeister, und vor ihm hatten sein Vater und sein Großvater das Amt inne.« Er zeigte auf den Brief. »Wenn das wahr ist, was da drinsteht, gibt es einen mächtigen Skandal im Ort. Noch was zu trinken?«

Während er sich an der vollen Bar drängelte, las Maltravers den Brief noch einmal. Erneut stieg in ihm die quälende Überlegung auf, daß ein Zusammenhang zwischen dem Diebstahl der Latimer-Bibel und Dianas Verschwinden bestehen könnte, aber er schüttelte den Kopf, und der Gedanke zerstob wieder, je mehr er ihn erwog.

»Was werden Sie unternehmen?« fragte er, als Knowles zurückkam.

»Ich weiß nicht genau«, sagte er und setzte sich auf seinen Platz. »Es handelt sich um ernstzunehmende Beschuldigungen und um eine schwerwiegende Straftat, aber ... ehrlich gesagt, das ist wie Dynamit in Vercaster. Wenn die Polizei aufgrund dieses Briefes wirklich einen Haussuchungsbefehl erwirkt und die Latimer-Bibel *nicht* in Hibberts Geheimschrank steckt, dann werden allerorten Köpfe rollen. Meiner Praxis wird es auch kaum guttun, wenn man das in irgendeiner Weise auf mich zurückführt. Vielleicht können Sie ihn dem Domherrn Cowan zeigen?«

»Kennen Sie David Jackson?« fragte Maltravers. »Das ist ein ziemlich neuer Sergeant hier.«

»Den Namen habe ich schon mal gehört, aber ich bin dem Mann noch nicht begegnet.«

»Lassen Sie mich ihm den Brief zeigen. Wenn Sie wollen, sage ich nicht, daß er von Ihnen ist, dann bleiben Sie draußen.«

Knowles zuckte die Schultern. »Solange Sie es auch dem Domherrn Cowan sagen. Ich persönlich bin froh, wenn ich ihn loswerde.«

Das Gespräch kam wieder auf die Mysterienspiele und andere Ereignisse der Festtage, bis Knowles schließlich zurück ins Büro mußte.

»Irgendwas läßt dir keine Ruhe«, sagte Tess, nachdem er gegangen war.

»Es gibt dafür nicht das entfernteste logische Argument, aber ich überlege noch immer, ob eine Art von Verbindung zwischen der Latimer-Bibel und Diana besteht. Beide Vorfälle haben sich am Wochenende zugetragen, und beide hängen mit der Kathedrale zusammen. Aber das ist auch alles. Egal, ich versuche Jackson zu erreichen. Warte einen Augenblick hier.«

Maltravers rief vom öffentlichen Telefon der Kneipe aus das Polizeirevier an. Dort verband man ihn mit Jackson, der sich die Neuigkeit mit dem Brief anhörte.

»Könnten Sie ihn vorbeibringen?« fragte er. »Ich würde ihn mir gern ansehen.«

Während er auf das Eintreffen der beiden wartete, überprüfte Jackson noch einmal, welche Fortschritte die Ermittlungen zu der Latimer-Bibel gemacht hatten, aber er mußte feststellen, daß nichts Konkretes herausgekommen war. Zur gleichen Zeit kamen die zwei Berichte von der Südküste herein, auf die er gewartet hatte. Eine Diana Porter oder irgendeine ähnliche Person war bei der Ausreise in diesen Häfen nicht registriert worden. Als Maltravers und Tess bei ihm erschienen, ging er mit ihnen in einen Verhörraum und las den Brief.

»Wo ist der Umschlag?« fragte er.

»Wenn es Ihnen nichts ausmacht, würde ich den lieber behalten. Derjenige, an den er gerichtet war, zieht es vor, seinen Namen da herauszuhalten.«

Jackson seufzte. »Für einen intelligenten Menschen sind Sie manchmal bemerkenswert unverständig, Mister Maltravers. Wir spielen hier keine Spielchen, das ist eine ernste Angelegenheit. Nun kommen Sie schon.« Er streckte seine Hand aus, und als Maltravers zögerte, fügte er hinzu. »Wir können auch diskret sein.« Maltravers gab ihm den Umschlag.

»Danke. Wir werden uns mit Mister Knowles unterhalten, und bis dahin überprüfen wir den Brief auf Fingerabdrücke, um zu sehen, ob sich etwas ergibt. Wenn das stimmt, hätten wir ein Motiv für den Diebstahl.«

»Wie ich höre, kann es sein, daß Stadtrat Hibbert große Schwierigkeiten macht«, meinte Maltravers.

»Die Sorge darüber überlassen Sie mal uns. Übrigens, in der viel wichtigeren Sache von Miss Porter gibt es leider noch immer nichts Neues. Offenbar haben Sie auch nichts gehört, oder?« Sie schüttelten die Köpfe. »Na gut. Vielen Dank, daß Sie dies hierher gebracht haben. Ich zeige Ihnen den Weg hinaus.«

»Vielleicht sehen wir uns heute abend«, fügte er noch hinzu, als sie den Eingang des Reviers erreichten. »Ich nehme doch an, Sie gehen zum Konzert in der Kathedrale.«

»Sie sind auch dort?« Maltravers war erstaunt. »Aus dienstlichen Gründen oder zum Vergnügen?«

»Zum Vergnügen. Das Programm klingt sehr vielversprechend. Natürlich hängt alles davon ab, daß vorher nichts Dramatisches passiert, aber ich hoffe sehr, es zu schaffen.«

Am Abend, gerade als sie losgehen wollten, rief Goldman an. Seine Erregung wich fatalistischer Resignation.

»Also läßt sie's platzen«, stellte er fest. »Zabinski sucht sich eine andere, und ihre Karriere geht im Sturzflug zu Bruch. Du kennst die Spielregeln, Gus. So eine Chance bekommt man nur einmal.«

»Das ist im Augenblick meine geringste Sorge. Ich möchte einfach, daß sie gefunden wird.«

Als sie zu viert um das Chapter House herum zum Einlaß am Westportal der Kathedrale gingen, begegneten sie dem Dekan, seiner Frau und Webster, die aus dem Hof der Kirche kamen. Der Sukzentor trug eine grüne Notentasche.

»Natürlich, Sie spielen ja heute abend Orgel«, sagte Melissa. »Ich dachte, Sie könnten es inzwischen auswendig, Matthew.«

»Beinahe schon«, erwiderte er. »Aber ich bin nicht so gut, daß ich mich völlig auf mein Gedächtnis verlassen kann.«

Nachdem sie die Kathedrale betreten hatten, entfernte sich Webster Richtung Orgel, und die anderen gingen zu ihren reservierten Plätzen. Maltravers sah, wie Jackson kam, und winkte ihn zu einem freien Sitz unmittelbar bei ihnen. Während sie warteten und Websters Spiel lauschten, deutete er auf verschiedene Personen im Publikum.

»Das sind der Bischof und seine Frau mit einem der anderen ständigen Domherren. Den Namen habe ich vergessen, aber er teilt sich die Aufgaben mit meinem Schwager. Ach, und da ist der Dekan. Kennen Sie ihn?«

»Ja. Ich habe sogar seine Aussage zu der Gartenparty aufgenommen. Und die seiner Frau.« Jackson blickte schamhaft drein.

»Die Gallionsfigur von Vercaster«, grinste Maltravers. »Von den rangniederen Geistlichen bin ich leider mit kaum jemandem bekannt, aber ich erkenne sie von der Party her wieder. Ja, und dort sitzt Knowles, der Anwalt, dem der Brief über Hibbert zugegangen ist. Haben Sie schon mit ihm gesprochen?«

Jackson schaute über den Mittelgang hinweg dorthin, wo ihm Maltravers Knowles zeigte, der in sein Programm vertieft war.

»Ich weiß nicht. Damit bin ich nicht befaßt.« Jackson musterte Knowles interessiert. »Dem Gesicht möchte ich aber nicht im Gerichtssaal gegenüberstehen«, fügte er hinzu.

»Solche Züge kann höchstens eine Mutter gern haben, was?« entgegnete Maltravers. »Aber er ist äußerst liebenswürdig, wenn man ihn kennenlernt. Ich stelle Sie ihm später vor, falls sich die Gelegenheit ergibt.«

Kurze Zeit darauf erhob sich Jackson und sah sich um. Dann setzte er sich wieder.

»Wo ist die Orgel?« fragte er.

»Sie müssen Sie gesehen haben. An der Südwand, nahe der Stelle, wo die Latimer-Bibel aufbewahrt wurde.«

»Das dachte ich mir schon, aber sie lassen offenbar den Chor und die Solisten vor der Trennwand zum Chorraum stehen. Ich kann mir gar nicht vorstellen, wie der Organist den Dirigenten sehen soll.«

»Ja, die moderne Technik«, erklärte Maltravers. »Achten Sie auf die rechte Seite oben an der Wand zum Chorraum. Sehen Sie? Da ist eine Überwachungskamera. Wenn der Chor an seinem angestammten Platz hinter der Wand steht, kann der Organist den Chorleiter durch einen Spiegel sehen, aber wenn sie sich auf dieser Seite davor befinden, wird die Kamera benutzt. Alles sehr raffiniert.«

Als die vier Berufssolisten – Sopran, Alt, Tenor und Bass – ihre Plätze vor dem versammelten Chor eingenommen hatten, verdunkelten sich die Lampen im Hauptschiff, und der Dirigent hob den Taktstock in Richtung Kamera. Die Orgel verhielt, um dann auf ein Zeichen des Dirigenten loszudonnern, und alle Stimmen setzten zu »Zadok dem Priester« aus »Judas Makkabäus« ein. Das Konzert begann prächtig. In dem Programm, das keine Pause hatte, drückte sich religiöser Glauben durch die Unübertrefflichkeit der Musik aus, wobei sowohl Einzelsänger und Chor als auch gelegentlich die ganze Gemeinde beteiligt waren, die sich allesamt im Hauptschiff befanden. Die Seitenschiffe und der hintere Teil der Kathedrale blieben an diesem Abend geschlossen. Maltravers war besonders von dem unbegleiteten Gesangspart der Solisten »So liebte Gott die Welt« aus Stainers »Kreuzigung« entzückt, in dem sich die Stimmen miteinander zu perfekter Harmonie verwoben. Als sie verklungen waren, spielte die Orgel die Anfangstakte von »Lob, meine Seele, dem König des Himmels«, und alle sangen mit. Zum Schluß ließ der Chor den Halleluja-Refrain wie einen einzigen großen Ruf des Triumphes und der Anbetung erklingen, der sich über Arkade, Triforium und Lichtgaden hinweg aufschwang, bis sein jubelnder Klang das ganze Gebäude erfüllte und die sich wiederholenden Worte zu einer leidenschaftlichen Lobpreisung verschmolzen. Unmittelbar danach erhob sich Applaus, und der Dirigent winkte Webster durch die Kamera zu den Sängern herunter, damit auch er ihn entgegennehmen konnte.

»Wer sagt's denn, daß nur der Teufel ein Liedchen zu singen weiß?« meinte Maltravers zu Jackson.

Melissa beugte sich herüber und lud Jackson noch auf einen Kaffee ein. Im gleichen Augenblick sah Maltravers, daß Jeremy Knowles ging. Jackson blieb bei ihnen, und sie verließen gemeinsam mit den letzten Besuchern die Kathedrale. In ihrer Begleitung befanden sich auch wieder der Dekan, seine Frau und Webster, die jedoch allesamt eine auch an sie ergangene Einladung ausschlugen. Am Chapter House trennten sich die beiden Gruppen. Maltravers war dank der Musik in gehobener Stimmung, und als sie in den Punt Yard einbogen, begann er, außerdem leicht benebelt von dem Wein am Mittag und mehreren Gins am Abend, zu singen.

»Und Er wird herrschen ewig und auf i-himmer! Und Er wird herrschen ewig und auf i-himmer!« Seine

Stimme hallte von den hohen Mauern der stillen Gasse wider.

»Sei ruhig!« herrschte ihn Michael an, dem jede Art von Exzeß mißfiel.

»Gott segne den König!« Maltravers ignorierte ihn ungeniert. »Gott segne den König! Halleluja! Halleluja!« Er ging ihnen voraus und stellte sich auf die Stufe vor der Haustür.

»Augustus, halt den Mund!« lachte Melissa.

Maltravers ließ noch ein weiteres »Halleluja!« erschallen und verbeugte sich dann albern. Michael sah ihn ärgerlich an, aber als er einen Schlüssel aus der Tasche zog und eine überschwengliche Begrüßungsgeste machte, fielen die anderen in Melissas Lachen ein.

»Erlauben Sie mir!« schrie er und drehte sich mit dem schimmernden Messingschlüssel in der Hand theatralisch zur Tür um. Wie festgefroren hielt er abrupt inne.

»Mein Gott!«

Die Erschütterung und das Entsetzen in seiner Stimme ließen die Gotteslästerung vergessen. Instinktiv wandten die anderen ihre Blicke dorthin, wo er reglos die im dunklen Schatten liegende Tür anstarrte, bis auch sie ausmachen konnten, was er sah.

Ein paar Sekunden lang herrschte Stille, dann entfuhr Melissa ein grauenhafter Schrei. Über dem Schloß war die abgetrennte Hand eines Menschen angenagelt. Tess würgte.

SECHSTES KAPITEL

»Stehenbleiben!« Jacksons Ruf klang scharf wie ein Befehl, weil sich Maltravers vor Entsetzen instinktiv weiter auf die Tür zubewegte. Er hielt inne, und Melissa schrie erneut.

»Rebecca!« Sie sprang vor, doch Jackson packte sie fest am Arm.

»Schon gut, Mrs. Cowan. Das ist keine Kinderhand.« Sie versuchte verzweifelt loszukommen, aber er zog sie zurück. »Domherr Cowan, würden Sie das hier bitte übernehmen?« Michael gehorchte mit fassungsloser Miene wie von selbst und legte den Arm um seine schluchzende Frau.

»Diese Tür darf nicht berührt werden«, erklärte Jackson. »Gibt es noch einen anderen Zugang zum Haus?«

»Die Tür zum Garten. Wir sind eben daran vorbeigekommen«, sagte Michael. »Wir können von hinten durch die Küche hineingehen.« Während er noch immer Melissa festhielt, wühlte er in der Tasche und streckte dann Jackson einen Schlüssel entgegen.

»Gut. Kommen Sie mit.« Entschlossen führte Jackson alle zum Tor. »Ich darf wohl annehmen, daß noch jemand im Hause ist. Sie haben gewiß eine Babysitterin?«

»Ja«, sagte Michael und fügte belangloserweise hinzu: »Möglicherweise sieht sie fern.«

Sobald Melissa im Haus war, eilte sie die Treppe zu der schlafenden Rebecca hinauf.

»Begleiten Sie sie lieber, Domherr«, sagte Jackson. »Miss Davy, würden Sie bitte zu der Babysitterin gehen? Sagen Sie ihr einfach, es hat sich ein Unglück ereignet, und wir möchten, daß Sie noch eine Weile dableibt. Mr. Maltravers, Sie überprüfen das Haus – aber kommen Sie der Vordertür nicht zu nahe – und sehen nach, ob es irgend etwas Ungewöhnliches gibt. Wenn ja, fassen Sie nichts an! Ich werde sofort nach einem Einsatzwagen telefonieren, aber ich muß dann draußen warten, bis er kommt.«

Tess nahm sich erkennbar zusammen und ging hinüber ins Wohnzimmer.

»Es ist die Hand einer Frau, nicht wahr?« fragte Maltravers.

»Ich hatte nicht genügend Zeit, dies festzustellen«, entgegnete Jackson knapp. »Wo ist das Telefon?«

Punt Yard lag verlassen, als er zur Vordertür zurückkehrte, um das dort befindliche grausige Objekt zu inspizieren. Die Hand hing mit der Innenfläche nach unten an einem fünfzehn Zentimeter langen Nagel, der zwischen den Mittelknochen hindurch in das grüngestrichene Holz getrieben worden war. Der größte Teil des Nagels ragte noch hervor, und es gab überraschend wenige Blutspuren. Man konnte durchaus an der Tür vorbeigehen, ohne die Hand im Schatten zu bemerken, aber durch ihre Anbringung über dem Schloß konnte sie jemand, der das Haus betrat, unmöglich übersehen.

Es vergingen nur wenige Minuten, bis er das Geräusch einer sich nähernden Polizeisirene hörte, deren Ton anschwoll, bevor der Wagen mit blinkendem Licht um die Ecke in den Yard einbog. Die beiden Beamten teilten Jackson mit, daß Madden informiert worden und bereits unterwegs sei. Er ließ sie zur Bewachung vor der Tür zurück und ging ins Haus, wo sich die anderen gemeinsam mit der Babysitterin Jenny im Wohnzimmer versammelt hatten. Das Mädchen war ein übergewichtiger und belanglos aussehender Teenager, in dessen Gesicht sich schubweise eine weit verteilte Schlacht gegen die Akne abspielte. Jackson wandte sich zuerst an Melissa.

»Ist das Kind wohlauf?« Sie nickte. »Haben Sie etwas herausgefunden, Mr. Maltravers?« Er schüttelte den Kopf. »Ich kann mir vorstellen, daß Sie alle einen Drink gebrauchen könnten. Ich kann nicht, weil ich im Dienst bin. Detective Chief Superintendent Madden ist auf dem Weg hierher. Da dies sein Fall ist, werden wir am besten warten, bis er kommt.«

Jenny musterte sie mit ebenso erschrecktem wie fragendem Blick und spürte ihre Erschütterung nach dem Schock.

»Was geht hier vor?« verlangte sie zu wissen. »Ich hab meiner Mutter gesagt, daß ich gleich hinterher nach Hause komme, und sie wird anfangen, sich Sorgen zu machen.«

»Es hat da leider einen Unglücksfall gegeben«, erläuterte Jackson.

»Das hat Miss Davy auch schon gesagt. Was für ein Unglück?«

»Haben Sie im Laufe des Abends irgend etwas gehört?« fragte Jackson. »Einen Schlag oder so was?«

Jenny schüttelte langsam den Kopf. »Nein. Was für eine Art von Schlag?«

»So als ob jemand laut an die Haustür klopft.«

»Nein.«

»Der Fernseher lief natürlich?«

»Ja. Das war doch in Ordnung, Mrs. Cowan, oder?«

»Selbstverständlich, Jenny«, sagte Melissa. »Dieser Herr ist Polizist. Er muß einfach verschiedene Dinge herausfinden.«

»Wir können Jenny bestimmt erzählen, was passiert ist«, meinte Michael.

»Ich fürchte, das darf ich nicht zulassen, Sir«, wandte Jackson ein.

»Großer Gott, Sie wollen doch nicht andeuten ...?«

»Ich deute gar nichts an, Sir. Aber dies ist eine Ermittlungssache der Polizei, und ich muß Sie um ihre rückhaltlose Unterstützung bitten. Vielleicht könnten Sie die Mutter der jungen Dame anrufen und ihr erklären, daß es ihr gut geht und daß Sie sie sobald wie möglich nach Hause bringen werden. Sagen Sie lediglich, daß es ein Unglück gegeben hat. Sonst nichts.«

»Wie Sie wünschen«, erwiderte Michael kurz. »Ich werde den Apparat im Arbeitszimmer benutzen.«

»Mr. Maltravers, würden Sie bitte einen Moment mit mir in die Küche hinüberkommen?« fragte Jackson. »Ich möchte Sie gern allein sprechen.«

»Ich komme auch mit«, erklärte Tess bestimmt. Jackson starrte sie einen Augenblick lang an und nickte dann zustimmend.

»Ich denke, ich muß Ihnen fairerweise sagen«, hob er an, nachdem sie das Wohnzimmer verlassen hatten,

»daß es sich allem Anschein nach um die Hand einer Frau handelt, soweit ich es ausmachen kann.«

»Mein Gott«, entfuhr es Tess.

»Ich weiß, was Sie jetzt denken«, fuhr Jackson fort. »Aber ich kann nur sagen, daß es voreilig wäre, irgendwelche Schlüsse zu ziehen, bevor wir eindeutige Beweise haben. Ich fürchte, wir müssen einfach warten, bis Mr. Madden eintrifft. Bevor er nicht hier ist, sind mir die Hände gebunden ...« Jackson hielt unvermittelt inne und schloß die Augen. »Tut mir leid ... es war nicht die beste Art, es Ihnen zu sagen. Sie wissen, was ich meine. Lassen Sie uns zu Mr. und Mrs. Cowan zurückgehen.«

Zehn Minuten lang saßen sie alle da, und es herrschte beklemmendes Schweigen. Dann war zu hören, wie ein weiteres Auto stoppte und eine Stimme jemanden zum Gartentor beorderte.

»Das ist Mr. Madden«, sagte Jackson. »Warten Sie bitte einen Augenblick hier.«

Jackson kam mit Madden in der Küche zusammen und erläuterte ihm, was er unternommen hatte. Madden hörte ihm zu, ohne zu unterbrechen.

»Na gut«, sagte er schließlich. »Ich habe auf dem Weg hierher den Polizeiarzt abgeholt, er ist im Augenblick draußen. Ich nehme an, Sie haben bemerkt, daß es eine Frauenhand ist?«

»Ja, Sir.«

»Es sieht also aus, als ob wir Miss Porter wenigstens teilweise gefunden haben.«

»Das ist die naheliegende Schlußfolgerung, Sir.«

»Es freut mich, daß Sie diesmal mit mir einer Meinung sind«, sagte Madden knapp. »Ich habe denen im

Wagen gesagt, daß sie über Funk jeden verfügbaren Mann herbeiholen sollen, um mit Befragungen von Haus zu Haus anfangen zu können. Neale ist auch hierher unterwegs, er kann uns beim Aufnehmen von Aussagen helfen. Wo stecken die anderen?«

Madden warf einen mißbilligenden Blick auf die Drinks, als er das Wohnzimmer betrat. Er war ein brüsker Mann, effizient, kalt und distanziert. Die anderen standen zu sehr unter Schock, als daß sie dagegen protestiert hätten. Es war der Beginn eines Alptraums, in den sie alle wehrlos hineingezogen wurden.

Jackson nahm Maltravers' Aussage selbst auf. Nein, er hatte nichts Verdächtiges gesehen. Als sie zur Kathedrale aufgebrochen waren, war die Straße voller Autos gewesen, aber das lag auch nahe. Ja, er war sicher, daß sich die Hand noch nicht an der Tür befunden hatte, als sie losgingen. Nein, es waren keine Anrufe und keine Briefe gekommen.

»Das habe ich Ihnen doch schon haarklein erzählt, verdammt noch mal«, schimpfte er.

»Ich weiß. Aber wir brauchen das alles für eine vorschriftsmäßige Aussage. Ich bin mir im klaren, daß ich Sie auch dies schon einmal gefragt habe, aber wissen Sie etwas von irgendwelchen Drohungen gegen Miss Porter?«

Maltravers blickte auf. »Dann ist es also Dianas Hand?«

»Solange wir über keine anderen Erkenntnisse verfügen, ist es eine Möglichkeit, die wir in Erwägung ziehen müssen«, erwiderte Jackson gelassen.

Maltravers zog eine Zigarette hervor, zündete sie an und stieß langsam den Rauch aus.

»Sie verlangen von mir, zu akzeptieren«, begann er leise, »daß jemand Dianas Hand abgeschnitten und an diese gottverfluchte Tür genagelt hat!« Seine Stimme steigerte sich fast ins Schreien. »Davon will ich nichts wissen!«

Einen Augenblick lang blieb Jackson ganz still, und Maltravers starrte auf den Boden.

»Wissen Sie, ob irgendwer Miss Porter bedroht hat?« wiederholte er behutsam.

Maltravers schüttelte den Kopf, ohne noch einmal hochzublicken. »Nein. Und ich habe nicht Sie angeschrien.«

»Das weiß ich. Es macht auch nichts. Es tut mir leid, ich finde nicht die passenden Worte.« Jackson stand auf und hielt ihm die Hand hin. »Ich werde weiter versuchen, Sie auf dem laufenden zu halten.«

»Vielen Dank«, sagte Maltravers, und sie gaben einander die Hand. »Was geschieht als nächstes?«

»Die Hand ist an ihrem Fundort fotografiert und ins Leichenschauhaus gebracht worden.« Maltravers zuckte bei dem Wort zusammen. »Schauen Sie«, fuhr Jackson hastig fort, »ich weiß, daß es für Sie schwer zu ertragen ist, aber Fingerabdrücke würden uns schnell eine Antwort liefern. Wir könnten auch etwas in Miss Porters Wohnung suchen, aber das dauert seine Zeit. Gibt es nicht hier etwas, daß mit gewisser Wahrscheinlichkeit nur sie berührt hat? Irgendwas in ihrem Zimmer?«

Maltravers brachte ihn nach oben in Dianas Schlafraum, wo Jackson eine Nachttischlampe mit einem glatten, glasierten Keramikfuß sah. Er zog den Stecker aus der Dose an der Wand, legte ein Taschentuch um den Rand des Schirms und hob sie vorsichtig hoch.

»Theoretisch wäre die bestens geeignet«, stellte er fest. »Es ist kaum wahrscheinlich, daß sie nach ihrer Ankunft von jemand anderem angefaßt wurde, und ich denke mir, Ihre Schwester wird vorher alles saubergemacht haben. Ich lasse Sie wissen, was wir herausfinden.«

Jackson kehrte zur Polizeiwache zurück, wo man ihm sagte, daß Madden beim Polizeiarzt im benachbarten Leichenschauhaus sei. Er traf die beiden zusammen an. Der Polizeiarzt war ein Schotte, bei dem die Schultern ebenso kräftig ausluden wie der Akzent, und dessen Sakko aus Harris-Tweed roch, als sei es aus Tabakblättern gewebt. Die Hand lag zwischen den beiden auf einem Tisch mit rostfreier Stahloberfläche.

»Sie werden erkennen, daß es die Hand einer Frau ist«, sagte der Arzt gerade. »Das müßte schon ein sehr ungewöhnlicher Mann sein, der sich die Fingernägel so zurechtmacht.« Sie waren sorgfältig manikürt und mit einer dünnen Schicht aus glänzendem Silberlack überzogen.

»Aber egal«, fuhr der Arzt fort. »Auch wenn Sie mir jetzt vielleicht entgegenhalten wollen, daß manche Männer seltsame Angewohnheiten haben – sie werden nicht auch noch schwanger.«

»Schwanger?« bellte Madden. »Woher wissen Sie das?«

»Schauen Sie, hier.« Der Arzt hob die Hand hoch und zeigte auf einen winzigen roten Punkt, von dem feine, zwei Millimeter lange Querlinien ausgingen. »Spider naevus. Sie treten ungefähr ab dem dritten Monat auf.« Er drehte die Hand um, so daß sie die Enden der Handgelenkknochen sehen konnten.

»Nach dem Zustand von Speiche und Elle würde ich schätzen, daß die Person Anfang bis Mitte zwanzig war, aber eine Röntgenaufnahme könnte mehr Licht in diese Sache bringen. Die Nägel weisen keine Vernarbungen auf, sie hat also keine Schuppenflechte gehabt. Und wenn Sie mich fragen, war sie auch nicht mongoloid, die Handlinien sind in dem Fall unverwechselbar.«

»Wie ist die Hand abgetrennt worden?« fragte Madden.

»Jedenfalls nicht von einem professionellen Chirurgen. Die Knochen sind sauber durchgetrennt, und wenn Sie meine Vermutung hören wollen, so würde ich sagen, mit einem Fleischerbeil oder so was. Sie ist ganz sicher nicht abgesägt worden.«

»War sie noch am Leben, als das passiert ist?«

Der Arzt zuckte die Schultern. »Das läßt sich schwer feststellen. Das meiste Blut ist ausgeflossen, was darauf hindeuten könnte, daß sie lebte oder daß es gleich nach dem Tod gemacht wurde, solange das Blut noch flüssig war. Aber der Gerinnungsprozeß wird nach einer Weile durch die Einwirkung von Bakterien umgekehrt, die das Blut wieder flüssig machen. Mehr kann ich nicht sagen, ich muß erst noch mehr Tests durchführen.«

»Vielen Dank, Doktor«, sagte Madden. »Vorher möchten wir aber die Fingerabdrücke abnehmen. Sergeant, würden Sie sich bitte darum kümmern?«

»Ja, Sir. Ich habe das hier aus dem Haus mitgebracht.« Jackson hielt die Nachttischlampe hoch und erklärte, was er vorhatte. Madden signalisierte seine Anerkennung durch reserviertes Grunzen.

»Das dürfte Zeit sparen«, bestätigte er. »Teilen Sie mir die Ergebnisse sofort mit.«

Jackson wartete. Higson, der aus dem Bett geholt worden war und dessen Wortschatz sich daher praktisch im Schweigen erschöpfte, verglich die Lampe mit den Abdrücken von der Hand. Nachdem er das Resultat ein paar Augenblicke lang konzentriert gemustert hatte, blickte er auf.

»Ja«, sagte er knapp. »Noch was?«

Jackson schüttelte den Kopf, worauf Higson ohne ein weiteres Wort zusammenpackte und ging. Jackson brachte die Hand wieder ins Leichenschauhaus und kehrte dann auf die Polizeiwache zurück. Auf seinem Weg durch den Korridor zu Maddens Büro kam er an einer offenstehenden Tür vorbei, die mit einem neu angebrachten Schild »Sonderkommission« versehen war. Er sah, wie darin Aktenschränke und Telefone zurechtgestellt wurden. Von diesem Zimmer ging eine geschäftige Atmosphäre aus, die sich beinahe mit Händen greifen ließ. William Madden war wieder einmal in seinem Element.

Mit offenkundiger Genugtuung vernahm der Chief Superintendent in seinem Büro, was die Fingerabdrücke bewiesen, nämlich daß die Hand Diana gehörte. Noch ging es nicht um Mord, aber es handelte sich um ein Verbrechen von ausgesprochen befriedigender Schwere.

»Die andere Richtung der Ermittlungen muß sich natürlich mit dem Vater des Kindes befassen«, sagte er, nachdem Jackson fertig war. »Vielleicht Mr. Maltravers?« Sein Schweigen und die zusammengekniffenen

Augen forderten Jackson auf, diesem Gedankengang zu folgen.

»Mr. Maltravers hat eine Freundin, Sir. Miss Davy. Ich glaube, seine Beziehung zu Miss Porter war rein beruflich und nicht mehr als eine gewöhnliche Freundschaft.« Jackson vermied es, auch nur einen ersten Schritt zu tun. Die Möglichkeit, daß Maltravers der Vater von Dianas Kind sein könnte, war ein Glied in Maddens Gedankenkette; Sex und Mord gehörten wie Liebe und Haß häufig zusammen.

»Aber selbst wenn er der Vater gewesen sein sollte, Sir, kann er auf keinen Fall die Hand an die Tür genagelt haben. Als er das Haus verließ, befand er sich in Begleitung von drei Leuten, und den größten Teil des Abends war ich mit ihm zusammen. Wir haben alle gemeinsam die Kathedrale verlassen, und ich stand nur ein paar Meter hinter ihm, als er die Hand entdeckte. Er gehört zu einer ganzen Anzahl von Personen, die ausscheiden.«

Madden dachte darüber nach.

»Und Sie sind sicher, daß er nie von Ihnen weg gewesen ist?« Jackson nickte. »Dann ... stellt sich die Frage, ob derjenige, wer auch immer die Hand an die Tür genagelt hat, diesen Zeitpunkt wählte, weil er wußte, daß alle außer Haus waren. In welchem Falle er sie entweder fortgehen ... oder in der Kathedrale sah und dort vor ihnen aufbrach.«

»Beides ist möglich«, stellte Jackson fest. »Eine ganze Reihe von Leuten ist vor uns gegangen.«

Madden drückte seine Nase zusammen und schüttelte dann lebhaft den Kopf.

»Ziemlich viele Löcher, Sergeant. Wir brauchen noch viel mehr Beweise.« Das Telefon auf seinem

Schreibtisch klingelte. »Gut«, sagte er, nachdem er einen Augenblick zugehört hatte, dann legte er auf. »Der Raum für die Sonderkommission ist fertig, kommen Sie mit zur ersten Einweisung. Ich möchte, daß Sie danach wieder in den Punt Yard fahren und Bescheid sagen, daß es Miss Porters Hand ist. Und sehen Sie zu, ob die dort irgendwie die Vaterschaft des Kindes erhellen können. Hier entlang.«

In seiner gewohnt effektiven Arbeitsweise hatte Madden nahezu zwanzig Beamte zum Kommissionsraum beordert, der schon für die Bearbeitung der erwarteten Menge von Informationen ausgerüstet war, die am Ende hier eintreffen würde. Jackson gesellte sich zu den anderen, und sie saßen oder standen in einem lockeren Halbkreis, während Madden sprach.

»Zuerst einmal: Es ist erwiesen, daß die Hand, die heute abend aufgefunden wurde, der am Sonntag verschwundenen Schauspielerin Diana Porter gehört«, begann er. »Die Ermittlungen zu ihrem Verschwinden haben bislang nichts ergeben. Wie Sie wissen, ist von mir bereits angeordnet worden, daß alle Krankenhäuser und Ärzte der unmittelbaren Umgebung überprüft werden, um festzustellen, ob bei ihnen jemand mit einer abgetrennten Hand versorgt wurde. Wenn nötig, werden diese Ermittlungen noch auf andere Einrichtungen erweitert.

Zum gegenwärtigen Zeitpunkt handelt es sich hierbei natürlich nicht um eine Mordsache, aber solange wir nicht wissen, daß sie ärztlich behandelt worden ist, wird der Fall als solche behandelt, mit oder ohne Leiche.« Madden drehte sich zu einer eilends vergrößerten Karte mit der angrenzenden Umgebung der Kathedrale um, die an der Wand befestigt war, und zeigte auf eine rote Markierung.

»An dieser Stelle ist sie zum letztenmal im Garten des Dekans am Sonntagabend gegen achtzehn Uhr gesehen worden. Die Hand wurde hier an der Tür zum Haus des Domherrn Cowan gefunden, ungefähr hundert Meter entfernt. In dem Gebiet selbst wohnen nicht sehr viele Leute, aber es wird stark von Touristen frequentiert. Jedes Haus ist zu kontrollieren. Ich möchte, daß hier, hier ... und hier Bekanntmachungen angebracht werden.« Er deutete auf die Einmündung der Hauptstraße in den Punt Yard, den Durchgang, der vom nördlichen Querschiff zu den Geschäften der Innenstadt führte, und auf einen Punkt vor dem Chapter House. »Besucher, die in den letzten paar Tagen hiergewesen sind, könnten noch einmal vorbeikommen, und ich will, daß sie befragt werden. Nach allem Verdächtigen. Ob sich irgendwer merkwürdig verhalten hat. Nach jeder Frau, die auch nur entfernt der Beschreibung von Miss Porter entspricht. Sergeant Neale hat veranlaßt, daß die Fotos vergrößert wurden, die am Tage ihres Verschwindens an die Presse gegangen sind.

Für die Ermittlungen in London werden von mir noch Beamte genauer eingewiesen. Diese Frau hatte eine ganze Reihe von Freunden unter Schauspielern. Ich will alles, was die wissen. Irgendwelche Drohungen, beruflicher Neid. Und, am allerwichtigsten, Freunde: Sie war schwanger.« Aus Maddens Tonfall ließ sich keine moralische Verurteilung heraushören, obwohl er in solchen Dingen als puritanisch bekannt war. Unter den gegebenen Umständen stellte Dianas Schwangerschaft nichts weiter dar als eine Ermittlungsrichtung.

»Ihr einziger bekannter Angehöriger ist ein Bruder, die Polizei in Bristol wird mit ihm sprechen.« Er schaute sich in der aufmerksam zuhörenden Runde um. »Irgendwelche Fragen? Gut. Bleiben Sie in ständiger Verbindung mit diesem Raum. Inspektor Barratt wird hier jeden Tag Dienst tun. Ich habe als erstes für morgen eine Pressekonferenz arrangiert. Zeitungen mag ich zwar nicht, aber Publicity könnte hilfreich sein.« Maddens eisiger Blick strich noch einmal über die Zuhörer. »Verschwenden Sie keine Zeit. Halten Sie die Verfahrensregeln ein. Ich will Ergebnisse sehen.« Er wandte sich der Tür zu. »Alle Beurlaubungen sind gestrichen«, setzte er noch hinzu und verließ den Raum.

Als Jackson wieder im Punt Yard eintraf, war es bereits Mitternacht, aber durch das Wohnzimmerfenster sah er noch Licht. Er sprach kurz mit dem Wachtmeister, den Madden vor dem Haus postiert hatte, und klingelte dann. Während er darauf wartete, daß jemand zur Tür kam, betrachtete er das von dem Nagel verursachte Loch über dem Schloß. Es war nicht sehr tief; wer es auch gewesen sein mochte, er hatte offenkundig nur einen schnellen Schlag gewagt, um unnötigen Lärm zu vermeiden. Michael öffnete die Tür und brachte ihn dorthin, wo die anderen noch immer erschüttert beisammensaßen. Sein Blick machte jegliche Hoffnung zunichte, an die sie sich geklammert hatten.

»Ich bedaure außerordentlich«, sagte er, »aber es ist die Hand von Miss Porter.«

Melissa vergrub ihr Gesicht in den Händen und begann zu weinen. Tess zeigte einen Ausdruck krampfhaft beherrschter Trauer und legte ihren Arm um Maltravers.

»Wir sind Ihnen dankbar, daß Sie gekommen sind, um es uns mitzuteilen, Sergeant«, sagte Michael leise. »Das muß auch für Sie schwer sein.«

»Danke, Domherr«, erwiderte Jackson. »Es gibt noch etwas anderes, daß wir wissen müßten. Hat Miss Porter Ihnen gesagt, daß sie ein Baby erwartet?«

Sie starrten ihn an. »Wie zum Teufel ...?« hob Maltravers an.

»Es gab etwas an der Hand, woran man es erkennen konnte. Ich erinnere mich nicht mehr an die Bezeichnung, die der Polizeiarzt nannte, aber es steht absolut fest. Miss Porter hat es nie erwähnt?«

»Mit keinem Wort«, sagte Maltravers. »Aber es erklärt ihre Beziehung zu Rebecca. Ich habe ihr allerdings gar nichts angesehen.«

»Nun, es hat den Anschein, als ob sie erst im dritten Monat gewesen sein könnte, da wäre überhaupt nichts zu sehen gewesen. Aber im Chapter House hat sie auch ein sehr weites Kleid getragen.«

»Alles, was sie anzog, war so«, fügte Tess hinzu.

»Die Frage ist, ob Sie irgendeine Ahnung haben, wer der Vater sein könnte«, erkundigte sich Jackson.

Tess und Maltravers schauten sich gegenseitig an und schüttelten dann die Köpfe.

»Diana hatte reichlich Männerbekanntschaften, aber keine wirklich ernste, soweit ich weiß«, erläuterte Maltravers.

»Na gut. Ich werde Sie jetzt nicht weiter behelligen. Sollten Sie jedoch etwas darüber in Erfahrung bringen, wer es sein könnte, setzen Sie uns bitte davon in

Kenntnis. Es tut mir leid, daß ich Ihnen diese unsagbar schreckliche Mitteilung machen mußte. Wir werden Sie informieren, sobald etwas geschieht. Gute Nacht.« Jackson schickte sich an, das Zimmer zu verlassen, hielt dann aber inne. »Ach, nur noch eine Sache. Die grundlegenden Fakten über die Geschehnisse der heutigen Nacht werden auch dem Presseverband zugeleitet. Ich fürchte, Sie werden über die Publicity erschrecken, aber sie könnte uns helfen, Miss Porter zu finden, was im Augenblick das Wichtigste ist. Schon gut, Domherr. Ich finde den Weg selbst.«

Als sie hörten, wie Jackson die Haustür schloß, hob Melissa ihren Blick von dem Taschentuch, daß sie zwischen den Fingern auf ihrem Schoß zusammengeknüllt hatte.

»Ich weiß, du hältst nicht viel von solchen Dingen, Augustus«, sagte sie, »aber ich gehe nach oben, um ein paar Gebete zu sprechen.« Sie stand auf und streckte Michael ihre Hand entgegen. »Würdest du bitte mitkommen, Liebling?« Sie verließen gemeinsam den Raum.

»Komm und setz dich«, sagte Tess zu Maltravers, der auf dem Sessel am Kamin Platz nahm, während sie sich ihm zu Füßen zusammenkuschelte und seine Hand hielt. Einige Minuten lang verharrte er reglos, dann verzog sich unvermittelt sein Gesicht, und er begann mit der schrecklichen Heftigkeit eines Erwachsenen zu weinen. Tess kniete sich hin, nahm Maltravers in die Arme und wiegte ihn sanft vor und zurück. Auch ihr liefen Tränen über die Wangen.

Im Zimmer der Sonderkommission hatte Maddens Team an die vierzig Krankenhäuser überprüft, einschließlich der in London. Es gab keinerlei Angaben über eine Person, die wegen einer abgetrennten Hand ärztlich versorgt worden war.

SIEBENTES KAPITEL

Rebecca erwachte früh am Morgen, und das Haus war plötzlich von Kinderlachen, Kinderwünschen und einer unwirklichen Normalität erfüllt, bis Presse, Fernsehen und Radioberichte ihr privates Grauen ins öffentliche Bewußtsein hinausschrien. Kurz vor neun rief Joe Goldman an.

»Gus? Ich habe davon gehört. Ist es wirklich wahr?«

»Ich fürchte ja. Es war letzte Nacht zu spät, um dich anzurufen. Tut mir leid.«

»Du mußt dich nicht entschuldigen. Wie geht's Tess? Wie geht's dir selbst? Verflucht noch mal, was frage ich da bloß? Also, kann ich irgend etwas tun?«

»Die Polizei wird dich mit ziemlicher Sicherheit sprechen wollen. Eine Sache, nach der sie offenbar immer fragen, ist, ob Diana jemals von irgendwem Drohungen erhalten hat. Weißt du von so etwas?«

»Schon möglich. Deshalb bin ich auch so früh im Büro. Ich habe als erstes Radio gehört, und da ist mir etwas eingefallen, was ich gerade überprüft habe. Ich glaube, du teilst es ihnen besser mit. Erinnerst du dich noch an die Hedda-Gabler-Geschichte? Diana bekam danach seinerzeit eine Menge Fanpost, in der auch oft um Autogrammfotos gebeten wurde. Die meisten Briefe sind hier durchgegangen. Es war für sie natürlich alles nur ein Spaß, aber sie hat die Bilder unterschrieben und meistens noch mit albernen Sprüchen versehen. Ich habe ihr gesagt, daß das Blödsinn ist, aber sie bestand darauf. Jedenfalls hat so ein Typ zurückgeschrieben, und es war ein bißchen seltsam, deshalb habe ich den Brief aufgehoben. Hör dir das an:

›Liebe Diana, ich habe dein Autogrammfoto erhalten, es steht zusammen mit dem Bild aus der Zeitung neben meinem Bett. Ich sehe sie mir beide oft an und denke eine Menge Sachen, von denen meine Mama nichts erfahren dürfte.‹ Da wissen wir nun alle, was er im Bett treibt, nicht wahr? Aber das nächste Stück ist ziemlich beunruhigend. ›Ich bewahre sie bei meinem Fahrtenmesser auf, das so scharf ist wie eine Rasierklinge, denn dies sind meine größten Kostbarkeiten.‹ Verstehst du, was ich meine?«

»Allmächtiger! Wer ist dieser Typ?«

»Arthur Powell, Sebastopol Terrace siebenundzwanzig, Belsthwaite. Das ist irgendwo in Yorkshire, oder?«

»Es liegt in der Nähe von Halifax. In Ordnung ... danke, Joe. Ich werde es der Polizei sagen. Ich bin kein Kriminalist, aber nimm den Brief nicht mehr als nötig in die Hand. Sie werden ihn auf Fingerabdrücke untersuchen.«

»Gus, habe ich was falsch gemacht?« Goldmans Stimme klang plötzlich gequält. »Vielleicht hätte ich schon die Polizei verständigen sollen, als das Ding ankam. Ich meine, es war doch bloß ein bekloppter Brief. Das hätte ich nie gedacht. Wenn ich vielleicht ...«

»Hör auf, Joe!« unterbrach ihn Maltravers. »Du konntest das nicht ahnen. Das Wichtigste ist, daß du den Brief aufgehoben hast.«

»Aber Gus, Diana ist tot!«

»Das wissen wir nicht. Alles, was wir wissen, ist, daß sie verletzt sein muß. Also, du bleibst jetzt im Büro und wartest, bis die Polizei kommt.«

Goldmans Information wurde sofort an Madden weitergeleitet, nachdem Maltravers sie telefonisch durchgegeben hatte. Im Büro des Chief Superintendent war auf dessen Anweisung ein Feldbett für die gelegentlichen und zu kurzen Schlafpausen aufgestellt worden, die er bei großen Ermittlungsaktionen immer nur einlegte.

»Sie und Neale fahren sofort nach Belsthwaite«, instruierte er Jackson. »Ich verständige die dortige Polizei, damit die Powell bis zu Ihrem Eintreffen festhält. Ich will, daß er augenblicklich hierhergebracht wird.«

Als sie gingen, nahm Madden Verbindung zum Zimmer der Sonderkommission auf und ordnete an, daß aus dem zentralen Polizeiregister alle Personen namens Arthur Powell herausgesucht wurden, außerdem schickte er einen Mann nach London, um den Brief von Goldman abzuholen. Dann rief er die Polizei in Belsthwaite an und ersuchte um die Festnahme von Arthur Powell wegen des Verdachtes der Entführung und des Überfalls in Tateinheit mit schwerer Körperverletzung.

»Verständigen Sie mich persönlich, sobald Sie ihn haben«, sagte er. »Meine Leute müßten bis Mittag da sein. Sie übernehmen dann alles weitere.«

Während die trostlose nördliche Durchfahrtsstraße Sebastopol Terrace unvermittelt von heulenden Sirenen und kreischenden Bremsen widerhallte und Männer aus Autos sprangen, um an eine Haustür zu hämmern, saß Madden in seinem Büro und laß schweigend einen Bericht vom Leiter des für die Grafschaft zuständigen Rauschgiftdezernats. Angesichts der Überlegung seiner Vorgesetzten, eventuell Cannabis zu legalisieren, kniff er die Augen zusammen, und sein Mund verzog sich angewidert, als er die dokumentierte Reduzierung von Bußgeldern und Strafen durchging. Zwanzig Minuten lang hatte er nicht mehr an Diana Porter oder Arthur Powell gedacht, bis erneut das Telefon mit dem Rückruf aus Belsthwaite klingelte. Arthur Powell war nicht aufzufinden.

Während Madden der Schilderung in ihrem müden Yorkshire-Dialekt zuhörte, machte er sich kurze Notizen auf einem Schreibblock. Powell war nicht zu Hause gewesen, und Nachfragen in dem Supermarkt, wo er im Lager arbeitete, hatten ergeben, daß er letzten Freitag in Urlaub gefahren war. Niemand wußte wohin, aber es hieß, er sei zelten. Eine Beschreibung seines Motorrades und des Beiwagens würde sobald wie möglich nach Vercaster geschickt. Außerdem sollten bei Nachbarn und Angestellten des Supermarktes weitere Erkundigungen eingeholt werden.

»Informieren Sie die Sergeants Jackson und Neale, wenn sie eintreffen«, wies Madden an. »Alle weiteren Berichte sind direkt an die Sonderkommission zu schicken. Vielen Dank für Ihre Unterstützung.«

Er verließ sein Büro und ging selbst in das Zimmer der Kommission. Mit knappen Worten berichtete er dem Beamten, der alle Informationen zusammentrug, was man ihm übermittelt hatte, um sich dann ärgerlich zu einem Inspektor der Pressestelle umzudrehen.

»Was ist los?« schnauzte er.

»Die Presse, Sir. Die Konferenz sollte vor zehn Minuten anfangen.«

Madden sagte nichts, nahm aber die neueste Zusammenfassung der Situation vom Schreibtisch, der vor ihm stand.

»Fünf Minuten«, stieß er hervor, während er sich rasch den aktuellen Informationsstand einverleibte. Er fand darin nichts von Bedeutung, außer dem, was er bereits über Powell wußte. Anschließend stellte er sich geistig auf die Begegnung mit den Presseleuten ein.

Als er genau fünf Minuten später den Konferenzraum betrat, zeigte er sich geschäftsmäßig, aber auch freundlich. Er ließ eine Erklärung beiseite, die er vorbereitet hatte, als die Information über Powell noch nicht eingegangen war, und legte den Fall in sparsamen, klaren Sätzen dar, um mit der Nachricht von den Ereignissen in Belsthwaite zu schließen.

»Wir suchen einen Mann namens Arthur Powell, von dem wir aus guten Gründen annehmen, daß er uns bei den Ermittlungen weiterhelfen kann«, erläuterte er unumwunden. Über Powells Adresse und den Brief an Diana ließ er nichts verlauten. Als klar wurde, daß Madden fertig war, hagelte es aus allen Ecken des Raumes Fragen.

»Ich werde immer nur eine Frage beantworten«, sagte er mit strenger Miene. »Der Herr hier vorne.«

»Chief Superintendent, wer ist dieser Powell? Welcher Zusammenhang besteht zwischen ihm und Diana Porter?«

»Wir sind da nicht ganz sicher. Wir wissen nur, daß er an sie geschrieben hat.«

»Was stand in dem Brief?«

»Das können wir zum gegenwärtigen Zeitpunkt nicht bekanntgeben.«

Ruhig und systematisch wich Madden weiteren Fragen aus, indem er eine erstaunlich variable Serie von »Kein-Kommentar«-Formulierungen produzierte. Auf Fragen zur Person Diana Porters könne man keine Antwort geben, die Presse möge sich anderswo erkundigen. Nein (dies mit einem winzigen Zucken von Verachtung für den Fragesteller im Gesicht), es sei nicht möglich, ein Foto von der abgetrennten Hand zu machen. Nein (mit einem Anflug echten Bedauerns), man habe im Augenblick keine Bilder von Arthur Powell, aber die würden sobald wie möglich nachgeliefert, falls man ihn nicht ausfindig machen sollte. Ja (mit einem bescheidenen Ausdruck der Bestätigung), er sei der Beamte, der die Ermittlungen leite. Madden mit Doppel-D, Vorname William. Nein (und das müsse ganz klar sein), er führe hier keine Untersuchung eines Mordfalles durch.

»Alles was bislang als sicher gelten kann, ist, daß Miss Porter vermißt wird und eine schwere Körperverletzung erlitten hat. Wir sind intensiv bestrebt, sie zu finden, und haben Grund zu der Annahme, daß Mr. Powell uns dabei behilflich sein kann. Natürlich wären wir auch Ihnen sehr dankbar für jede Unterstützung, die Sie uns durch Ihre Veröffentlichungen geben. Ich bedaure sehr, daß ich Ihnen beim gegenwärtigen Stand der Ermittlungen nicht mehr sagen kann, aber Sie werden über alle wesentlichen Entwicklungen auf dem laufenden gehalten. Vielen Dank für Ihre Mithilfe.«

Die Presseleute waren alles andere als zufrieden, aber Maddens Absicht bestand darin, sie zu benutzen und nicht zu bedienen. Immerhin hatten sie mehr als genug bekommen, das ihnen weiterhalf. Die blutigen Ereignisse vom Punt Yard im Zusammenhang mit einer schönen und populären Schauspielerin boten reiche und köstliche Nahrung für den unstillbaren Hunger der Titelseiten und Bildschirme. Während sich in Belsthwaite Grüppchen klatschsüchtiger Frauen bildeten und Maltravers von zunehmenden Ängsten gepeinigt wurde, während Vercaster wieder an seine alltäglichen Verrichtungen ging und die Polizeimaschinerie unerbittlich weiterrollte, begannen sich die professionell abgefaßten und voraussagbaren Formulierungen, hin und wieder belebt von einem einfallsreichen Adjektiv oder einer dramatischen Bemerkung, zusammenzuballen und auszuformen.

»Polizei jagt Schlächter, der Schauspielerin Diana Porter brutal verstümmelte ... eine Stadt lebt in Angst, nachdem eine übel zugerichtete und entstellte Hand gefunden wurde, die im Schatten der Kathedrale auf grausame Art an eine Tür genagelt war ... man fürchtet um das Leben eines der glänzendsten Talente Großbritanniens ... eine schreckliche Frage läßt die Polizei nicht los: Wird man auch noch Diana Porters andere Hand finden? In der Kathedrale von Vercaster knieten und beteten heute die Menschen für das Leben einer wunderschönen jungen Frau, die sie liebgewonnen haben ... Diana Porter ist die hilflose und angsterfüllte Gefangene eines Monstrums ... Londons Theaterwelt wurde heute von der Nachricht erschüttert, daß ...« Mit den zur Verfügung stehenden Fakten vermochte selbst das wortkargste journalistische Talent noch wahre Wunder zu vollbringen.

Maltravers erklärte sich bereit, im Namen aller Leute aus dem Haus im Punt Yard mit der Presse zu sprechen. Er hielt seine Gefühle im Zaum und verlor selbst dann nicht die Geduld, als ihn ein Reporter fragte, wie sich »Hedda Gabler« buchstabiere. Sie bedrängten ihn erbarmungslos wegen Dianas Schwangerschaft – Madden hatte sie erwähnt – und verlangten, daß er ihnen sagte, was er über ihre Geliebten wußte. Außer daß er sie davon überzeugte, selbst keiner gewesen zu sein, sah er sich nicht imstande, irgendwelche Vermutungen zu äußern.

»Wie steht's mit diesem Powell?« fragte einer.

»Na, der war ganz sicher nicht ihr Geliebter. Soweit ich weiß, kannte ihn Diana nicht einmal.« Jackson hatte ihm die ausdrückliche Instruktion von Madden übermittelt, kein Wort über Powell zu sagen, das über die Erklärung der Polizei hinausging.

»Hat er ihr die Hand abgeschnitten?«

»Das weiß ich nicht. Fragen Sie die Polizei.«

»Ach, kommen Sie, das haben wir doch schon versucht. Die sagen gar nichts. Erzählen Sie uns zur Abwechslung mal was.«

»Sie sagen nichts, weil sie nichts wissen!« Maltravers, dessen Geduld rapide abnahm, sah die vor der Türschwelle versammelten Journalisten streng an. »Es ist mir scheißegal, wer Dianas Hand abgeschnitten hat. Es ist geschehen. Ich habe mehr Interesse daran, sie zu finden, als herauszubekommen, wer es war. Jeder, der etwas für Diana übrig hat, möchte doch, daß sie aufgespürt und angemessen medizinisch versorgt wird. Wir sind Ihnen dankbar, daß Sie über ihr Verschwinden berichtet haben, aber jetzt, verdammt noch mal, sollten Sie mithelfen, daß sie wiedergefunden wird!«

In Belsthwaite gelangten Jackson und Neale zu dem Schluß, daß sie einem Unsichtbaren nachjagten. Powell hatte drei Jahre lang in dem Supermarkt gearbeitet, ohne dort oder mit seinen Nachbarn in Sebastopol Terrace irgendwelche Freundschaften zu schließen. Er war still, tüchtig, ohne Ehrgeiz und farblos. Seine Wohnung wirkte öde und zweckbestimmt. Das Mobiliar gehörte dem Vermieter und verriet wenig über die Persönlichkeit des Bewohners. An den Wänden hingen weder Bilder noch Plakate, und es gab keine Privatbriefe von Angehörigen oder Freunden. Zwar fand sich eine Sammlung von Taschenbüchern, aber die Mischung aus Kriegsromanen, Science Fiction und Krimis war von der Art, wie sie jeder x-beliebige zufällig anhäufen konnte. Auch zwei Bücher über gesunde Ernährung waren vorhanden. In einer Schublade fand Jackson einen Haufen Meßtischblätter von Wales und den westlichen Regionen in großem Maßstab, auf denen hinter mehreren abgelegenen Orten Daten eingetragen waren, die einige Jahre zurücklagen. Während er sie untersuchte, signalisierte Neale grunzend eine Entdeckung: Er hatte unter das Bett gefaßt und einen billigen Plastikkoffer hervorgezogen, der mehrere Fotoalben mit Farbbildern enthielt, auf denen mit wenig oder überhaupt keinem Sinn für die Komposition leere Landschaften festgehalten waren. Unter jeder Aufnahme standen eine handschriftliche Ortsangabe und ein Jahr. Borrowdale, 1973. Exmoor, 1974. Sutherland, 1975. Die Chronologie übersprang dann ein paar Jahre und setzte sich schließlich ohne erkennbares System bis zu Snowdonia im vergangenen Sommer fort. Sie verglichen die Fotos mit den beschrifteten Landkarten und stellten fest, daß sie übereinstimmten. Alle Orte befanden sich in sehr entlegenen Teilen Großbritanniens.

»Sehen Sie sich das an«, sagte Jackson. Er hatte das letzte Album mit weiteren Fotos aufgeschlagen, diesmal aus Skandinavien 1976 und 1977, es waren die fehlenden Jahre der anderen Alben. »Er könnte damals im Ausland gewesen sein«, bemerkte er. »Mal sehen, ob irgendwo ein Paß liegt.«

Aber es fanden sich dafür keine Anzeichen. Auch fehlte, abgesehen von einem kurzen Briefwechsel mit der Sozialversicherung wegen einer vorhergehenden sechswöchigen Erkrankung, jeder Schriftverkehr mit Behörden. Nur ein Umschlag, der Powells Abrechnungsbuch von der Halifax-Bausparkasse enthielt, war da; auf dem Konto befanden sich knapp über elfhundert Pfund. Es gab regelmäßige Einzahlungen von wöchentlich zehn Pfund und nur in jedem Juli größere Abhebungen von ungefähr zweihundert Pfund, die mit den Urlaubsdaten in Einklang standen.

»Er ist zweidimensional«, meinte Jackson. »Solche Leute beunruhigen mich. Man kommt ins Grübeln, was die andere Dimension sein könnte.« Während er noch sprach, nahm diese Dimension, oder zumindest ein Hinweis darauf, Konturen an.

Die Polizei in Belsthwaite hatte Powells Fingerabdrücke genommen – es waren nur an einer einzigen Stelle der Wohnung alle vollständig vorhanden gewesen – und sie mit dem Strafregister verglichen. Das Ergebnis lag schon für Neale und Jackson bereit, als sie ins Polizeirevier von Belsthwaite zurückkehrten. Arthur Powell war vor zwanzig Jahren in seiner Heimat

Südwales wegen versuchter Notzucht unter Anwendung von Gewalt zu einer Gefängnisstrafe verurteilt worden. Als Tatwaffe hatte er bei seinem Überfall auf das Mädchen ein Messer verwendet. Es lag auch eine Nachricht von Madden vor, daß die beiden umgehend wieder nach Vercaster kommen sollten.

Als sie dort eintrafen, lag Madden bereits ein ausführlicher Bericht über Powell vor. Dieser hatte seinerzeit mit seinen Eltern in einem kleinen Bergarbeiterdorf bei Swansea gewohnt, und das Opfer des Überfalls war die sechzehnjährige Tochter eines Nachbarn gewesen. Er hatte sich selbst gestellt und ein volles Geständnis abgelegt, bei dem er geltend machte, das Messer habe nur zur Einschüchterung gedient, und das Opfer sei erst von ihm in den Hals geschnitten worden, als es zu schreien begann. Das Urteil lautete auf sechs Jahre Gefängnis; während dieser Zeit hatte er als vorbildlicher Gefangener gegolten und sich auch einer psychiatrischen Behandlung unterzogen. Der Bericht des Psychiaters sprach von einer auffallend introvertierten Persönlichkeit mit einem problematischen Verhältnis zu Frauen. Sein Vater war Bergarbeiter gewesen und wegen einer Staublunge in Rente gegangen. Die Familie kam dadurch in finanzielle Schwierigkeiten, weshalb die Mutter als Hosteß in einem Nachtclub in Swansea zu arbeiten begann und ihr Einkommen durch Gelegenheitsprostitution aufbesserte. Der Bericht vermerkte auch, daß sie weiter zu ihrem Mann hielt, mit dem das Ganze abgesprochen war; nur vor Arthur, dem Jungen, sollte die Wahrheit verborgen bleiben. Erst als der Psychiater ihn hatte dazu bringen wollen, sich selbst klarzumachen, was geschehen war, reagierte er feindselig und bestritt alle Andeutungen über seine Mutter als beleidigend und lächerlich. Seine Ablehnung war derart extrem, daß der Bericht zu der Schlußfolgerung gelangte, er müsse die Wahrheit gekannt, sich aber geweigert haben, sie zu akzeptieren. Powell war nie verheiratet gewesen, und es gab keinerlei Anzeichen für Homosexualität. Seit dem bewußten Ereignis hatte er sich offenbar vollkommen in sich selbst zurückgezogen und mehrere Jobs als Hilfsarbeiter in verschiedenen Gegenden Großbritanniens angenommen. Er lebte absolut unauffällig und hinterließ keine Spuren, wenn er weiterzog. Es gab niemanden, den er je an sich herangelassen hätte.

Bevor Jackson und Neale wieder in Vercaster eintrafen, ergab sich etwas Neues. Die Polizei in Belsthwaite hatte es endlich geschafft, ein Foto mit Arthur Powell aufzutreiben, es war anläßlich der Pensionierung des vorherigen Supermarktchefs entstanden, und die Beamten übermittelten es per Bildübertragung an die Sonderkommission. Madden inspizierte gerade die Aufnahme, als sich die beiden in seinem Büro meldeten.

»Ganz links außen«, sagte er und reichte ihnen die Fotografie.

Sie zeigte in der Mitte einen übergewichtigen, völlig kahlen Mann, der albern lachte und unnatürlich krampfhaft einen automatischen Teekocher festhielt. Ringsherum standen ungefähr ein Dutzend Männer und Frauen in der Einheitskleidung des Supermarktes. Powell befand sich ziemlich weit hinten und erweckte irgendwie den Eindruck, daß er am liebsten überhaupt nicht mit auf dem Bild gewesen wäre. Jackson betrachtete das Gesicht eingehend: abgehärmt, schmal, verstohlen und ausdruckslos zwischen all dem Lächeln. Er bemühte sich, damit aufzuhören, im Geiste genau jene Adjektive auszuwählen, die zu dem Verdacht paßten, aber es blieb eine Physiognomie, die Unbehagen weckte. Und darin lag etwas Vertrautes.

»Abzüge davon gehen sofort raus – noch rechtzeitig zu den Hauptnachrichten heute abend im Fernsehen«, fuhr Madden fort. »In der Zwischenzeit machen Sie mal eine Runde in den Punt Yard. Erkundigen Sie sich, ob ihn dort irgend jemand kennt.«

»Ja, Sir.« Jackson zögerte und sah das Bild noch einmal düster an. »Es ist nur ... ich glaube, ich kenne ihn ... mir ist, als ...« Er schüttelte den Kopf.

»Sie kennen ihn?« bellte Madden.

»Ich habe das Gefühl, als hätte ich ihn schon einmal gesehen. In Vercaster. Aber ich weiß nicht mehr wo.«

»Fahren Sie erst mal in den Punt Yard«, sagte Madden. »Vielleicht kommen Sie wieder drauf.« Ein kaum hörbarer Unterton in seiner Stimme ließ erkennen, daß er das erwartete.

Während der Fahrt führte Jacksons Grübeln zu keinem Ergebnis, und vor dem Haus blieb er noch mehrere Minuten lang frustriert im Auto sitzen, um vergeblich dieser bestimmten Erinnerung nachzujagen, einem Schemen in den Tiefen des Gedächtnisses. Plötzlich erschien Maltravers an der Tür des Wagens.

»Ich sah Sie vom Fenster aus«, sagte er, als Jackson ausstieg. »Haben Sie ihn gefunden?«

»Leider nicht«, erwiderte Jackson. »Aber ich habe ein Bild und möchte, daß Sie es sich alle ansehen. Ich erkläre es Ihnen drinnen.«

Schweigend hörten sie sich Jacksons Neuigkeiten an, dann gab er ihnen das Foto, ohne anzudeuten, wer darauf Powell war.

»Sagen Sie mir einfach, ob da irgend jemand drauf ist, den Sie kennen«, bat er.

»Der«, sagten Maltravers und Melissa spontan und gleichzeitig, dann musterten sie einander verblüfft.

Jackson stand auf und nahm das Bild wieder an sich. »Wen meinen Sie, Mrs. Cowan? Den Mann links, Mr. Maltravers? Den Mann links, na gut. Mrs. Cowan, wann und wo haben Sie ihn schon einmal gesehen?«

»Er war auf dem Empfang nach Dianas Auftritt. Erinnerst du dich nicht, Augustus? Ich habe gesagt, er starrt so eigenartig ... Aber du, du hast ihn doch gar nicht gesehen! Er war doch schon weg, als du dich umgedreht hast ... Wieso kennst du ihn dann?«

»Weil ich ihn am Tag danach gesehen habe«, entgegnete Maltravers. »Er war der Bursche, der das Haus angeglotzt hat, als wir zu der Gartenparty beim Dekan gingen. Aber da warst du nicht bei mir, deshalb konntest du ihn nicht sehen.«

»Sind Sie beide sicher?« fragte Jackson. Sie nickten. »Nun gut, Arthur Powell ist also am Samstagabend in Vercaster gewesen ...« Er brach ab und schnipste mit den Fingern. »Und da habe ich ihn auch gesehen! Im Refektorium! Entschuldigen Sie, aber ich hatte Ihnen absichtlich nicht gesagt, daß ich selbst meinte, ihm schon irgendwo begegnet zu sein. Und wie Sie sagen, war er am Sonntagnachmittag immer noch hier.«

»Und jetzt ist er verschwunden«, stellte Maltravers fest. »Genau wie Diana.«

Einen Augenblick lang schwiegen sie und dachten über die mögliche Bedeutung dessen nach, was sich soeben herausgestellt hatte.

»Dürfte ich mal Ihr Telefon benutzen, Domherr?« fragte Jackson. »Ich möchte Mr. Madden anrufen. Vielen Dank.«

Während Jackson berichtete, was sich zugetragen hatte, konnte er im Geiste sehen, wie Madden sich präzise Notizen machte.

»Ist Ihnen an seinem Verhalten im Refektorium irgend etwas Ungewöhnliches aufgefallen?« fragte der Chief Superintendent, nachdem er geendet hatte.

»Eigentlich nicht. Nur daß er einer der wenigen Leute zu sein schien, die allein dastanden und sich mit niemandem unterhielten. Deswegen blieb auch mein Blick an ihm hängen.«

»Nehmen Sie die Aussagen auf. Stellen Sie die Uhrzeiten fest. Melden Sie sich wieder bei mir, sobald Sie zurück sind.« Madden legte abrupt auf.

Die Aussagen waren nur kurz, weder Melissa noch Maltravers hatten von Powell groß Notiz genommen. Maltravers konnte sich erinnern, daß er ein kariertes Hemd getragen hatte, aber die Farbe wußte er nicht mehr genau.

»Und er hat das Haus angestarrt?« fragte Jackson.

»Ja, aber ich glaube, das tun viele Leute. Sein Stil ist georgianisch, und Touristen interessieren sich nun mal für solche Häuser. Als Tess sagte, er sei vielleicht auch einer, habe ich nicht weiter darüber nachgedacht.«

»Wenn Ihnen sonst noch etwas einfällt, teilen Sie es uns bitte mit«, sagte Jackson und betrachtete mitfühlend ihre betroffenen Gesichter. »Mir ist klar, daß dies die Sache für Sie nicht besser macht. Glauben Sie mir, wir tun alles, was wir können, um Powell zu finden, aber er scheint die Angewohnheit zu haben, seinen Urlaub an abgelegenen Orten zu verbringen, und wenn er sich irgendwo versteckt, dann weiß er sicher eine geeignete Stelle dafür. Aber seien Sie unbesorgt, wir finden ihn.«

»Und Diana?« fragte Maltravers leise.

»Ich hoffe, wir finden sie zuerst«, sagte Jackson. »Wir haben noch immer keine Erkenntnisse darüber, daß ihre Verletzung ärztlich behandelt wurde, aber dies muß nicht bedeuten, daß es nicht doch geschehen ist.«

»Ohne Leiche kein Mord«, stellte Maltravers zynisch fest.

Tess schloß die Augen. »Halt den Mund, Gus«, sagte sie, und Jackson spürte, wie die ungezügelten Emotionen hinter ihrer oberflächlichen Gelassenheit hervorbrachen.

»Ich verstehe, daß die Ungewißheit das Schlimmste ist«, sagte er und stand auf, um zu gehen. »Sie können mir glauben, daß wir Sie stets auf dem laufenden halten werden. Dafür sorge ich.«

»Danke, Sergeant«, erwiderte Melissa. »Wir sind Ihnen sehr dankbar. Heute abend gehen wir zu dem Konzert des Streichquartetts, das wird uns vielleicht auf andere Gedanken bringen.«

»Die Festtage gehen also weiter?«

»Ja. Der Dekan hat uns heute aufgesucht und wollte sie absagen, aber mein Bruder bestand darauf, daß wir weitermachen sollten. Die meisten Veranstaltungen sind ausverkauft, und, wie er sagte, würde Diana auch wollen, daß sie fortgesetzt werden.« Melissa lächelte

Maltravers an. »Und wir glauben, es ist am besten, wenn man sieht, daß wir uns so normal wie möglich benehmen. Wir sind ... sehr britisch. Es ist albern, aber auf diese Art kann man damit fertigwerden.«

Auch im Chapter House benahm man sich an diesem Abend formgerecht. Im Raum herrschte eine fast mit Händen zu greifende Spannung. Die Zuschauer flüsterten, und ihre Blicke wichen jener Gruppe aus, von der sie dennoch unwiderstehlich angezogen wurden. Die Musiker gaben sich ernst, der Applaus war höflich, aber gedämpft. Im Refektorium gab es anschließend eine weitere Zusammenkunft, bei der die Atmosphäre von den unnatürlich guten Manieren regelrecht vergiftet wurde. Der Dekan entschuldigte sich für die Abwesenheit des Bischofs.

»Er nimmt es sich sehr zu Herzen«, erklärte er. »Ich muß Ihnen nicht sagen, wie beeindruckt und begeistert er von Miss Porter war. Er bat mich, Ihnen seine tiefe Anteilnahme zu übermitteln. Auch meine Frau und ich fühlen uns mitverantwortlich. Miss Porter war Gast unseres Hauses, und wenn wir besser aufgepaßt hätten, dann ...«

»Das ist sehr freundlich, aber wirklich unnötig, Herr Dekan«, fiel ihm Maltravers ins Wort. »Niemand von uns hätte etwas tun können.«

Angesichts der gedrückten Stimmung brachen die Leute beizeiten auf. Maltravers schickte sich gemeinsam mit Tess an, ihnen zu folgen, als er spürte, wie ihn jemand am Ärmel zupfte. Es war Miss Targett.

»Oh, Mr. Maltravers«, begann sie, und Tränen traten ihr in die Augen, als sie die Sprache wiederfand. »Das ist sehr, sehr gottlos. Miss Porter war so ...« Ihr freundliches kleines Gesicht verzog sich vor Gram, und Maltravers schluckte hastig, weil auch er von ihrem Gefühlsausbruch ergriffen wurde.

»Vielen Dank, Miss Targett«, sagte er. »Wir wissen Ihr Mitgefühl zu schätzen.«

»Aber Sie waren mit ihr befreundet!« rief Miss Targett mit schmerzerfüllter Stimme. »So ein liebes, freundliches, schönes Mädchen ...« Sie begann zu schluchzen. Maltravers und Tess blickten sie peinlich berührt an, außerstande, etwas zu ihrem Trost zu sagen oder zu tun. Sie wurden durch das Erscheinen des Sukzentors Webster erlöst, der seinen Arm um die alte Dame legte.

»Kommen Sie, Miss Targett«, sagte er sanft. »Wir wollen ein paar Minuten in die Lady Chapel gehen.« Während sie ihm mit kindlicher Folgsamkeit gehorchte, lächelte er Tess und Maltravers flüchtig zu, um anzudeuten, daß er die Situation im Griff habe. Dann ging er, noch immer den Arm um Miss Targetts Schultern, davon.

»Es scheint, daß nicht nur wir betroffen sind«, sagte Tess, als sie zusahen, wie die beiden sich entfernten. »Diese Sache hat alle möglichen Leute verletzt. Den Bischof, Melissa und Michael, Miss Targett. Alle, die sich mit Berühmtheiten identifizieren. Sogar die Frau des Dekans. Lieber Gott, gib, daß Diana bald gefunden wird.«

ACHTES KAPITEL

Miss Targetts Verzweiflung, ihre entsetzte Miene, die noch vor kurzem so fröhlich und lebhaft gewesen war – all das ging Maltravers die ganze Nacht über nicht aus dem Sinn. Daß sich der Dekan ebenfalls verantwortlich fühlte, steigerte seine irrationale Erregung noch. Er, Maltravers, war es gewesen, der Diana nach Vercaster geholt hatte, in diese archetypische Stadt mit ihrer Kathedrale, wo sich nie etwas Böses zutrug. Immer stärker beschlich ihn die Ahnung, daß er nicht alles so weiterlaufen lassen konnte, ohne etwas zu unternehmen. Er lag im Bett und starrte die Schlafzimmervorhänge an, durch die das Morgenlicht schimmerte.

»Bist du wach?« Tess streckte ihren Arm zu ihm hinüber.

»Ich wüßte nicht, daß ich überhaupt geschlafen hätte. Hardy schrieb einmal – ich glaube im ›Bürgermeister von Casterbridge‹ –, daß es eine äußere Abteilung des Verstandes gibt, in die unerwünschte, schreckliche Gedanken eindringen. Meine ist zur Zeit überbelegt.«

»Ich weiß. Ich versuche mir immer zu sagen, daß es in Wirklichkeit nicht so schlimm kommen wird. Aber ich kann mir selbst nicht mehr glauben.«

»Ich fahre nach Belsthwaite«, sagte er.

Tess hob den Kopf. »Nach Belsthwaite? Warum?«

»Weil ich etwas herausfinden könnte. Und weil ich so wenigstens *etwas tue.*«

»Die Polizei tut schon, was sie kann.«

»Das ist mir klar, aber ich könnte einfach ... Ich weiß nicht ... Ich könnte etwas finden, das sie übersehen hat. Vielleicht redet jemand mit mir, denn ich bin ja kein Polizist. Vielleicht ... Ich kann einfach nicht nur hierbleiben und nichts tun.«

Tess sah ihn einen Augenblick an. »In Ordnung. Aber ich komme mit. Keine Widerrede! Du bist nicht der einzige, der etwas tun will.«

Weder widersprach Maltravers, noch antwortete er überhaupt. Er legte einfach den Arm um Tess und zog sie an sich. So lagen sie schweigend, bis das Geräusch der Morgenzeitung zu hören war, die durch den Briefschlitz gesteckt wurde.

Arthur Powells Gesicht, nach der Vergrößerung vom Originalfoto leicht verschwommen, starrte gleichmütig aus den grauen Textblöcken des »Daily Telegraph«. Maltravers stand in der Diele und las den dazugehörigen Artikel. Ein kühler, informativer Text, der zwangsläufig nichts mit der Realität von Erfahrungen zu tun hatte. Es gab eine Beschreibung von Arthur Powells Auto, unauffällig wie er selbst, und die Warnung der Polizei, ihm nicht zu nahe zu kommen. In dem Bericht wurde noch hinzugefügt, daß man ihn zwar am Wochenende in Vercaster gesehen habe, aber nach dem offiziellen Stand der Dinge lediglich suche, damit er der Polizei bei den Ermittlungen behilflich sein konnte. Maltravers fand die ehernen Gesetze, von denen die Berichterstattung unter den gegebenen Umständen eingeschränkt wurde, ein wenig absurd.

Die Verdachtsmomente gegen Powell waren überwältigend, und sein Verschwinden wirkte wie ein stillschweigendes Eingeständnis von Schuld, das sich verstärkte, je länger er sich nicht meldete. Am Ende der Story über Powell stand ein kurzer separater Abschnitt über die Latimer-Bibel, in dem Madden mit den Worten zitiert wurde, die Polizei sähe keinen Zusammenhang zwischen beiden Ereignissen.

Beim Frühstück erzählte Maltravers Melissa, was er und Tess vorhätten.

»Ich weiß nicht, was ihr damit erreichen wollt«, sagte sie. »Aber ich wüßte auch sonst nichts in dieser Richtung. Michael bringt Rebecca für ein paar Tage zu seinen Eltern nach Sussex und wird dort übernachten, aber ich bleibe hier, um alle Mitteilungen entgegenzunehmen.«

»Kommst du hier allein klar?«

»Ja, macht euch keine Sorgen. Es sehen ein paar Leute nach mir. Seid ihr heute abend zurück?«

»Natürlich, aber es könnte spät werden. Wir werden anrufen, bevor wir losfahren. Und jetzt machen wir uns besser auf die Beine.«

Ihr Aufbruch verzögerte sich, weil Joe Goldman anrief.

»Haben sie diesen Bastard schon gefunden?« wollte er wissen.

»Soweit wir wissen, nein, und ich bin sicher, sie würden uns Bescheid geben, wenn sie ihn hätten. Wie steht's bei dir?«

»Du wirst es nicht glauben, Gus. Die Leute führen sich auf, als ob eine Familienangehörige von ihnen gestorben ist. Erwachsene Männer haben mir hier am Telefon die Ohren vollgeheult.«

»Joe, es gibt keinerlei Beleg dafür, daß Diana tot ist.«

»Das hast du schon mal gesagt, aber was soll das für ein Trost sein, wenn sie lebt, und ihre gottverdammte Hand ist abgeschnitten? Tut mir leid, Gus, ich weiß, das ist für dich noch schlimmer, aber hier kriegen eine Menge Leute Wind davon. Na egal, deswegen rufe ich nicht an. Mich beunruhigt da etwas, und ich wollte mit dir darüber reden.«

»Über Powell?«

»Nein, was anderes. Es ergibt keinen Sinn, aber ich muß immer daran denken. Erinnerst du dich noch an Peter Sinclair? Er hat in ›Stadt des Erfolgs‹ mitgespielt.«

Maltravers mußte einen Augenblick nachdenken, bis ihm der Schauspieler wieder einfiel, dessen Gesicht an eine Action-Man-Spielzeugfigur erinnerte und bei dem die Einbildung größer war als das Talent. Sein Part in dem Dreiteiler war von untergeordneter Bedeutung gewesen; er »starb« schon nach der Hälfte des ersten Teils.

»Was ist mit ihm?«

»Wußtest du, daß er und Diana ein Verhältnis hatten? Für sie war es nichts Ernstes, nur ein Spiel, er aber war schwer verliebt. Als sie die Sache beendete, gab er den klassischen verschmähten Liebhaber - Blumen, Anrufe und so weiter. Wenn man ihn traf, sprach er nur von Diana. Na ja, als nächstes fing er dann an, sie zu hassen, mit blöden Drohungen, daß er es ihr noch heimzahlen würde. Du glaubst gar nicht, wie er sich gebärdete. Kannst du dich noch an die Katze entsinnen, die Diana hatte?«

»Wer würde das nicht. Sie war ja ganz vernarrt in das Vieh. Es ist verschwunden, nicht?«

»Ja ... und ein paar Tage später wurde der Schwanz in ihren Briefkasten gesteckt. Sinclair erklärte dann, daß er seine Rache gehabt habe ... Gus, der Kerl ist verrückt.«

»Hat sie ihn nach der Katze gefragt?«

»Er wollte sich darüber schier totlachen. Aber du verstehst, was ich denke? Es gibt nur ein Problem: Er ist in Kalifornien.«

»In Kalifornien! Seit wann?«

»Seit ungefähr drei Monaten. Er hat 'ne Rolle als englischer Chauffeur in irgendeiner neuen amerikanischen Fernseh-Schnulze ergattert.«

»Ach komm, Joe, du weißt, wie da die Drehpläne aussehen. Wie soll er die Zeit gefunden haben, nach England zurückzukehren?«

»Ich weiß nicht. Es beschäftigt mich einfach. Wenn er damals die Katze seziert hat, ist er jedenfalls bescheuert genug, daß man ihm alles zutrauen kann.«

»Moment mal ... Wann hatten sie dieses Verhältnis? Wann war das zu Ende?«

»Es fing an, als sie ›Stadt des Erfolgs‹ gedreht haben. Wann war das? Gerade mal ein Jahr her. Es ging ungefähr drei Monate lang. Wieso?«

»Schon gut, es paßt nicht zusammen. Wußtest du, daß Diana schwanger war?«

»Ja, ich habe es in der Zeitung gelesen ... ach, jetzt verstehe ich, worauf du hinauswillst. Nein, der kann es nicht gewesen sein. Sonst müßte sie das Kind schon bekommen haben.«

»Irgendeine Ahnung, wer sonst in Frage käme? Als Vater?«

Goldman grunzte ins Telefon. »Da fällt mir keiner ein. Sie ist mit zwei oder drei Burschen herumgezogen, aber soweit ich weiß, war es nichts Ernstes.«

»Okay Joe, danke, daß du mir von Sinclair erzählt hast. Ich lasse von mir hören.«

»Tu das, Gus. Alles Liebe an Tess, hörst du? Eine Menge Leute haben mich gebeten, das auszurichten.«

Während sie ihre Vorbereitungen für die Abfahrt nach Belsthwaite trafen, dachte Maltravers darüber nach, was ihm Goldman mitgeteilt hatte. Die ständigen Proben- und Drehtermine für eine lange Serie ließen niemandem genug Zeit, sich davonzumachen, und es gab möglicherweise auch Vertragsklauseln, die Sinclairs Bewegungsfreiheit einschränkten. Dennoch beschloß er, daß die Polizei davon erfahren müßte. Er telefonierte nochmals mit Goldman, erkundigte sich nach dem Namen des Filmstudios und rief dann Jackson an.

»Ich stimme Ihnen zu, daß es sehr unwahrscheinlich ist«, sagte der, nachdem Maltravers geendet hatte. »Aber wir werden es für alle Fälle überprüfen. Übrigens hatten wir nach dem Erscheinen von Powells Bild in der Zeitung die übliche Ausbeute an Meldungen, wo er angeblich überall gesehen wurde, aber bislang ist er es dann doch nie gewesen. Das passiert immer. Falls er auftaucht, werde ich Sie anrufen, sobald ich kann.«

»Danke. Nebenbei: Ich werde für den Rest des Tages nicht hier sein, aber meine Schwester ist zu Hause«, erklärte Maltravers. »Tess und ich fahren nach London.«

Als sie Vercaster verließen und nach Norden fuhren, hatte Maltravers das alberne Schuldgefühl, Jackson könnte sie sehen und den Wagen stoppen. Für das, was sie taten, hatte er keine vernünftige Erklärung. Seine Gründe, sich auf den Weg nach Belsthwaite zu machen, lagen tief im Unterbewußtsein. Sie waren persönlicher Art und völlig bedeutungslos für jeden außer ihm selbst.

Belsthwaite lag inmitten der Überbleibsel eines früher vermutlich wunderschönen Tales der Grafschaft Yorkshire. In seinen unteren Lagen hatte das gnadenlose Wachstum der Städte grauenhafte Narben hinterlassen. Sie waren Folge einer explosionsartigen Entwicklung der Industrie, die zum wirtschaftlichen Grundstein für das letzte und größte Königreich der Welt geworden war. Als sie über eine Hügelkuppe fuhren, rückte unten die Stadt ins Blickfeld. Zwischen ihrem abstoßenden Backsteinmauerwerk, das sich ungleichmäßig die Täler hinaufzog, kroch dunkel und träge ein Fluß hervor. Die eine Seite der Stadt wurde von einer Mühle beherrscht. Sie war schon lange außer Betrieb, die leeren Fenster reihten sich wie Grabsteine über die engen Hinterhöfe und Durchgänge der Häuser, in denen einst ihre Arbeiter gewohnt hatten. Auf der gegenüberliegenden Seite des Flusses waren nach dem Krieg zwischen ausgelaugten Grünflächen ein paar neuere Industriebetriebe und freundlichere Häuser entstanden. Sebastopol Terrace verdankte, ebenso wie die Parallelstraßen Inkerman, Balaclava und Crimea, ihren Namen weit entfernten Schlachtfeldern. Die Häuser standen wie einst die Armeen in langen, einförmigen

Reihen, und das strahlende Sonnenlicht betonte nur noch ihre Trostlosigkeit.

Nummer siebenundzwanzig gehörte zu den vielen Gebäuden, die in eine obere und eine untere, vermutlich enge Wohnung aufgeteilt worden waren. Es gab keine Vorgärten, und der poröse Sandstein der Stufe, die vom Bürgersteig zur Haustür führte, zeigte den Aussatz des Alters. Hinter ihr befand sich ein schmaler Streifen schwarzer und weißer Bodenfliesen in Rautenform, zersprungen und ausgeblichen. Von den beiden Klingelknöpfen war der eine unbezeichnet; unter dem zweiten stand auf einem vergilbten Papierstreifen, der in einem verschmutzten, durchsichtigen Plastikgehäuse steckte, der Name Powell.

»Wird nicht viel Sinn haben, den zu probieren«, sagte Maltravers und drückte den anderen. Es war nichts zu hören.

»Funktioniert er?« fragte Tess.

»Wer kann das wissen? Klingeln, die man von draußen nicht hört, sind immer besonders ärgerlich.«

Auf ihrem Weg nach Norden hatten sie besprochen, wo sie anfangen wollten. Dabei waren sie zu dem Ergebnis gelangt, daß sich der Klatsch über ihre Anwesenheit am schnellsten vom Supermarkt her verbreiten und eventuell die Aufmerksamkeit der Polizei wecken würde, was wiederum ihre Erkundigungen bei den Nachbarn beeinträchtigen könnte.

»Obwohl es kein Gesetzesbruch ist, Fragen zu stellen«, hatte Maltravers angemerkt.

»Aber es empfiehlt sich nicht, wenn die Polizei mit im Spiel ist«, befand Tess.

Maltravers, die Hand über den Augen, spähte durch eine der gesprenkelten Glasscheiben in der Haustür.

»Ich glaube, es kommt jemand«, sagte er, und wenige Augenblicke später wurden drinnen die verschwommenen Umrisse einer Gestalt sichtbar. Nachdem sie sich am Schloß zu schaffen gemacht hatte, wurde die Tür einen Spaltbreit geöffnet, und ein mißtrauisches Gesicht starrte heraus.

Das anschließende Gespräch gestaltete sich derart grotesk, daß Maltravers später bedauerte, keine Möglichkeit zu dessen Aufzeichnung gehabt zu haben. Als sie klarstellten, daß sie nicht vom Hausbesitzer, vom Wohnungsamt oder einer der diversen Mietkauffirmen kamen, keine Sozialarbeiter, Zeugen Jehovas oder fliegende Händler waren, kein Geld verborgen oder leihen, keine Billig-Renovierung anbieten, keinen unerwünschten Schmuck oder andere Wertsachen aufschwatzen und keine Verbraucherumfrage durchführen wollten sowie außerdem in keinerlei Verbindung, Beziehung oder Kontakt zu Behörden (besonders der Polizei) standen, also kurzum weder Ärger noch Kosten oder Verlegenheit verursachen würden, öffnete der Bewohner die Tür und gab sich als ein Mann in fortgeschrittenem Alter mit mürrischem Gebaren, Hosenträgern und kragenlosem Hemd zu erkennen.

»Was wollen Sie denn?« fragte er.

»Na ja, eigentlich wollten wir Sie etwas über Ihren Nachbarn, Mr. Powell, fragen«, sagte Maltravers mit der größten Liebenswürdigkeit, zu der er nach einem so unerbittlichen Verhör noch fähig war.

»Kenn ich nicht«, sagte der Mann und schloß die Tür wieder, bevor auch nur der schnellste Fuß dies hätte verhindern können. Maltravers, noch immer mit geöffnetem Mund, um weiterzureden, schaute verblüfft drein, und Tess kicherte unvermittelt.

»Wir sind nicht besonders gut in solchen Dingen«, stellte sie fest.

»Ich habe schon immer gewußt, daß die in Yorkshire verrückt sind«, meinte Maltravers. »Das ist Lord Peter Wimsey nie passiert.«

»Vielleicht nicht. Aber er war auch nie in Belsthwaite.«

Erkundigungen in den unmittelbar angrenzenden Häusern blieben ebenso ergebnislos. In dem einen war niemand zu Hause, und in dem anderen wohnte eine Dame von bemerkenswerter Taubheit, die noch durch den Umstand verschlimmert wurde, daß sie einen ständig kläffenden Yorkshire-Terrier bei sich trug. Als sie den Gesten von Tess und Maltravers keinerlei Sinn entnehmen konnte, gaben sich die beiden geschlagen und kehrten zum Auto zurück.

Sie waren schon im Begriff abzufahren, als Tess auf einen kleinen Eckladen am Ende der Straße deutete, der überraschenderweise die sich wandelnden Einkaufsgewohnheiten überlebt hatte. Maltravers fand, daß es wenig Zweck haben würde, weil Powell seine Lebensmittel vermutlich in dem Supermarkt kaufte, in dem er arbeitete, aber Tess erklärte, daß sie es dennoch versuchen wolle.

»Das ist doch eine Fundgrube für Klatsch und Tratsch«, sagte sie. »Seit den Meldungen in der Zeitung und im Fernsehen werden alle über Powell reden. Du bleibst hier, und ich gehe mal auf einen Plausch hinein.«

»Und aus welchem Grund glaubst du, daß sie sich ausgerechnet mit einer Fremden unterhalten werden?«

»Die reden mit jedem. Besonders wenn er breiten Yorkshire-Akzent spricht. Blaab ganz ruuhig, Junge, ich seh mal, was loos is.« Sie stieg aus dem Auto.

Maltravers beobachtete, wie sie in dem Geschäft verschwand, während die schäbige Ladenglocke in der Straße zu hören war. Anerkennend stellte er fest, daß sie mit ihrem langbeinigen Gang den undefinierbaren Eindruck erweckte, eine Frau aus Yorkshire zu sein; gute Schauspielerei fing immer mit den Füßen an. Während er wartete, sah er sämtliche Morgenzeitungen durch, die sie bei ihrer Fahrt an der Autobahn gekauft hatten: Er verspürte das unwiderstehliche Bedürfnis, wieder und wieder gedruckt zu lesen, was sie doch schon alle wußten. Die sensationell aufgemachten Titelseiten hatten mit ihrer Mischung aus journalistischer Dramatik und dem angestrebten Effekt, sie Millionen von Lesern nahezubringen, im Grunde wenig mehr zu bieten als Powells Gesicht. Auch von Diana gab es Bilder – man hatte sich eine gewisse Beschränkung auferlegt und nicht die Nacktfotos genommen. Die spektakulärsten Schlagzeilen bedienten sich einer besonders gefühlsbetonten Sprache. »Ist er der Schlächter von Diana?« schrie eine der Überschriften und setzte sich damit unbekümmert über eventuelle Verleumdungsklagen hinweg, falls sich Powell wider Erwarten als unschuldig erweisen sollte. Überall war die gereizte Prosa mit seltsamen Nichtigkeiten wie dem Leitspruch der Bezirksverwaltung von Vercaster aufgebläht – »Dient Gott und den Menschen« –, und die angegebene Entstehungszeit des Chapter House schwankte zwischen dem elften und dem dreizehnten Jahrhundert. Maltravers las sämtliche Blätter, wobei seine gelegentlichen Anflüge von Widerwillen durch das Bewußtsein aufgewogen wurden, daß dies alles zum schnelleren Auffinden sowie zur Festnahme Arthur Powells führen könnte und hoffentlich auch zu Dianas Rettung. Mit allen Kräften klammerte er sich an die Hoffnung, daß sie noch immer lebte.

Nach ungefähr zwanzig Minuten kam Tess mit Schokolade und Kartoffelchips in der Hand wieder.

»Irgendwas mußte ich kaufen«, sagte sie und stieg wieder ins Auto. »Das einzige Problem bestand darin, ihren Redefluß zu stoppen. Powell hat da immer seine Zeitungen gekauft, und sie ist eine, die selbst Trappisten zum Sprechen bringen würde. Das meiste war einfach nur Gerede, aber sie hat sich offenbar zu erinnern versucht, seit die Polizei bei ihr war. Ich hatte den Eindruck, sie wollte denen nicht zuviel erzählen. Anscheinend ist er immer freitags vorbeigekommen, um seine Rechnung zu bezahlen. Letzte Woche hat er gesagt, daß er in Urlaub fährt. Das wissen wir natürlich, aber die alte Mrs. Wie-immer-sie-heißt fragte ihn nach dem Wohin, und er antwortete, ein paar Tage nach London und dann in die Berge.«

»Einfach nur die Berge?«

»Leider ja. Wales?«

Maltravers runzelte die Stirn. »Oder der Lake District. Oder Schottland. Oder sogar Ausland.

Jackson sagte, sie hätten seinen Paß nicht gefunden. Trotzdem, ein paar Gegenden wie Devon oder Cornwall scheiden damit aus, das ist wenigstens etwas. Ich werde Jackson davon berichten, wenn wir zurück sind. Komm, wir wollen es im Supermarkt versuchen.«

Sie beschlossen, dort nur zuzugeben, Freunde Dianas zu sein, und im übrigen das Beste zu hoffen. Dem Filialleiter, der sich als ehrgeizig und eifrig bemüht erwies, seine Jugend hinter einem spärlichen Schnauzbart zu verbergen, war es ziemlich gleichgültig, daß ihre Erkundigungen keinen offiziellen Charakter trugen. Er brachte sie sofort in sein Büro und nahm dort diverse Kartons von den Sesseln, damit sie sich setzen konnten.

»Wir können es immer noch nicht glauben«, sagte er. »Niemand war richtig mit Arthur befreundet, aber es hatte ihn auch niemand ungern. Der ist so einer, der keiner Fliege etwas zuleide tut. Niemand von uns kann sich erinnern, daß er auch nur jemals die Beherrschung verloren hätte.«

»Wissen Sie irgend etwas über ihn? Er wirkt so undefinierbar.«

Das Gespräch wurde unterbrochen, weil man den Filialleiter hinausrief, um einen Streit an einer Kasse zu schlichten. Er kehrte in Begleitung einer korpulenten, fröhlichen Frau zurück, die er als eine der Aufsichtkräfte vorstellte, um ihr dann den Grund für Maltravers' und Tess' Besuch zu erklären.

»Wie würden Sie Arthur beschreiben, Mildred?« fragte er.

»Sehr verschlossen, aber stets höflich. Er hat kein Wort mehr gesagt als nötig. Wer sich mit ihm unterhalten wollte, bekam nie eine Antwort. Eigentlich war nichts gegen ihn zu sagen. Ich erinnere mich bloß noch, daß er die ganze Esserei nicht ausstehen konnte.«

»Nicht ausstehen konnte? Was meinen Sie damit?«

»War so 'ne Art Vegetarier. Hab ihm ja gesagt, is Quatsch, immer nur Karnickelfutter zu essen, er aber war darin ganz eigen. Wollte nicht mal 'n Sandwich mit gekochtem Ei essen. Aber was soll daran schlecht sein?«

»Haben Sie jemals bei ihm ein Fahrtenmesser gesehen?« fragte Maltravers. Über Mildreds Gesicht huschte ein Ausdruck plötzlichen Erinnerns.

»Hach, glatt vergessen ... War eins von diesen Riesendingern in einem Lederfutteral. Sein ganzer Stolz. Hatte er immer bei sich, zusammen mit so 'nem Steinding zum Schärfen. Damit hat er immer die Kartons im Lager aufgeschnitten.« Stirnrunzelnd dachte sie daran zurück. »Jetzt, wo ich mir das noch mal durch den Kopf gehen lasse, wirkte er so ... ich weiß nicht ... glücklich irgendwie, wenn er das gemacht hat.«

Maltravers und Tess warfen sich beunruhigte Blicke zu. Nach einigen weiteren Minuten des Gesprächs wurde klar, daß sich weder Mildred noch der Filialleiter sonst noch an etwas erinnern konnten. Powell hatte sein Geheimnis sehr sorgfältig gehütet, auch gegenüber Leuten, mit denen er arbeitete.

Als sie schon vom Parkplatz herunterfahren wollten, hörten sie einen Ruf und sahen, wie der Filialleiter mit irgend etwas in der Hand auf sie zurannte.

»Ist mir gerade noch eingefallen«, sagte er, als Maltravers das Fenster herunterkurbelte. »Arthur hat die immer angezogen, wenn er zur Arbeit kam. Er bewahrte sie im Lagerraum auf.«

Er hielt ein paar billige Plastiksandalen hoch, die vom häufigen Tragen abgenutzt und brüchig waren.

»Mir kam plötzlich in den Sinn, daß die Polizei sie vielleicht haben sollte.«

Er schaute Maltravers an und erwartete widersinnigerweise dessen Zustimmung.

»Ich nehme an, es wäre das beste«, erwiderte er. »Obwohl mir nicht ganz klar ist, wozu sie von Nutzen sein könnten. Die Polizei hat schon seine Wohnung durchsucht. Ich schlage vor, Sie rufen mal bei denen an. Nochmals vielen Dank für Ihre Hilfe.«

Er fuhr los und steuerte in Richtung Stadtzentrum.

»Könnten wir es sonst noch irgendwo versuchen?« fragte Tess.

»Nicht daß ich wüßte. Herrgott, was für eine verfluchte Zeitverschwendung. Warum um alles in der Welt sind wir hierhergekommen?«

»Weil du es brauchtest«, sagte Tess leise. »Es ist dir doch nicht mehr aus dem Kopf gegangen. Los, fahren wir irgendwohin zum Mittag.«

Sie fanden eine Kneipe mitten in der Stadt, wo man auch essen konnte, und während Tess an der Theke die Bestellung aufgab, rief Maltravers Melissa an.

»Augustus! Gott sei Dank, daß du anrufst! Wie schnell könnt ihr zurückkommen? Der Dekan hat mit der Post Dianas andere Hand bekommen.«

NEUNTES KAPITEL

Während sie wieder nach Süden fuhren, hörten sie die Nachricht auch im Autoradio. Melissa, deren Gesicht noch immer Bestürzung verriet, erzählte ihnen die Einzelheiten, nachdem sie im Punt Yard angekommen waren.

»Sie traf mit der zweiten Post ein«, sagte sie. »Nur eine kleine Pappschachtel, die an den Dekan adressiert war.«

»Lag irgendeine Nachricht dabei?« fragte Maltravers.

»Nein. Es war nur die Hand. Anscheinend wurde das Päckchen gestern aufgegeben, irgendwo in London, aber der Stempel ist so verschmiert, daß man nicht genau sagen kann, wo. Die Polizei hat das jetzt natürlich alles.« Melissa schlang plötzlich die Arme um ihren Bruder. »Oh, Augustus, das ist so furchtbar!« Sie begann zu weinen. »Die Frau des Dekans ist vorbeigekommen. Sie war so nett, und du weißt, wie sie sich normalerweise verhält. Sie möchten, daß du sie aufsuchst, sobald du kannst. Das Telefon stand die ganze Zeit nicht still, und es haben Leute angerufen, um mir etwas Mitfühlendes zu sagen, und ... und Michael war dran. Und der Bischof. Und die verfluchte Presse. Augustus, sie müssen diesen schrecklichen Mann finden!«

Maltravers hielt seine starke, ruhige und ausgeglichene Schwester fest im Arm, die von dem Entsetzen, das in ihre geordnete und sichere Welt Einzug gehalten hatte, gebrochen und niedergeschlagen war.

»Komm schon«, sagte er. »Jetzt sind wir ja zurück. Ich werde rangehen, falls noch jemand anruft. Warum fährst du nicht hinunter nach Sussex?«

Unter Schluchzen schüttelte Melissa den Kopf. »Nein, jetzt, wo ihr beide wieder da seid, geht es mir schon besser, und da sind ja auch noch die Festtage. Ich benehme mich immer noch sehr britisch, so schwer es auch fällt. Dumm, was?«

»Ja«, sagte er. »Es ist dumm. Aber die Alternativen wären noch dümmer.« Er hielt inne und zog die Stirn in Falten. »Dümmer? Gibt es das Wort überhaupt? Du weißt aber, was ich meine.«

Übertrieben pingelig hob Madden die Pappschachtel mit den Fingerspitzen hoch, obwohl sie schon auf Abdrücke untersucht worden war. An der Seite klebten die Reste eines Etiketts, die zeigten, daß sie ursprünglich als Verpackung für Schokoladentafeln gedient hatte. Im Innern befand sich ein dunkler Fleck an der Stelle, wo Blut eingesickert war. Den Aufkleber mit dem Namen und der Adresse des Dekans hatte man auf einer Schreibmaschine getippt.

»Die gleiche Art, wie sie in Lagerräumen von Supermärkten vorkommt«, stellte Madden fest.

»Ja, Sir«, bestätigte Jackson. »Obwohl es niemandem schwerfallen dürfte, so was zu beschaffen.«

»Und fünf verschiedene Fingerabdrücke.«

»Ja. Die des Dekans haben wir natürlich ausgeklammert, und Higson ist im Verteilerpostamt von Vercaster, um die vom Briefträger und von den Sortierern zu nehmen. Der Ärger ist nur, daß sich im Augenblick nicht sagen läßt, über welches Amt in London die Sendung lief. Das Labor versucht es nach besten Kräften mit dem Stempel, aber die Sache sieht ziemlich hoffnungslos aus. Fest steht nur, daß keine Abdrücke von Powell zu finden sind. Am sichersten wird noch der Speicheltest an der Briefmarke und am Etikett sein.«

»Haben wir denn Speichelproben von Powell?«

»Nein, aber wenn wir ihn finden, werden wir damit beweisen können, daß er der Absender war. Falls es stimmt.«

Madden zog eine Augenbraue hoch. »Falls es stimmt? Haben wir eine reale Alternative?«

»Da ist dieser Sinclair, wie wir jetzt wissen. Wir warten immer noch darauf, daß wir was von ihm aus Los Angeles hören.«

»Weit hergeholt, Sergeant. Sehr weit hergeholt.« Madden wollte sich nicht mit der Ermittlung von abwegigen Möglichkeiten aufhalten, wo doch Powell so genau in das Schema paßte, das ihm am meisten zusagte. »Irgendwas Neues von Powell?«

»Es kamen Berichte, denen zufolge er in Borrowdale und im Peak District gesehen worden sein soll, aber sie haben sich nicht bestätigt. Und es gibt auch weiterhin keine Anzeichen dafür, daß er das Land verlassen hat.«

»Und noch immer keine Berichte über eine medizinische Behandlung von Miss Porter?«

Jackson schüttelte den Kopf, und Madden verkniff mißgestimmt das Gesicht. Die ansonsten zufriedenstellenden Ermittlungen liefen von Stunde zu Stunde mehr auf einen Mord hinaus, der aber noch immer nicht endgültig als solcher eingestuft werden konnte. Er stellte fest, daß dies ein sehr ärgerlicher Mangel war, und dachte darüber nach, wie sich der flüchtige Powell in dem enger werdenden Netz der Polizei verfangen würde.

»Und wie geht's unserem Mr. Maltravers?« erkundigte er sich milde.

Die unerwartet höfliche und bedeutungslose Frage brachte bei Jackson sämtliche Alarmglocken zum Schrillen. Madden hatte seinen anfänglichen Verdacht gegen Maltravers fallen gelassen, nachdem Powell ins Spiel gekommen war, und es paßte überhaupt nicht zu ihm, daß er sich jetzt noch für den Mann interessierte.

»Ich habe ihn heute noch nicht gesehen«, antwortete er vorsichtig.

»Tatsächlich? Wo ist er denn gewesen?« Diesmal hatte die Frage einen leicht schneidenden Unterton, und Jackson begriff plötzlich, daß er auf gefährlichen Boden geführt wurde.

»Er sagte mir, daß er den Tag in London verbringen wollte, Sir.«

»Und hat er das getan?«

»Ich nehme es an.«

»Sie nehmen es an. Aha.« Madden griff nach der Pappschachtel und gab sie Jackson zurück. »Wenn das Labor damit fertig ist, lassen Sie das hier verzeichnen und archivieren. Danke, Sergeant.« Jackson war sich bewußt, in etwas verwickelt worden zu sein, das er nicht kannte. Aber weil er sich außerstande sah, etwas dazu zu sagen, nahm er die Schachtel und wandte sich zum

Gehen, während Madden anfing, einige der Papiere auf seinem Schreibtisch zu lesen.

»Und ich will Mr. Maltravers – und Miss Davy – in der nächsten halben Stunde in diesem Büro sehen«, setzte Madden noch hinzu, ohne aufzublicken. Jackson drehte sich um, weil er eine Frage stellen wollte, doch dann besann er sich eines Besseren.

Er brachte die Schachtel zurück in das Zimmer der Sonderkommission und rief aus einem leeren Büro, wo ihm niemand zuhören konnte, im Punt Yard an.

»Was zum Teufel haben Sie getrieben?«

»Getrieben? Was meinen Sie?«

»Madden will Sie und Miss Davy sofort sprechen, und er spielt irgendein Spielchen mit mir. Er weiß etwas, und ich nicht. Waren Sie heute in London?«

»Ach, das ist es. Tut mir leid, wir sind nach Belsthwaite gefahren.«

»Sie waren in Belsthwaite?« Jacksons Stimme klang enttäuscht und resigniert. »Würden Sie mir einen Gefallen tun? Kommen Sie bitte beide hierher. Also. Ich habe Ihnen immer all meine Überlegungen mitgeteilt, und ich möchte, daß Sie mich aus dieser Geschichte heraushalten.«

Zehn Minuten später trafen sie auf dem Polizeirevier ein, und Jackson brachte sie ohne ein Wort zu Madden, der sich pedantisch korrekt ausdrückte.

»Ich habe einen Anruf erhalten, heute um ...«, er sah auf seinem Notizblock nach, »... um vierzehn Uhr siebzehn, und zwar von der Polizeibehörde in Belsthwaite. Sie behauptet, daß zwei Personen, auf die Ihre Beschreibung zutrifft und die Ihre Namen angaben, im dortigen Zuständigkeitsgebiet Erkundigungen eingezogen haben. Diese betrafen einen Mr. Arthur Powell, gegen den, wie Ihnen bestens bekannt ist, ein offizielles polizeiliches Ermittlungsverfahren im Zusammenhang mit dem Verschwinden von Miss Diana Porter läuft. Handelte es sich bei diesen Personen um Sie?«

»Ja«, antwortete Maltravers.

Madden nickte wie zu sich selbst. »Aha. Sie sind sich, wie ich annehmen darf, darüber im klaren, daß es einen Straftatbestand darstellt, die Polizei bei der Erfüllung ihrer Aufgaben zu behindern?«

»Wir haben sie nicht behindert. Wir dachten, es könnte möglicherweise hilfreich sein.«

Madden schrieb die Bemerkung nieder und wiederholte sie dabei langsam. »Aha. Haben Sie eine Erklärung dazu abzugeben, Miss Davy?« Tess schüttelte den Kopf, und Madden lehnte sich auf seinem Stuhl zurück und sah beide nachdenklich an.

»Im Gegensatz zu dem Eindruck, der in Sensationsromanen erweckt wird, ist die Untersuchung von Schwerstkriminalität – von jeder Kriminalität – Sache der Polizei«, sagte er. »Wir wünschen, wir brauchen und wir befürworten keine Einmischung durch – und darum handelt es sich hier – unqualifizierte Amateure. Die Polizei wird Arthur Powell fangen, und wenn es sich erweisen sollte, daß Ihr heutiges Zutun Verzögerungen bei dieser Operation verursacht, kommt eine Notiz darüber in den amtlichen Bericht. Wenn sich dergleichen wiederholt, wird das für Sie äußerst ernste Konsequenzen haben. Das ist alles.« Nachdem er seinen Vortrag gehalten hatte, saß Madden schweigend da und wartete darauf, daß die beiden gehen würden. Jackson, dem die ganze Zeit über sehr unbehaglich zumute gewesen war, grüßte Madden steif und schickte sich an, den Raum zu verlassen, aber Maltravers blieb auf seinem Stuhl sitzen.

»Zuerst einmal wünsche ich klarzustellen, daß weder Sergeant Jackson noch sonst irgend jemand aus Ihrer Abteilung Kenntnis von unserer Absicht hatte«, begann er. »Ich habe Sergeant Jackson vielmehr heute morgen absichtlich belogen. Zweitens kann ich absolut nicht erkennen, in welcher Weise aus unserem Tun eine Behinderung der Polizei konstruiert werden soll. Sie haben offenbar davon erfahren, nachdem der Filialleiter des Supermarktes mit ein Paar Sandalen von Powell zur Polizei in Belsthwaite gekommen war, was ich ihm empfohlen hatte. Wenn wir irgend etwas von Bedeutung erfahren hätten, wären Ihre Beamten davon auch in Kenntnis gesetzt worden. Falls Sie nicht in der Lage sind, eine Behinderung nachzuweisen, haben wir auch gegen kein Gesetz verstoßen.« Sein Blick, den er unausgesetzt auf Maddens Gesicht gerichtet hielt, wurde schärfer. »Behandeln Sie uns also gefälligst nicht wie dumme Schulkinder, die im Obstgarten mit den Taschen voller Äpfel erwischt worden sind! Ihre amtliche Ermittlung betrifft zufällig die grauenhafte Verstümmelung und den möglichen Tod einer sehr lieben Freundin von uns, und wenn es etwas gibt, mit dem ich vielleicht zu ihrem Auffinden beitragen könnte, dann werde ich es auch tun, und Sie können sich Ihre Vorschriften an den Hut stecken. Solange ich kein Gesetz gebrochen habe, lasse ich mich weder von Ihnen noch von sonstwem unter Druck setzen.

Darüber können Sie jetzt einen Vermerk machen und ihn in die gottverdammte Akte packen, die Sie vielleicht über mich angelegt haben!«

Jackson hielt die Augen geschlossen, als ob er betete. Tess saß ganz aufrecht und ruhig, ihre Hände umklammerten die Handtasche. Madden blieb reglos. Das Schweigen wurde übermächtig und lastete auf ihnen.

»Das ist alles«, wiederholte Madden mit steinerner Miene. Dieses Mal erhob sich Maltravers abrupt und trat dann zurück, um den Vortritt Tess und Jackson zu lassen, der sie wortlos in einen Verhörraum führte.

»Ich bitte Sie nur um einen Gefallen«, sagte er. »Tun Sie mir das nicht noch einmal an. Ich habe was Besseres verdient.«

»Madden fing damit an, ich habe es nur zu Ende gebracht«, schnauzte Maltravers.

»Ich meine nicht das von jetzt eben. Sie haben mir gegenüber gelogen und mich in eine unmögliche Situation bei einem Mann gebracht, der mein Vorgesetzter ist und mit dem ich zusammenarbeiten muß, was immer Sie auch von ihm halten. Wenn ich dies einmal beiseite lasse, so gut es geht, waren Sie da drin durchaus im Recht. Sie haben kein Gesetz übertreten und auch keine unserer Handlungen behindert. Aber ich bin im Interesse der Lösung von Kriminalfällen auf eine funktionierende Arbeitsbeziehung mit diesem Mann angewiesen. Hätten Sie mir gesagt, daß Sie nach Belsthwaite fahren, wäre dies bei mir auf Verständnis gestoßen, und selbst mit der Möglichkeit dazu hätte ich nicht versucht, Sie daran zu hindern. Aber ich hätte es wenigstens gewußt und mich entsprechend verhalten können.«

»Sie hätten es Madden erzählt.«

»Sagen wir einfach, ich hätte mich abgesichert. Alles, was Sie heute erreicht haben, ist, mir das Leben schon wenige Wochen nach meinem Eintritt in diese Abteilung schwerzumachen. Es ist mir egal, wenn Sie und Madden sich in die Haare kriegen, aber ich muß auch an meine Laufbahn denken.« Der Ärger hatte Jackson gepackt.

»Bin aus Kew ein Hund und Hoheit«, rezitierte Maltravers böse, »Sagt Sir, wes' Hund wohl Ihr seid?«

»Wenn ihr nicht augenblicklich aufhört, schreie ich das ganze Haus zusammen!« Instinktiv drehten sich die Männer zu Tess um und sahen, daß ihr Gesicht starr vor Anspannung war. Mit gebrochener Stimme fuhr sie fort: »Ihr seid euch hoffentlich beide darüber im klaren, daß Diana irgendwo da draußen qualvoll stirbt, während ihr hier den Macho herauskehrt. Herrgott, ihr macht mich krank ...« Sie fing wütend an zu schreien.

Unter ihrem bitteren Vorwurf zuckten beide Männer zusammen, und es war Jackson, der die Situation rettete, indem er zu Tess ging und ihre Hand nahm.

»Es tut mir sehr leid«, sagte er. »Es tut uns beiden leid. Ungeachtet dessen, was wir sagen, empfinden wir alle einen Mord wie jeden gewaltsamen Tod, so als ob wir die Frau oder den Mann bei einem Autounfall verlieren. Bevor man nicht damit konfrontiert wird, kann man es nicht nachempfinden. Es ist emotional belastender als alles, was Leuten sonst noch zustößt, und wenn es passiert, kann man nur dagegen ankämpfen, so gut es geht. Keiner steht das durch, ohne an irgendeinem Punkt die Nerven zu verlieren.«

»Aber Sie sind doch emotional unbeteiligt«, wandte Tess ein. »Sie als Polizist. Das gehört doch zu Ihrer Arbeit.«

Jackson lächelte betrübt. »Das stimmt. Ich bin ein Polyp. Sammle Hinweise, befolge die Regeln, stärke das Gesetz. Ich werde nicht für meine Gefühle bezahlt.« Er machte eine kurze Pause und sprach dann sehr leise weiter. »Als ich sechzehn war, wurde meine kleine Schwester vergewaltigt und erdrosselt. Bei einem gewaltsamen Tod passiert noch etwas: Die Narben verheilen nie.«

Tess wischte sich die Augen. »O Gott, Sie sind ein liebenswürdiger Mensch«, sagte sie. Jackson drückte ihre Hand und stand auf.

»Das ist auch so eine Sache in den Kriminalromanen«, meinte er. »Haben Sie schon mal bemerkt, daß da kaum jemand weint? Im wirklichen Leben geht es nicht einfach um die Aufklärung von Morden, sondern um das Zerbrechen von Menschen. Aber wie auch immer, da Sie nun schon Detektiv gespielt haben – konnten Sie wenigstens etwas herausfinden?«

Maltravers schüttelte den Kopf. »Nein, nichts. Doch, die Sandalen sind aufgetaucht.« Er erklärte kurz, was geschehen war. »Aber ich wüßte nicht, wie die Ihnen helfen könnten. Schauen Sie, es tut mir leid, daß wir Sie nicht informiert haben, wohin wir fahren, aber wenn wir wieder etwas unternehmen – und es war ernstgemeint, was ich zu Madden sagte –, verspreche ich, Ihnen Bescheid zu geben. Und es tut mir auch leid, daß ich so wütend auf Sie war.«

»Schon gut. Ich denke, wir verstehen uns jetzt gegenseitig ein wenig besser. Sind Sie beim Dekan gewesen?

Als ich heute morgen bei ihm war, wollte er Sie unbedingt sprechen.«

»Wir gehen mit Melissa nach dem Mittagessen hin«, erklärte Maltravers.

»Geht es ihr einigermaßen?«

»Sie wird damit fertig.« Maltravers verzog das Gesicht. »Wie wir anderen auch.«

Jackson begleitete sie wieder bis zum Haupteingang des Polizeireviers, hielt sie aber noch einmal auf.

»Ach, das hätte ich beinahe vergessen«, sagte er. »Stadtrat Hibbert und der anonyme Brief. Ich fürchte, da hat jemand von ganz oben seine Finger im Spiel. Es heißt, die Sache soll nicht untersucht werden.«

»Wurde eine Begründung dafür genannt?«

»Nein. Das kommt von so weit oben – dort hat man Begründungen nicht nötig. Und es widerspricht auch niemand. Ich glaube zwar immer noch, daß etwas dran sein könnte, aber ich habe im Augenblick schon genug Ärger, ohne daß ich noch meinen Kopf riskieren müßte. Und der Diebstahl der Latimer-Bibel«, setzte er noch hinzu, »steht natürlich in keinerlei Zusammenhang mit den Ermittlungen zum Verschwinden von Miss Porter.« Er sah sie mit übertriebener Unschuld an. »Ist sehr stolz auf seine Sammlung, der Herr Stadtrat Hibbert. Freut sich immer, wenn er sie Leuten zeigen kann, hat man mir gesagt.«

Maltravers starrte ihn an. »Sie sind ein echt komischer Polyp«, stellte er fest.

Jackson blickte vorwurfsvoll zurück. »Keine Ahnung, was Sie meinen. Sie haben uns den Brief gebracht, und ich informiere Sie nur über den offiziellen Stand der Dinge. Ich denke, darauf haben Sie ein Recht. Wenn

Sie mich nun bitte entschuldigen würden, ich habe eine Menge zu tun. Grüßen Sie den Dekan von mir. Guten Abend.«

Die Frau des Dekans öffnete Maltravers, Tess und Melissa die Tür. Ihre beeindruckende Erscheinung war durch Erschütterung und Mitgefühl gemildert.

»Es ist sehr freundlich, daß Sie kommen«, sagte sie, während die Besucher die Diele betraten. »Wir haben uns beide sehr um Sie gesorgt. Bitte gehen Sie weiter.«

Sie gelangten in einen Raum an der Rückseite des Hauses, dessen Verandatür sich zum Garten öffnen ließ. Als sie eintraten, erhob sich der Dekan, um Melissa und Tess zu küssen. Dann schüttelte er mit beiden Händen Maltravers' Hand und hielt sie einen langen Augenblick fest.

»Ich wünschte, ich könnte etwas Tröstendes sagen«, erklärte er. »Es tut uns beiden sehr, sehr leid.«

»Auch uns hat betrübt, was Ihnen heute morgen widerfahren ist. Mit der Post.«

Der Dekan ließ die Hand los und machte eine wegwerfende Bewegung.

»Das war natürlich furchtbar, aber ich sorge mich viel mehr um Miss Porter. Und um Sie. Bitte. Setzen Sie sich. Einen Sherry vielleicht?«

Als die Drinks verteilt waren, zeigte sich deutlich, daß der Dekan über die Gedanken reden wollte, die ihn im Laufe des Tages bewegt hatten.

»Ich kann die Handlungen dieses Mannes nicht verstehen«, begann er. »Ursprünglich hatte ich angenommen, daß er irgendwie wahnsinnig sein muß, aber selbst im Wahnsinn muß eine gewisse aberwitzige

Logik stecken. Was auch seine Gründe dafür gewesen sein mögen, Miss Porter zu entführen – welches Motiv haben die Ereignisse danach? Die schreckliche Sache mit der Hand an der Tür könnte irgendeine perverse Handlung sein, die sich gegen Sie und Miss Davy als Freunde von Miss Porter richtet. Aber ich stehe, abgesehen von unseren kurzen Begegnungen am Wochenende, in überhaupt keiner Beziehung zu Miss Porter. Ich habe mir den Kopf zerbrochen, um irgendeinen Zusammenhang zu finden, der alles miteinander verbindet. Wenn man den feststellen könnte, wäre das von Nutzen, obwohl ich, offen gesagt, nicht weiß, wie. Und selbstverständlich bleibt jede Spekulation sinnlos, solange das dringendste Problem darin besteht, Miss Porter zu finden. Wie ich höre, behandelt die Polizei das Ganze noch immer nicht als Mordfall? Entschuldigung, das war keine sehr taktvolle Frage.«

»Schon gut, Herr Dekan«, sagte Maltravers. »Wir müssen dem ins Auge blicken. Es gibt keine Erkenntnisse darüber, daß ihre Verletzungen ärztlich behandelt worden wären.«

Während der Dekan nach dieser Feststellung schweigend sein Bedauern und Mitgefühl signalisierte, überdachte Maltravers, was sein Gegenüber gesagt hatte. Jetzt, da auch noch der Dekan direkt betroffen war, schienen die Ereignisse keinen Sinn mehr zu ergeben. Und würde der Dekan der Letzte bleiben, wenn man Powell nicht faßte? Maltravers schüttelte die lange Reihe von düsteren und bedrohlichen Gedanken ab, in denen jede denkbare Art von Übel steckte.

Sie verbrachten noch eine gemeinsame Stunde voller Anteilnahme und Besorgnis. Maltravers' Überlegungen kehrten immer wieder zu dem so gegensätzlichen Anblick des Polizeireviers mit seinem harten Neonlicht, den metallenen Schreibtischen und der geordneten Rationalität zurück. Dort bildet jene Angelegenheit, derentwegen sie gerade mit angestrengter und unangenehmer Höflichkeit umgeben wurden, den Anlaß für klingelnde Telefone, zunehmende Schreibarbeit und leidenschaftslose Routine. Die beiden Erscheinungsbilder ein und derselben Wirklichkeit waren unvereinbar.

»Ich finde noch immer keine angemessenen Worte des Trostes«, sagte der Dekan, als sie aufstanden, um zu gehen. »Und ich glaube, es gibt auch keine. Ich fürchte, leitende Geistliche sollten so etwas nicht eingestehen, aber unter diesen Umständen würde jeder Versuch gönnerhaft und hohl klingen. Alles, was ich sagen kann, ist, daß wir Miss Porter beständig in unsere Gebete einschließen.«

Sie dankten ihren Gastgebern und machten sich, beeindruckt von deren Verzweiflung und Mitgefühl, auf den Weg. Als sie aus dem Tor zum Grundstück traten, hörten sie vom Nachbarhaus her das Klirren von Glas und sahen Webster mit zwei Milchflaschen in der Hand auf der Schwelle stehen. Sie warteten, bis er den kurzen Fußweg zu ihnen zurückgelegt hatte.

»Ich bin froh, daß ich Sie gesehen habe«, sagte er. »Natürlich ist mir zu Ohren gekommen, was heute vormittag passiert ist, und ich möchte Ihnen meine Anteilnahme aussprechen. Es wird Sie vielleicht interessieren, daß ich einmal pro Woche in meinem Haus eine Gebetsstunde abhalte, und heute abend haben wir für Miss Porter gebetet. Miss Targett war auch dabei, und ich glaube, sie fand darin einen gewissen Trost.«

»Ach ja, Miss Targett«, knüpfte Tess an. »Vielen Dank für Ihr Eingreifen neulich abend im Chapter House. Leider waren wir außerstande, ihr irgend etwas Angemessenes zu sagen.«

Webster lächelte. »Alles auf der Welt, so schrecklich es auch sein mag, kann vom Wissen um die Liebe Gottes gemildert werden. Ich bin sicher, der Dekan hat Ihnen dies auch gesagt.«

»Nicht so wortreich«, erwiderte Maltravers. »Aber wir sind sehr dankbar für all die Unterstützung, die wir im Augenblick von den Leuten bekommen.«

»Gibt es etwas Neues von diesem Mann, den die Polizei sucht?« fragte Webster. Ihm wurde bewußt, daß er noch immer die Milchflaschen in der Hand hielt, und er fühlte sich unsicher, was er damit machen sollte.

»Heute am frühen Abend gab es jedenfalls nichts.«

»Nun, der Missetäter wird seine Strafe erhalten«, sagte Webster leise. »Der Herr findet das rechte Werkzeug.«

Maltravers fragte sich, wie sich der souveräne Madden wohl als Handlanger des Allmächtigen fühlen würde. Vielleicht hielt er ihn für eine Art höheren Chief Constable, der seine Vertreter das Werk der Vergeltung ausführen ließ, nachdem er die allgemeine Linie festgelegt hatte.

»Ich wollte Ihnen noch etwas geben«, fuhr Webster fort. »Es könnte von Nutzen sein. Wenn Sie einen Augenblick Zeit haben?«

Sie folgten ihm ins Haus. Es war ein enges, unproportioniert hohes Gebäude, das zwischen dem Anwesen des Dekans und einem weiteren, ebenso stattlichen Bauwerk des Straßenzuges eingeklemmt war wie der Belag zwischen den Brotscheiben eines Sandwichs. Das kleine Vorderzimmer war nur dürftig mit einem altmodischen Bücherschrank möbliert. Webster trat an eines der Regalbretter und bemerkte, daß er noch immer die Milchflaschen bei sich trug. Er stellte sie ab, zog einen braunen Lederband hervor und gab ihn Maltravers. Es war ein Exemplar der Mysterienspiele von Vercaster.

»Vielleicht ist Ihnen bekannt, daß sie der Mönch Stephen von Vercaster aufgezeichnet hat«, sagte er. »Bei der gegenwärtigen Aufführung handelt es sich nur um eine Adaption, aber das Original ist eine wirkliche Leistung. Es wurde von einfachen Menschen verfaßt und aufgeführt, als Erinnerung daran, daß unser Alltagsleben und was wir damit machen nicht von Gottes Vorsehung und von den Wegen des Herrn getrennt werden kann.« Er schaute Maltravers ernst an. »Nach Gottes Bestimmung gibt es einen Sinn und Gründe für alles, was geschieht. Daraus schöpfe ich großen Trost, wie auch aus meinem Bestreben, Gottes Willen Folge zu leisten, selbst wenn er ein großes Geheimnis ist. Ich denke, es wird Ihnen von Nutzen sein, wenn Sie einmal genauer darüber nachdenken.«

»Vielen Dank«, sagte Maltravers, der sich angesichts solcher Ernsthaftigkeit etwas unwohl fühlte. »Ich werde sie mit Interesse lesen.«

»Das ist wirklich sehr freundlich von Ihnen, Matthew«, sagte Melissa taktvoll. »Aber wenn Sie uns bitte entschuldigen würden, wir müssen nach Hause. Ich erwarte einen Anruf des Domherrn Cowan.«

Sie verabschiedeten sich und setzten ihren kurzen Fußweg in den Punt Yard fort.

»Das tut mir leid«, sagte Melissa. »Matthew meint es immer gut, aber im Augenblick braucht ihr dies wohl nicht.«

»Seltsam, nicht wahr?« fand Maltravers. »Der Dekan hat Gott nicht ein einziges Mal erwähnt, aber er hat mir mehr gegeben als unser junger Freund mit seinem religiösen Rundumschlag. Und leider beschäftigen mich auch zu viele düstere Gedanken an Diana, um seine Versicherung zu akzeptieren, daß hinter all dem Gottes Vorsehung steckt. Soll er seine Überzeugung haben. Ich will einfach nur, daß Powell aufgespürt wird ... und dann zehn Minuten allein in einem abgeschlossenen Raum mit ihm.«

»Komm, hör auf damit«, ermahnte ihn Tess. »Das sind Gedanken aus einer bösen Stimmung, und die helfen Diana überhaupt nicht. Rache tut keinem von uns gut.«

»Mir ist im Augenblick nicht nach liberalem Humanismus zumute. Aber keine Angst, ich werde schon wieder zu ihm zurückfinden.«

ZEHNTES KAPITEL

Im Raum der Sonderkommission von Vercaster trafen durchschnittlich vier Berichte pro Stunde ein, denen zufolge Arthur Powell gesehen worden war. Bei Überprüfung erwiesen sie sich sämtlich als nicht zutreffend, aber Madden nahm sie ohne Anzeichen von Entmutigung entgegen. Sie gehörten zu einem methodischen Ablauf koordinierter Polizeiarbeit, vor dem es kein Entrinnen gab. Solange die Jagd nach Powell und Diana Porter weiterging, würde jede Einheit in Großbritannien einem Ersuchen Maddens um Unterstützung nachkommen. Es war die Phase zwischen der Tat und der unausbleiblichen Festnahme, aus der eine eigene Genugtuung erwuchs. Nachforschungen hatten ergeben, daß Powells Paß vor zwei Jahren abgelaufen und nicht verlängert worden war, er mußte also irgendwo innerhalb des Landes sein, wo Millionen Menschen sein Gesicht kannten. Obwohl Dianas Hand vor zwei Tagen aus London gekommen war, ordnete Madden unbeirrt an, daß auch die abgelegensten Orte überprüft wurden, in denen man Powell angeblich gesehen hatte. Mit Erklärungen konnte man sich später befassen, wenn er verhaftet war, in der Zwischenzeit würde alles genau so verlaufen, wie es im Lehrbuch stand.

Während Madden Berichte aus weit von einander entfernten Städten wie Grasmere und Birmingham,

Brighton und York las, traf bei Scotland Yard ein Fernschreiben aus Los Angeles ein. Es wurde sofort nach Vercaster durchgegeben, wo Jackson zusah, wie es aus der Maschine kam. Als es vollständig war, nahm er das Blatt und las es noch einmal. Durch den Unfall eines Hauptdarstellers hatte es eine Unterbrechung bei den Aufnahmen zu der Fernsehserie gegeben, in der Peter Sinclair mitspielte. Er war mehrere Tage lang nicht benötigt worden und nach Großbritannien zurückgeflogen. Inzwischen befand er sich wieder in Amerika, und die Polizei in Los Angeles wollte wissen, ob sie ihn eingehender vernehmen sollte. Jackson überbrachte die Mitteilung Madden.

»Am frühen Sonntagmorgen in Heathrow angekommen, am Mittwochabend unserer Zeit zurückgeflogen«, sagte er. »Es war eine unvorhergesehene Unterbrechung, sagen Sie?«

»So habe ich's verstanden, Sir. Er konnte mit dieser Möglichkeit nicht rechnen.«

»Das heißt also, er habe sich angesichts der völlig unerwarteten Gelegenheit plötzlich entschieden, nach England zurückzukehren, eine Frau zu ermorden, die er seit einem Jahr nicht gesehen hat, eine ihrer Hände an die Tür zu nageln und dann die andere auf seinem Weg zum Flughafen mit der Post an den Dekan abzuschicken. Es gibt keine Berichte, daß er in Vercaster gesehen wurde, wo ihn zumindest Maltravers erkannt hätte. Sieht nicht sehr vielversprechend aus, was, Sergeant?«

»Nein, Sir. Was soll ich Los Angeles antworten?«

Madden überlegte kurz. »Bitten Sie darum, ihn noch mal zu befragen«, sagte er schließlich. »Er muß wissen, was passiert ist, wenn er hier war. Wollen mal sehen, was für eine Geschichte er erzählt, warum er zurückkam und was er getrieben hat. Aber ich glaube, wir müssen uns damit nicht über Gebühr befassen, Sergeant.«

»Nein, Sir. Vielen Dank, Sir.« Nach den gestrigen Ereignissen in der Folge von Maltravers' Fahrt nach Belsthwaite war Jackson sorgfältig auf korrektes Verhalten bedacht. Er ging wieder zum Einsatzraum der Sonderkommission und sorgte dafür, daß Maddens Ersuchen nach Los Angeles durchgegeben wurde. Anschließend begann auch er, den riesigen Berg an Schreibtischarbeit abzutragen. Die Ermittlungen hatten einen seltsam toten Punkt erreicht, in Vercaster geschah absolut nichts mehr. Sie bildeten hier nur noch die Anlaufstelle für vereinzelt eintreffende Informationen und warteten auf jenen kurzen Augenblick der Hochstimmung inmitten einer ewig gleichen Langeweile, wenn irgendwer irgendwo Arthur Powell fand und festnahm.

Tess besprach mit Maltravers – voller Bedenken über Sinn, Rechtmäßigkeit und eventuellen Erfolg des Unternehmens – den ihnen nahegelegten Besuch bei Hibbert. Maltravers war nach Jacksons überdeutlichem Tip fest dazu entschlossen. Sein Vorschlag war, wie er bereitwillig zugab, nur halb ausgegoren und mangelhaft. Er bestand einfach darin, daß sie zu ihm ins Haus gehen, sich vorstellen, Interesse für alte Bücher bekunden und auf seine bekannte Bereitwilligkeit bauen würden, mit der bewußten Sammlung zu prahlen. Tess sollte ihn dann irgendwie aus dem Zimmer locken, während er, Maltravers, versuchen wollte, den verschlossenen Schrank zu öffnen.

»Denk nicht zu genau darüber nach«, sagte er. »Einer sorgfältigen Prüfung hält das Ganze nicht stand.«

»Aber selbst wenn wir das alles schaffen, trägt er vielleicht die Schlüssel bei sich«, widersprach Tess. Noch einer von zahlreichen unwiderlegbaren Einwänden, die Maltravers schon beiseite gewischt hatte.

»Möglicherweise gibt es irgendwo einen Zweitschlüssel. Der Versuch kostet doch nichts. Selbst wenn da kein Zusammenhang mit Diana besteht, könnte sich der Diebstahl klären. Wenn ich den Schrank auf bekomme und die Latimer-Bibel ist drin, kann ich Jackson informieren, und die Polizei hat was zu tun. Sieh mal, angenommen ... nur mal angenommen, es gibt einen Zusammenhang mit Diana. Du willst doch sicher nicht riskieren, daß eine Möglichkeit, sie zu finden, ungenutzt bleibt?« Er ließ die Frage im Raume stehen, und Tess wußte keine Antwort.

Hibbert wohnte in einem großen Gebäude aus den dreißiger Jahren, das auf eigenem Grundbesitz am nördlichen Stadtrand von Vercaster stand. Als sie dort ankamen, war Hibbert zu Hause, denn seine geschäftlichen Aktivitäten bestanden nunmehr vor allem in regelmäßigen Beratungen mit seinen Buchhaltern, um die schlimmsten Folgen des Steuersystems abzuwenden, während sich seine beiden Söhne um die laufenden Angelegenheiten kümmerten. Maltravers entschuldigte sich wegen ihres unangemeldeten Besuchs und stellte Tess sowie sich selbst vor.

»Man hat uns von Ihrer Büchersammlung erzählt«, erklärte er und bemerkte den Anflug von Stolz und Herablassung, der über Hibberts feistes Gesicht huschte. »Wenn es Ihnen keine Umstände macht, würden wir sie sehr gern einmal sehen. Natürlich können wir auch ein andermal wiederkommen, falls Sie es wünschen.«

»Aber nein, aber nein.« Hibbert sprach wie zu einer Besuchergruppe von demütigen, unterwürfigen Steuerzahlern. »Ich habe nur die Protokolle des Finanzausschusses gelesen, aber die können warten. Kommen Sie herein.«

Nachdem er zu verstehen gegeben hatte, daß er in seiner Güte jede freie Minute den Interessen Vercasters und seiner Bürger widmete und trotzdem ganz aufmerksame Höflichkeit war, führte er sie in die Bibliothek, eine atemberaubende Schatzkammer voll des feinsten Leders und des gedruckten Wortes.

An sämtlichen Wänden zogen sich die Bücherreihen vom Fußboden bis hinauf zur Decke. Bereits ihre reine Anzahl, mit den Rücken in wechselnden Schattierungen aus warmem Braun, Pflaumenblau, tiefstem Schwarz oder sattem Grün und der schimmernden Goldprägung darauf, war für ein Privathaus höchst bemerkenswert. Der nach Süden liegende Raum mit seinem breiten Erkerfenster strahlte Helle und Eleganz aus. Die Einrichtung bestand nur aus einem großen, polierten Tisch mit einer Leselampe in der Mitte, sowie lederbezogenen Ohrensesseln aus Mahagoni, einem kleinen Sekretär in der Fensternische und jenem Eckschrank, an dem ihre Blicke immer wieder hängenblieben. Er bestand aus polierter Eiche und hatte eine gewölbte Vorderfront. Das messingverzierte

Schlüsselloch sah unerklärlicherweise aus, als sei es abgeschlossen.

»Ich weiß nicht, was im einzelnen Ihre Interessen sind«, sagte Hibbert, »aber ich möchte Ihnen zuerst gern dies hier zeigen.«

Es war eine Ausgabe der Chroniken von Holinshed, nach allen Maßstäben ein beeindruckender Auftakt. Ihnen folgte eine Auswahl, die zweifellos immer vorgeführt wurde, darunter Foxes »Buch der Märtyrer«, seltene Exemplare von Virgil, Homer und Horaz, eine Originalausgabe von Byrons »Ritter Harolds Pilgerfahrt«, signierte Erstausgaben von Waverley-Romanen sowie Johnsons Wörterbuch. Maltravers fiel auf, daß nichts Esoterisches oder schwer Verständliches dabei war. Hibberts Vergnügen bestand nicht darin, sich vor Spezialisten hervorzutun, sondern vor normalen Leuten mit ordentlicher Bildung. Die beiden Besucher zeigten durch anerkennendes Raunen, daß sie den Ruf ihres Gastgebers schon wegen des reinen Besitzes solcher Werke für gerechtfertigt hielten, während sie gleichzeitig nach einem Anlaß für ihr beabsichtigtes Ablenkungsmanöver suchten. Tess fand ihn schließlich mit Hilfe eines Buches von Repton über Landschaftsgärtnerei.

»Als wir hier ankamen, habe ich Ihren Garten bewundert«, sagte sie genialerweise. »Ist der hinter dem Haus auch so wundervoll?«

»Meine Liebe, er ist einzigartig«, erwiderte Hibbert wichtigtuerisch. »Es gibt darin jede einzelne Blume oder Pflanze, die bei Shakespeare vorkommt. Als Schauspielerin werden Sie sicherlich ...«

»Wie herrlich!«

Maltravers mußte sich zusammenreißen, als Tess mit spektakulärer Gebärde vorgab, außer sich zu sein.

»Jede? Kann ich das nicht einmal sehen?« Sie war genau, wenn auch zufällig, auf eine andere Quelle von Hibberts Eigendünkel gestoßen. »Das muß außergewöhnlich sein!«

Hibberts bescheidene Abwehr steigerte nur noch seine Einbildung. »Selbstverständlich. Es wird mir ein Vergnügen sein. Mr. Maltravers?«

Maltravers interessierte sich plötzlich sehr für eine Reihe gebundener Exemplare des »Spectator« und räumte zugleich ein, sich nicht für Gärten zu interessieren. Er bat, statt dessen ein wenig schmökern zu dürfen.

»Sehen Sie sich alles an, was Sie möchten«, sagte Hibbert mit Nachdruck. »Miss Davy, wenn Sie bitte hier entlang kommen würden?«

Tess zog hinter dem Rücken des Stadtrats eine groteske Grimasse, und sie verließen den Raum. Maltravers lauschte, bis Hibberts Stimme in der Diele schwächer wurde, ging dann schnell zum Schrank, packte den Griff und zog daran. Es war abgeschlossen, aber der Versuchung, einmal auszuprobieren, ob das Schicksal es gut mit ihm meinte, konnte er nicht widerstehen. Er sah sich im Raum um. Wo konnte der Schlüssel sein?

Der Tisch in der Mitte hatte eine Schublade, aber sie enthielt nur ein paar Blätter und eine Lupe. Die einzige andere naheliegende Möglichkeit bot der Sekretär am Fenster. Er war unverschlossen. Außerdem war er auch niederschmetternd aufgeräumt – Maltravers hielt übertriebenen Ordnungssinn für den Ausdruck eines kranken Gemüts –, und nach wenigen Augenblicken zeigte sich bereits, daß kein Schlüssel darin lag. In den beiden Schubfächern darunter steckte nichts weiter als eine Sammlung von Buchkatalogen und Schreibpapier. Maltravers schloß die untere Schublade, stand auf und betrachtete noch einen Augenblick den Sekretär. Dann schaute er sich erneut in dem Raum um, bis er sich dunkel an etwas zu erinnern begann. Seine Stirn war in Falten gelegt, während seine Augen weiter nach einem möglichen Versteck Ausschau hielten. Plötzlich fuhr er herum und starrte noch einmal das Oberteil des Sekretärs an. Quer darüber verlief eine Reihe geschnitzter, knopfförmiger Erhebungen, von denen jede etwa zweieinhalb Zentimeter hoch war. Zum rechten Ende hin zeigte sich eine deutlich niedriger als alle anderen. Maltravers fühlte sich in seine Kindertage zurückversetzt, als er gemeinsam mit Melissa bei Besuchen im Hause eines längst verstorbenen Onkels regelmäßig einer besonderen Vergnügung nachgegangen war. Er zog den Sekretär noch einmal auf und drückte mit ausgestreckter Hand den unregelmäßigen, vom vielen Gebrauch abgenutzten Knopf. Unter dem leichten Klicken einer verborgenen Feder sprang eine schmale Platte auf, die an unsichtbaren Scharnieren hing.

»Gott segne dich, Onkel Donald, wo immer du auch bist«, hauchte er.

Er langte in das Geheimfach hinter der Platte und zog einen kleinen Schlüssel heraus. Eine Sekunde lang betrachtete er ihn erstaunt, dann durchquerte er den Raum und steckte ihn in das Schloß des Eckschranks. Es war der richtige Schlüssel.

Der Schrank enthielt ungefähr vierzig Bände, aber ein rascher Blick ergab, daß keiner von ihnen so groß war wie die Latimer-Bibel. Er streckte tastend die Finger aus, aber auch dahinter war nichts versteckt. Die Enttäuschung darüber dämpfte seinen Elan. Ärgerlich durchforstete er kurz mit den Augen die Regale, dann fiel ihm ein Titel auf. Er nahm den Band heraus, blätterte ihn hastig durch und stellte ihn wieder zurück. Mit überraschtem Lächeln ergriff er wahllos einen zweiten und danach noch ein halbes Dutzend anderer Bücher, die er sich rasch besah. Nur hin und wieder hielt er inne, wenn er auf eine Illustration stieß.

»Na, so was!« murmelte er vor sich hin. Plötzlich wurde ihm bewußt, daß die Zeit verstrich. Er stellte alle Bücher an ihren Platz, schloß den Schrank wieder ab und legte den Schlüssel in sein Versteck. Als Tess, die zur Warnung unnatürlich laut lachte, mit Hibbert zurückkam, schien es, als sei er gerade in einen der Essays von Addison vertieft.

»Miss Davy erzählte mir, Sie hätten eine Verabredung zum Mittagessen«, sagte Hibbert, und Maltravers schloß daraus richtig, daß ein Grund zum Rückzug benötigt wurde. »Aber wenn Sie noch einmal vorbeikommen möchten ...?«

»Das ist sehr freundlich«, entgegnete Maltravers. »Wir sind Ihnen sehr dankbar für Ihre Gastfreundschaft, aber wir müssen gehen. Ich glaube, man würde kaum in einem Schloß Vergleichbares finden.« Mit einer weit ausladenden Geste deutete er auf die Bibliothek, worauf Hibbert noch mehr vor Stolz anschwoll.

»Ich möchte nicht unbescheiden sein, aber ich denke, Sie haben recht«, antwortete er und bewies damit, daß Unbescheidenheit ihm keine Beschwerden bereitete.

»Wer hat die Sammlung begründet?« fragte Maltravers, während sie sich zum Aufbruch rüsteten.

»Mein Großvater, Ratsherr Horatio Hibbert, begann damit in bescheidenem Rahmen, aber es war mein Vater, der daraus eine feste Einrichtung machte. Ich habe noch ergänzt, wo es ging, aber das Ganze war im Grunde bei Vaters Tod bereits vollständig.«

»Ihre Familie ist natürlich schon seit geraumer Zeit in Vercaster ansässig.« Zu Tess' Verblüffung schien sich Maltravers plötzlich für das Thema zu interessieren.

»Seit 1855, als das Familienunternehmen gegründet wurde. Wir waren eigentlich Freibauern aus Suffolk; mein Großvater kam mit dem festen Entschluß hierher, sein Glück zu machen.« Hibbert lächelte gnädig. »Ich glaube, wir können sagen, daß er es geschafft hat. Allerdings lautete unsere Devise auch immer: Dienst an der Gemeinschaft. Großvater wurde 1884 in den Stadtrat gewählt, und seit damals ist dort praktisch immer ein Hibbert vertreten gewesen.«

»Bemerkenswert«, sagte Maltravers und stellte eine angemessene Ehrfurcht zur Schau. »Ich glaube, ich habe das Grab Ihres Großvaters in der Kathedrale gesehen. Eine sehr eindrucksvolle Aufzählung von Verdiensten.«

»Eine Familientradition«, meinte Hibbert entschieden. »Unser Grundsatz war stets integer im Geschäft, verdienstvoll in der Gemeinschaft und moralisch in der Lebensführung. Klingt heute vielleicht ein bißchen altmodisch, aber ich persönlich bedaure den

Verlust von Anstand, wie ihn mein Großvater verkörperte.«

Maltravers fiel auf, daß sich in Tess' Gesicht ein Ausdruck von glasiger Ungläubigkeit zeigte, aber er machte noch eine abschließende Bemerkung: »Das ist heutzutage ganz anders, fürchte ich.« Es war ein Volltreffer, und er führte zu der erwarteten Reaktion.

»Mein Großvater wäre entsetzt über das, was inzwischen geschehen ist, Mr. Maltravers!« Hibbert war dem Schreien nahe. »Ich sage Ihnen, dieser Stadt und diesem Land ginge es unendlich besser, wenn sie sich an seinen Maßstäben orientieren würden. Mein Vater hat sie beibehalten, und ich selbst tue es auch, aber die Lasterhaftigkeit des heutigen Lebens untergräbt die Struktur der Gesellschaft, die wir aufgebaut haben. Wenn ich in dieser Hinsicht etwas zu sagen hätte, ich ...«

»Du lieber Himmel, ist es wirklich schon so spät?« fiel ihm Maltravers ins Wort, bevor Hibbert mit seiner entrüsteten Rechtschaffenheit in volle Fahrt kam. »Bitte entschuldigen Sie uns, aber wir haben diese Verabredung zum Mittagessen.«

Beim Gehen sagte Maltravers noch etwas über die Porträts in der Diele, bei denen es sich offenkundig um die beiden vorausgegangenen Generationen aufrechter Hibberts handelte: Der Ratsherr war bärtig und sah aus wie ein Patrizier, sein Sohn, glatt, selbstsicher und korrekt, trug den Talar eines Bürgermeisters.

»Große Männer«, sagte Hibbert einfach. »Unbescholten und von tadellosem Verhalten.« Er lächelte voller Familienstolz. »Sie waren Hibberts.« Er betonte den Familiennamen wie ein Adjektiv, das alle möglichen Tugenden bezeichnete, und die Besucher sahen die Bilder noch einmal mit gebührender Höflichkeit an, bevor sie gingen.

»Und?« fragte Tess, als sie die Autotür zugeschlagen hatte.

»Moment noch. Winke dem Ratsherrn, er hat es gern, wenn man ihm zuwinkt.«

Tess drehte sich um und lächelte Hibbert, der wichtigtuerisch auf der eigenen Türschwelle stand, strahlend zu, während Maltravers den Wagen in der kiesbestreuten Auffahrt wendete.

»Hast du den Schlüssel gefunden?« stieß sie zwischen den zusammengebissenen Zähnen hervor.

»O ja.« Tess wandte sich zu ihm um. Ihr Gesicht war ein einziges Fragezeichen. »Und ich habe auch in den Schrank geschaut. Aber die Latimer-Bibel war nicht zu finden.«

Tess' Gesicht verriet Enttäuschung. »Also haben wir alles umsonst durchgemacht.«

»Das würde ich nicht sagen. Ich habe herausgefunden, was in dem Schrank steckt und warum er ihn verschlossen hält. Höfliche Leute bezeichnen so was als Erotika, aber man kann es auch unverblümt harte Pornos für anspruchsvolle Kunden nennen, mit sehr naturalistischen Illustrationen.« Er lächelte bei dem Gedanken an diese Anstößigkeiten. »Stadtrat Hibbert mag zwar nicht unser Dieb sein, aber er ist ein altes Ferkel. Und das scheint in der Familie zu liegen.«

ELFTES KAPITEL

Am frühen Sonntagmorgen wurden Maltravers und Tess von krachendem Donner geweckt, der klang, als stürze eine Eiche auf ein Schieferdach. Zusammengebraut von einer langen Phase warmen Wetters entlud sich über Vercaster ein Sommergewitter. Sie traten an das Schlafzimmerfenster und sahen, wie sich hinter der grauen Spitze des Talbot-Turms zerzauste und kräftige schwarze Wolken zusammendrängten. Hin und wieder tauchten riesige Blitze den Turm und die Kathedrale in ein eisig funkelndes Licht, und der Regen schlug prasselnd auf die beiden uralten Libanonzedern ein, die an der Lady Chapel standen. Die Dämmerung hatte längst eingesetzt, aber die Junisonne blieb unsichtbar. Sie leuchtete irgendwo oberhalb der turbulenten Wolkenbrecher, die über der Stadt hin und her wogten. Ein weiterer scharfer Knall direkt über dem Haus ließ sie auffahren, und in der relativen Stille, die sich daran anschloß, hörten sie die Stimmen von Michael und Melissa, das Klappen einer Schlafzimmertür und Schritte, die sich über den Treppenabsatz und dann die Stufen hinunter entfernten.

»Ich gehe wieder in mein Zimmer«, sagte Tess. »Nur um den Schein zu wahren.«

Maltravers blieb am Fenster stehen und beobachtete, wie aus den sich füllenden Abflußrohren sprudelnde Bäche über das regenglänzende Pflaster des Punt Yard schossen. Er dachte an Diana, die möglicherweise noch immer am Leben war, irgendwo da draußen im Gewitter, hilflos, verstümmelt und in unendlicher Qual. Sein Gesicht, das gestern noch höflich Hibbert angelächelt hatte, trug jetzt Züge einer düsteren Vorahnung. Es würde lange Zeit brauchen, bis er sein Lachen wiederfand.

Das Unwetter zog nach Osten ab, seine Donnerschläge waren nur noch ein schwaches Echo des ursprünglichen Dröhnens. Der Regen wurde schwächer und hörte dann ganz auf. Ein scharfer Sonnenstrahl bohrte sich durch die Wolken und wanderte dann verblüffend eilig über die Landschaft mit ihren schnell tropfenden Bäumen, dem triefend nassen Gras und den ramponierten Blumen. Maltravers öffnete das Fenster und lauschte dem Gurgeln der Abflüsse und dem Gesang der Vögel, während die zunehmende Wärme geisterhaften Dampf vom Boden aufsteigen ließ. In der Ferne war das gedehnte Pfeifen eines schnell fahrenden Eisenbahnzuges zu hören, und direkt unter dem Fenster rasselte das Milchauto über die Pflastersteine der Straße.

»Morgen!« rief der Milchmann, als er Maltravers oben sah. »Das war nötig. Es hat die Luft gereinigt.« Maltravers lächelte zurück, sagte aber nichts.

Nach dem Frühstück rief Joe Goldman an. Seine unnatürliche Düsterkeit stand in vollkommenem Gegensatz zu dem sonst bei ihm üblichen tyrannischen Überschwang, und sie wirkte wie ein weiterer Schatten des sich ankündigenden Verhängnisses. Man hatte Aufnahmearbeiten zu Kinderkassetten mit Diana abgesetzt, für das Stück im Royal-Exchange-Theater in Manchester war eine andere Schauspielerin engagiert worden, und Joes Büro quoll über vor Bekundungen von Sorge und Mitgefühl, darunter auch eine von Zabinski.

»Es gibt also keine Neuigkeiten?« fragte Goldman.

»Nein.«

»Glaubst du, sie lebt noch, Gus?«

»Ich weiß nicht mehr, was ich glauben soll. Jede Möglichkeit ist schrecklich.«

»Du wirst es nicht glauben, Gus, aber ich bin gestern in die Synagoge gegangen. Ich in der Synagoge! Ich habe nach Rabbi Greenberg gefragt, aber der ist vor zwanzig Jahren gestorben. Aber ich habe für sie gebetet.«

»Danke Joe. Ich lasse von mir hören.« Maltravers dachte an Jacksons Bemerkungen über die verheerenden Auswirkungen eines plötzlichen Todesfalls und darüber, wie jeder damit klarkommen mußte, so gut er konnte. Unter anderen Umständen wäre die Vorstellung von Joe Goldman beim Beten einfach lächerlich gewesen, aber jetzt erschien dieser Umstand wie noch ein finsteres Vorzeichen unbekannter Leiden.

Die Polizei wußte an diesem Morgen etwas mehr, aber nicht über den schwer zu fassenden Arthur Powell. Ein Bericht über die polizeiliche Befragung von Peter Sinclair in Kalifornien war eingetroffen.

»Er ist offenbar nur zurückgekommen, um ein paar Tage in England zu verbringen«, teilte Jackson Madden mit. »Er hat das mit der Filmgesellschaft abgesprochen und war auch ziemlich offen. Anscheinend hat er dann hier vom Verschwinden Miss Porters gelesen. Er erklärt aber, daß sie nur eine alte Freundin gewesen sei, die er schon lange nicht mehr gesehen habe. Wo er überall gewesen ist, während er im Lande war, scheint etwas unklar. Er hat in seiner eigenen Wohnung in Islington übernachtet, zufällig Bekannte getroffen und ein paar Shows im Westend gesehen, aber in beiden Fällen allein. Soweit ich es einschätzen kann, besteht die Möglichkeit, daß er in Vercaster war, aber er bestreitet das entschieden.«

Madden streckte die Hand nach dem Report aus Los Angeles aus, dann las er ihn selbst.

»Ergibt keinen Sinn«, stellte er fest, als er fertig war. »Ich schätze, wir haben ihn vorläufig in Los Angeles sicher.«

»Scheint so. Die Gesellschaft will die verlorene Zeit nach der Unterbrechung wieder aufholen, und es heißt, daß jetzt mehrere Wochen lang niemand Urlaub bekommt.«

»Ich nehme an, er bestreitet, der Vater des Kindes zu sein?«

»Energisch. Ich habe in Los Angeles angerufen, um das zu überprüfen. Er sagt, es sei mindestens zehn Monate her, seit er Miss Porter das letzte Mal gesehen habe.«

»In Ordnung. Wir lassen ihn fürs erste da, aber sehen Sie zu, ob Sie nicht irgendeinen Beweis finden, daß er sie inzwischen getroffen hat. Vielleicht weiß ihr Agent in London was. Oder Maltravers. Ich sehe das hier zwar noch nicht, Sergeant, aber bis Powell gefunden wird, behalten wir die Sache besser im Auge.«

Sinclair war für Madden ein Ärgernis, ein Mißton, den er nicht ganz zum Verstummen bringen konnte, ein Fehler in dem Schema, das sauber und logisch zu Arthur

Powell führte, etwas Unregelmäßiges, an dem sein Gespür für Gewißheiten Anstoß nahm. Aber er hatte keine andere Wahl, er mußte ihm eine gewisse Aufmerksamkeit schenken. Jackson begann seine Nachforschungen mit einem Besuch im Punt Yard, wo er Maltravers und Tess von der neuen Entwicklung berichtete.

»Ich kann Ihnen nicht sagen, ob er Diana noch nach ihrem Verhältnis gesehen hat oder nicht«, erklärte Maltravers. »Ich hatte selbst keine Ahnung davon, bevor es mir Joe Goldman erzählte. Die Schauspielerei gehört zu den Berufen, wo man auch sehr enge Freunde manchmal lange Zeit nicht trifft. Ich habe sie zwar in den letzten Wochen ziemlich oft gesehen, als wir ihren Auftritt in Vercaster vorbereiteten, aber es gab auch längere Pausen, wenn wir beide mit anderen Dingen befaßt waren. Tess, weißt du etwas?«

Sie schüttelte den Kopf. »Ich bin seit Monaten ununterbrochen beschäftigt. Das hier ist eigentlich die erste Erholungspause für mich seit fast einem Jahr.« Sie lachte kurz und ohne Humor. »Nicht gerade ein Urlaub, wie er mir vorschwebte.«

»Ich kann Ihnen die Namen und Adressen von einigen Leuten geben, die vielleicht in der Lage sind, Ihnen zu helfen«, setzte Maltravers hinzu. »Und Sie können es natürlich bei Joe versuchen, aber als Agent hegt er kein zwangsläufiges Interesse am Privatleben seiner Klienten, solange es nicht die Arbeit stört.« Er holte sein Notizbuch heraus, und Jackson schrieb sich die Namen auf, die er vorlas.

»Ach ja, wir haben leider auch wieder Detektiv gespielt«, sagte Maltravers, als sie fertig waren. »Wir sind bei Stadtrat Hibbert gewesen.«

»Dann muß ich Ihnen meine offizielle Mißbilligung aussprechen«, erwiderte Jackson mit unbewegter Miene. »Aber solange Sie mir alle Informationen vorlegen, die der Polizei hilfreich sein könnten, wird es deswegen wohl keinen Ärger geben.«

Mit breiter werdendem Lächeln hörte er sich ihren erstaunlichen Bericht über den Besuch an.

»Einen Gesetzesbruch kann ich nicht erkennen«, sagte er schließlich. »Sie sind nicht eingebrochen, Sie haben nichts gestohlen, und ungebührliches Benehmen kann ich Ihnen auch nicht vorwerfen. Was Herrn Stadtrat Hibbert angeht ... nun, es gibt kein Gesetz, das eine solche Sammlung verbietet, glaube ich. Nur auf Grundlage dessen, was Sie mir da erzählt haben, würden wir mit Sicherheit keinen Haussuchungsbefehl bekommen. Aber ich werde es im Gedächtnis behalten, falls ich noch mit dem Herrn zu tun haben sollte.« Er sah sie beide eindringlich an. »Und Sie erzählen natürlich keinem anderen davon.«

»Es wird unser Geheimnis bleiben«, meinte Maltravers. »Das Rätsel der Latimer-Bibel bleibt damit zwar ungelöst, aber ich kann mir denken, daß die Polizei sich darum im Augenblick keine besonders großen Sorgen macht.«

»Ein Teil der Maschinerie ermittelt dazu auf Sparflamme weiter, aber wie Sie wissen, besteht nach offizieller Lesart keine Verbindung mit Miss Porter.«

»Aber gibt es eine?«

»Zwischen beidem besteht absolut kein logischer Zusammenhang.«

»Erkennen Sie denn einen logischen Zusammenhang, in dem, was mit Diana passiert ist? Der Dekan hat sich neulich abend darüber geäußert.«

»Dieser Einwand hat seine Berechtigung, und ich persönlich akzeptiere ihn auch«, erklärte Jackson. »Aber aus naheliegenden Gründen können wir bei dem Diebstahl nicht mehr tun als das Minimum, denn wir sind von einem Schwerverbrechen vollauf in Anspruch genommen. Und ich weiß, ehrlich gesagt, auch nicht, wie es uns helfen soll, Miss Porter zu finden, wenn wir ermitteln, wer die Latimer-Bibel gestohlen hat.« Er stand auf. »Vielen Dank für Ihre Unterstützung. Ich werde sehen, ob irgend jemand von diesen Leuten uns mehr Klarheit über Mr. Sinclair verschaffen kann.«

Im Anschluß an das dramatische Zwischenspiel des Gewitters war wieder sommerliche Wärme eingezogen, und nach dem Mittagessen beschlossen Tess und Maltravers, einen Spaziergang um die weitläufigen Reste der römischen Stadtmauer zu machen. Unterwegs kaufte Maltravers einen großen Plastikball für Rebecca, den er nachdenklich vor sich herspringen ließ, während sie wortlos weitergingen. Die Mauer verlor sich im Hibbert's Park – so benannt zu Ehren des Gründervaters und Ratsherrn –, und sie setzten sich dort im wechselnden Licht- und Schattenspiel einer weit herunterreichenden Weide an einen See. Zwei Stunden lang hatte niemand Dianas Namen erwähnt, und endlich durchbrach Tess das angespannte Schweigen. »Ich glaube, ich habe akzeptiert, daß sie tot ist«, sagte sie mit sehr ruhiger, beherrschter Stimme. Maltravers blieb noch mehrere Minuten stumm, ließ den Ball zwischen seinen Händen rotieren und starrte ihn an.

»Laß uns an der Kathedrale vorbei nach Hause gehen«, war alles, was er schließlich als Antwort sagte.

Aus dem Park führte der Weg über den nordwestlichen Hügelabhang, von dem sich jener geradlinige Ausblick auf die Westseite des Bauwerks bot, wie er auf den Postkarten in jedem Souvenirgeschäft der Stadt zu finden war. Langsam erklommen sie die ausgedehnte Böschung, um dann auf dem breiten Weg vor dem Portal zu rasten, während von der Uhr des Talbot-Turms drei mächtige Schläge erklangen.

»Genau hier war es, wo sich der Abt von Vercaster während der Reformation den Männern Heinrichs VIII. widersetzte«, sagte Maltravers. »Als er anfing, den König mit Gottes Vergeltung als Fluch zu belegen, haben sie ihn auf den Stufen mit dem Schwert niedergestreckt. So sagt es zumindest die Legende. Damals hat man das Ganze mit massiver Tudor-Propaganda verschleiert.« Er betrachtete nachdenklich die große Tür mit ihren rostigen Beschlagnägeln. »Die Kirche ist immer wieder einmal mit Blut befleckt worden.« Gedankenlos ließ er aufs neue den Ball springen, während sie an der Südseite der Kathedrale entlang weiter nach Hause gingen. Als sie an den Strebebögen des Turmes vorbeikamen, traf der Ball einen großen Feuerstein und sprang hinter Maltravers. Er kehrte zurück und bückte sich, um ihn aufzuheben. Im gleichen Augenblick war der Schrei einer Frau zu hören, die gemeinsam mit ihrem Mann auf die beiden zukam. Krachend fiel ein großes Stück abgebrochenen Mauerwerks herunter und traf ihn an der Hüfte. Durch die Wucht des Anpralls schlug er der Länge nach auf dem Kies hin. Tess, durch den Schrei der Frau aufgeschreckt, drehte sich um und rief seinen Namen. Er richtete sich mit schmerzverzerrtem Gesicht hoch, und das erste, was seine Augen erblickten, war ein Schild, auf dem Passanten vor herabstürzenden Mauerteilen gewarnt wurden.

»Schon gut, es hat mich nur gestreift«, sagte er, als Tess sich neben ihn kniete. »Laß mich aufstehen.«

Vorsichtig stellte er sich wieder hin, rieb seine Hüfte, wo auf den grauen Hosen ein dunkler Streifen zu sehen war, und taumelte dann auf Tess zu.

»Ich kann Vercaster langsam nicht mehr leiden«, sagte er.

»Du hättest umkommen können!« schrie sie.

»Bin ich aber nicht.«

»Komm, setz dich hin.« Tess half ihm, zu einer Bank aus Schmiedeeisen zu humpeln, die in sicherer Entfernung vom Turm stand. Die Frau, die geschrien hatte, kam mit ihrem Mann herbeigerannt.

»Ich habe gesehen, wie es herunterfiel!« rief sie. »Ich konnte nichts tun … ich habe nur geschrien … o Gott!« Der Zwischenfall schien sie mehr mitgenommen zu haben als Maltravers.

»Vielen Dank, ich bin in Ordnung«, versicherte er ihr. »Es ist nichts gebrochen.«

»Aber das ist entsetzlich!« fiel ihr Mann ein. »Der verfluchte Turm ist nicht sicher. Sie wollten ihn einrüsten, bis er richtig repariert wird. Jeder hätte …« Seine Tirade wurde durch das Eintreffen des Dekans beendet, der die schnellste lauffähnliche Bewegungsart gewählt hatte, zu der er imstande war.

»Mr. Maltravers«, keuchte er. »Ich kam gerade aus dem Refektorium und habe alles gesehen. Sind Sie wohlauf?«

»Ein Wunder, daß er es ist!« Der Mann geriet wieder in Rage. »Sehen Sie, ich bin Bauingenieur. Ich weiß nicht, wer Sie sind, aber Sie haben offenbar mit der Kathedrale zu tun, und ich sage Ihnen, der Zustand dieses Turmes ist eine Schande. Er stellt eine Bedrohung für Leib und Leben dar. Falls dieser Herr einen Zeugen für den Vorfall benötigt, werde ich gern ...«

Maltravers, schmerzgeplagt und umgeben von der erschütterten Tess, einer hysterischen Frau mit ihrem wichtigtuerischen Mann sowie dem verzweifelten Dekan, beschloß, daß nur er die Gemüter beruhigen konnte.

»Es geht mir gut«, erklärte er mit Nachdruck. »Es ist nichts weiter als ein blauer Fleck. Ich mache niemanden für irgend etwas verantwortlich. Wenn Sie Bauingenieur sind, werden Sie wissen, wie schwer es ist, etwas so Altes instandzuhalten.« Er deutete gestikulierend auf den Talbot-Turm. »Wir hatten heute morgen einen Höllensturm, und dabei müssen sich Gebäudeteile gelockert haben. Warnschilder stehen auch da, und ich glaube, mehr können Sie nicht tun, Herr Dekan.«

»Ach, Sie sind der Dekan, ja?« Der Mann explodierte abermals, und Maltravers mußte erkennen, daß er ihm nur noch mehr Munition geliefert hatte.

»Also, wenn Sie und Ihr Kapitel mehr Sorgfalt auf dieses Bauwerk verwenden würden, anstatt Geld für die verfluchten Terroristen nach Afrika zu schicken, die sich Freiheitskämpfer nennen, dann ...«

»Das kann doch nicht wahr sein«, brummelte Maltravers Tess zu.

»Vielleicht könnten wir ein paar Minuten hineingehen, bis sich Augustus wieder erholt hat«, sagte sie entschieden und nahm Maltravers' Arm. »Würden Sie bitte mit uns kommen, Herr Dekan?« Sie lächelte dem

Ehepaar übertrieben freundlich zu. »Haben Sie ganz herzlichen Dank. Ich denke, es ist im Augenblick das Wichtigste für meinen Freund, wenn er sich irgendwo ein Weilchen in Ruhe hinsetzen kann.«

Sie ließen den Passanten mit seinen weiteren unausgesprochenen Ansichten über Hilfe für die Dritte Welt stehen und gingen in die Kathedrale.

»Ich kann mich gar nicht genug entschuldigen«, begann der Dekan. »Als ob es nicht reicht, was schon alles passiert ist, und nun auch noch das ...«

»Herr Dekan, es war ein Unfall, der jeden hätte treffen können. Bitte machen Sie sich keine Sorgen. Ich denke, es wird besser sein, wenn ich ein paar Schritte gehe, und eine Tasse Tee wäre sehr angenehm.«

Gemeinsam verließen sie die Kathedrale und durchquerten die Kreuzgänge zum Refektorium, wo der Dekan, besorgt wie eine Glucke, sie an einem Tisch Platz zu nehmen hieß und ihnen den Tee brachte. Die Tassen klirrten und liefen über, weil das Tablett in seinen Händen zitterte. Maltravers kam allmählich wieder zu Sinnen, und seine Gedanken machten ihm mehr zu schaffen als der zunehmende Schmerz in der Hüfte. Als Tess vorschlug zu gehen, sprang unvermittelt der Dekan auf und bat sie, noch zu warten. Er hastete davon und kam wenige Augenblicke später mit einem Krückstock zurück.

»Den habe ich bei Mr. Marsh im Souvenirladen ausgeborgt«, erklärte er.

Unbeholfen hinkend, machte sich Maltravers mit Tess und dem Dekan, der darauf bestand, sie zur Tür des südlichen Querschiffs hinaus bis in den Punt Yard zu begleiten, auf den Weg. Als sie das Haus erreichten, näherten sich Michael und Webster von der Hauptstraße her.

»Was um alles in der Welt ist denn mit dir passiert?« fragte Michael.

»Talbots Turm hat nach mir geworfen, aber Gott sei Dank nicht besonders gut gezielt.«

Michael zeigte sich ebenso entsetzt wie der Dekan, erwies sich aber als praktischer.

»Wir müssen das überprüfen«, sagte er. »Ungewöhnliche Feuersteine sind die eine Sache, aber das hier klingt ernster. Matthew, würden Sie nachsehen gehen, damit wir genau feststellen, von welchem Teil des Turmes das Stück stammt und eine ordentliche Untersuchung durchführen lassen können.«

Während Webster losging, betraten sie das Haus. Melissa, die daran gewöhnt war, sich nicht über Gebühr von Kinderunfällen beeindrucken zu lassen, brachte Mull, Watte, Heftpflaster und Hamamelis.

»Eine Weile kalte Kompressen«, instruierte sie Tess. »Dann nimmst du ein Stück Mull, in Hamamelis getränkt, und legst es über den Bluterguß. Weißt du genau, daß es nichts Schlimmeres ist?«

»Ich hab mir nichts gebrochen«, versicherte ihr Maltravers.

Als er und Tess wieder aus dem Schlafzimmer nach unten kamen, war der Dekan mit dem Krückstock bereits gegangen, und der unterdessen zurückgekehrte Webster sprach mit Michael.

»Es stammt vom alten Teil des Turms unterhalb der Erweiterung«, erläuterte Michael. »Das ist der Abschnitt, der uns die meisten Schwierigkeiten macht. Wir haben leider schon eine ansehnliche Sammlung von Bruchstücken, die heruntergefallen sind, aber Matthew meint, dies war der größte Brocken, den er seit langem gesehen hat. Ich kann mich im übrigen nur entschuldigen, Augustus.«

»Ich denke, es ist der Sturm gewesen«, erwiderte der. »Ein Akt Gottes, könnte man sagen.«

Webster, der unsicher dabeistand, sagte, er müsse gehen und Vorbereitungen für das Schulkonzert treffen, das am Abend in der Kathedrale stattfinden sollte. Er verfiel noch kurz in Panik, als er die Ersatzsaiten für die Geigen nicht finden konnte, die er zuvor bei sich gehabt hatte, und brach dann auf.

»Ich hatte sie gerade gekauft, als ich den Domherrn Cowan traf«, sagte er noch. »Kurz bevor es anfängt, reißt immer jemandem eine Saite. Kommen Sie heute abend?«

»Ich denke, Augustus wird besser zu Hause bleiben und ruhen«, sagte Melissa. »Aber wir anderen werden da sein. Wir wollen es den Kindern auf keinen Fall verderben.«

Den Rest des Nachmittags verbrachte Maltravers unter zunehmenden Schmerzen und mit wachsender Verärgerung. Als die anderen sich zum Gehen anschickten, konnte er sein Bein nur noch mit Mühe bewegen.

»Nimm ein paar von denen«, sagte Melissa und schüttete zwei Tabletten aus einer Flasche in ihre hohle Hand. »Ruh dich einfach aus und halte das Bein ruhig. Es ist auch besser, wenn du nichts trinkst. Die Tabletten sind ziemlich stark. Bis später dann, falls du nicht schon im Bett bist.«

Nachdem sie fort waren, griff Maltravers gedankenverloren nach der Flasche mit den Schmerztabletten, deren Etikett keine Hinweise auf Alkohol enthielt. Um sein Gewissen zu beruhigen, goß er besonders viel Tonic in den Gin.

Das Fernsehprogramm an diesem Samstagabend im Juni mußte, wie er fand, Teil eines Regierungsplans zur Verringerung des Stromverbrauchs der Nation sein. Ein paar Minuten lang verfolgte er eine gekünstelte Unterhaltungssendung, die an der Küste spielte, dann siegte seine Schläfrigkeit über die Faszination des atemberaubend Gräßlichen, und er nickte ein. Als die Wirkung der Tabletten nachließ, kehrte der Schmerz im Bein zurück und erfüllte seinen halbwachen Verstand mit Träumen. Sie endeten abrupt, und er erwachte, denn draußen schlug eine Autotür zu. Er blinzelte kurz und veränderte danach mit schmerzverkniffenem Gesicht vorsichtig seine Lage im Sessel. Aus der Flasche nahm er noch zwei Tabletten und spülte sie mit den Überresten des Drinks herunter. Mürrisch starrte er auf den noch immer plappernden Fernseher, während er im Geiste zu rekapitulieren suchte, was er geträumt hatte. Er wußte nur noch, daß es um Belsthwaite gegangen war.

Der Traum ließ sich nicht zurückholen. Während er den Bildschirm anstierte, ohne etwas wahrzunehmen, wanderten jedoch seine Gedanken noch einmal zu ihrem Besuch. Flüchtig ging ihm durch den Sinn, daß er etwas gesagt bekommen, gehört oder gesehen haben könnte, was wichtig war. Er hing dieser Überlegung eine Weile vergeblich nach, um sie dann zu verscheuchen und einer anderen Ahnung Platz zu machen, derzufolge noch etwas Bedeutsames geschehen war. Erneut übermannte ihn ein unruhiger Schlaf.

Diesmal brachte er ihm einen Traum von Diana, die qualvoll wie ein wildes Tier in der Falle schrie, während er mit immer langsamer werdenden Bewegungen auf das Geräusch zuhinkte. Es wurde so grauenhaft, daß sein Verstand ihn mit einem Schauder in die Schlaflosigkeit zurückwarf. Gleichzeitig hörte er, wie sich die Haustür öffnete und die Stimmen der anderen aus der Diele erklangen.

Im Fernsehen sagte ein Nachrichtensprecher, die Suche nach Diana Porter werde nunmehr als Ermittlung in einem Mordfall betrachtet.

ZWÖLFTES KAPITEL

»Es ist sehr ungewöhnlich, daß wir keine Leiche haben, und deshalb wurde von uns auch sorgfältig betont, daß wir den Fall nur wie eine Morduntersuchung *behandeln,* nicht aber, daß er eine wäre.« Jackson schaute sich am nächsten Morgen im Kreis der unbewegten Gesichter seiner Zuhörer um. »Ich kann mir vorstellen, daß Sie dies ein bißchen wortklauberisch finden, aber es bedeutet wirklich einen Unterschied. Das Entscheidende ist: Es gibt keinerlei Berichte darüber, ob Miss Porters Verletzungen medizinisch behandelt worden sind. Und ohne dies sind die Chancen, daß sie noch lebt, in der Tat äußerst gering. Ich bedaure.«

Maltravers veränderte unbeholfen seine Lage im Sessel, weil der Schmerz im Bein immer konzentrierter und stechender wurde.

»Aber es ist noch immer möglich«, beharrte er. »Es kann sie jemand behandelt haben, über den Sie nichts wissen.«

»Glauben Sie mir, ich fände es auch angenehmer, wenn Sie recht hätten, aber ich halte es für angebracht, Ihnen den offiziellen Standpunkt unumwunden darzulegen. Wir können zweifelsfrei sagen, daß sie in keinem bekannten oder regulären Krankenhaus und auch bei keinem ordentlich approbierten Arzt gewesen ist. Die Chancen, daß sie von irgendeinem Heilpraktiker ohne Zulassung behandelt wurde, sind sehr gering. Und wir haben keine Hinweise, wonach Powell imstande wäre, ihr Hilfe zu leisten, selbst wenn wir annehmen, daß er es wollte.«

»Wenn es Powell ist«, sagte Maltravers.

»Er ist noch immer der Hauptverdächtige, ja im Grunde überhaupt der einzige.« Jackson hielt unsicher inne. »Ich fürchte, was ich jetzt sage, wird Sie noch mehr belasten, aber der Polizeiarzt kann nicht definitiv feststellen, ob ihre Hände abgetrennt wurden, als sie noch lebte oder kurz nach Eintritt des Todes. Er weiß nur mit Sicherheit, daß sie ohne Behandlung mittlerweile gestorben sein muß.« Er machte eine schwache Geste des Mitgefühls. Als Diana zum letztenmal in diesem Zimmer gewesen war, hatte sie noch gelebt und gelacht und mit Rebecca gespielt. In der Stille, von der sie jetzt umgeben waren, hallte dieser Augenblick nach.

»Ich möchte Ihnen in unser aller Namen sagen, Sergeant, wie sehr wir es zu schätzen wissen, daß Sie heute morgen hierher gekommen sind und uns das mitgeteilt haben«, erklärte Michael. »Das muß auch für Sie sehr unangenehm sein. Ich glaube aber, wir werden uns trotzdem lieber an das letzte bißchen Hoffnung klammern, das bleibt.«

Nachdem Jackson das Haus verlassen hatte, machte sich Melissa fertig, um nach Sussex zu fahren und Rebecca zurückzuholen, während Michael seinen Aufgaben in der Kathedrale nachging. Es war einer dieser zeitlosen englischen Sonntage, mit dem Anblick leerer Straßen, geschlossener Läden und still daliegender Plätze, auf denen sonst reges Treiben herrschte. In dem Beschluß, daß vorsichtige Bewegung seinem Bein besser tun würde als Stillsitzen, ging Maltravers, gestützt auf einen von Michael geborgten Stock, mit Tess noch einmal zur Verta hinunter. Instinktiv schlugen sie die entgegengesetzte Richtung des Weges ein, der zu jener Kirchenruine führte, die sie in der vergangenen Woche mit Diana angeschaut hatten. Statt dessen spazierten sie am Fluß entlang dorthin, wo die Verta über ein Wehr floß und das Lachen der versammelten Kinder sich mit dem Rauschen des niederstürzenden Wassers mischte. Die Normalität des Bildes stand in schmerzlichem Gegensatz zu ihrer Gemütsverfassung.

Am Nachmittag saßen sie im Garten. Tess las, und Maltravers hatte sich auf einer Sonnenliege ausgestreckt. Durch die sonnenhelle Luft schwirrten Wolken von Blattläusen, und nahebei summten Bienen in den kissenförmig zusammenstehenden Gartennelken. Träge beobachtete Maltravers, wie ein Schmetterling dicht vorbeiflatterte, sich dann auf Tess' rostrotem Haar niederließ und dort ein paar Augenblicke sitzenblieb, bis sie sich umdrehte und ihn ansah.

»Wie geht's deinem Bein?« fragte sie.

»Schon viel besser.« Er streckte es versuchsweise aus, und ein Anflug von Schmerz zuckte über sein Gesicht. »Das Warten ist schlimmer.«

Das Gefühl der Tatenlosigkeit wurde unerträglich. Maltravers hatte sich verschiedentlich ausgemalt, wie er ein Verbrechen, das der Polizei Rätsel aufgab, durch irgendeinen brillanten Geistesblitz aufklären würde; es war keine ungewöhnliche Vorstellung. Die Wirklichkeit, das wußte er jetzt, sah anders aus. Die Polizei untersuchte und löste Mordfälle, nicht exzentrische begabte Amateure. Sein ganzer bisheriger Beitrag beschränkte sich auf eine lächerliche und ergebnislose Fahrt nach Belsthwaite, deren Resultat unter dem Strich nur ein Streit mit Madden gewesen war. Und dennoch – je mehr er versuchte, seine wirre emotionale Betroffenheit zu analysieren, desto stärker festigte sich auch das Gefühl, etwas Bestimmtes zu wissen, das zu erkennen er außerstande war. Der phantastische Genius seiner Tagträume hatte durch die tatsächlichen Ereignisse einer Empfindung von Unzulänglichkeit und Verzweiflung weichen müssen. Die Gartenpforte öffnete sich, und Rebecca trippelte vergnügt über den Rasen auf sie zu. Ihr folgte Melissa.

»Hat Nana mitgebracht«, sagte das kleine Mädchen und warf eine Handpuppe in Gestalt einer faszinierend dumm aussehenden Ente nach ihrem Onkel. Maltravers stülpte sie über die Finger und gab dabei quakende Geräusche von sich. Tess ging ins Haus, um eine Tasse Tee zu kochen, und Melissa setzte sich auf die Decke.

»Ich habe beim Fahren nachgedacht«, sagte sie. »Warum ist die Hand eigentlich bei uns an die Tür genagelt worden? Wer immer es war – offenbar wollte er das Risiko auf sich nehmen, gesehen zu werden, wo er sie doch hätte wie beim Dekan mit der Post schicken können. Was meinst du, für wen war sie gedacht?«

»Möglicherweise für uns alle«, entgegnete Maltravers, während er Rebecca dadurch zum Kichern brachte, daß er ihre Nase mit dem Schnabel zwickte.

»Aber mal angenommen, es war nur *einer* von uns?«

»Tess und ich kannten sie am besten. Wir wären also die naheliegenden Adressaten.«

»Ja, aber ich vermute, es war Michael. Zwischen ihm, dem Dekan und der Kathedrale besteht ein klarer Zusammenhang, und wenn dieser Powell etwas gegen die Kirche hat, ergäbe das auf eine perverse Art Sinn. Weißt du etwas in dieser Richtung?«

»Nein. Ich nehme an, als Waliser wird er vielleicht Methodist sein oder zu einer dieser Nonkonformisten-Sekten gehören.«

»Die Ur-Methodisten sind in ihrem Denken sehr beschränkt«, stellte Melissa fest.

»Das kann schon sein, aber kehren wir noch einmal zum Ausgangspunkt zurück. Warum hat er sie nicht mit der Post an Michael geschickt und damit das Risiko vermieden, entdeckt zu werden?« Maltravers setzte die Puppe in Rebeccas Hand und beobachtete, wie das Kind davonwackelte und dabei unbeholfen mit der Ente hantierte. »Deine Theorie ist so gut wie jede andere, aber bis die Polizei Powell findet, bleibt sie nur eine Vermutung.« Er sah seine Schwester an und lächelte sonderbar. »Das einzige, was sich über die Hand an der Tür sagen läßt, ist, daß sie den Verdacht von mir nimmt.«

»Von dir?« Melissa hatte diese Möglichkeit offenbar nie in Erwägung gezogen. »Dich kann die Polizei doch nicht im Verdacht haben.«

»Aber ja, durchaus. David Jackson hat das nie gesagt, aber es ist eine allgemein anerkannte Tatsache, daß Mörder beinahe unweigerlich ihre Opfer kennen. Diese Möglichkeit haben sie eindeutig berücksichtigt. Aber es ist ebenso eindeutig, daß ich die Hand nicht an die Tür genagelt haben kann. David Jackson selbst ist Zeuge.«

Melissa fühlte sich gekränkt, daß überhaupt jemand so etwas zu denken imstande war.

»Ich nehme an, das gilt auch für mich.«

»Für uns alle. Und noch für eine Reihe anderer Leute. Den Dekan zum Beispiel.«

»Ach, Augustus, das ist doch albern! Du meinst das nicht im Ernst.«

»Ich kann mir kaum vorstellen, daß wir ganz oben auf der Liste der Verdächtigen stehen. Powells Verhalten – besonders der Umstand, daß er sich nicht meldet – macht ihn zur Hauptperson der Ermittlung. Aber wenn sich herausstellt, er ist es nicht gewesen ... tja, was dann?«

»Es gibt keinen anderen. Abgesehen von diesem Sinclair.«

Maltravers schüttelte den Kopf. »Halte ich für unwahrscheinlich. Und die Polizei im Augenblick wohl auch. Es scheint einfach ein sehr merkwürdiger Zufall gewesen zu sein, daß er zurückkam.«

Am Montagmorgen widmete sich die Sekretärin des Bischofs, Miss Craven, als erstes der Post. Mit einem langen, schmalen Brieföffner, der wie ein Schwert geformt war, schlitzte sie sämtliche Umschläge auf. Dann hielt sie ein und steckte die Finger in ein Kanzleikuvert, ohne darin etwas zu fühlen. Mit mißbilligender Miene stellte sie es kopf, drückte leicht an den Seiten und schüttelte es versuchsweise. Eine lange, blonde Haarlocke fiel auf die zitronengrüne Löschunterlage des Schreibtischs, gefolgt von einem kleinen Stück

Papier, das auf den Boden flatterte. Sie hob es auf und drehte es um, damit sie die maschinengeschriebene Mitteilung auf der anderen Seite lesen konnte:

> »Allein hütet euch vor dem Verbannten,
> daß ihr euch nicht verbannt.«

Als Tochter, Enkelin und Nichte von Männern der Kirche hielt sich Miss Craven viel auf ihre Bibelfestigkeit zugute, aber das Zitat war ihr nicht geläufig. Sie las es noch einmal und untersuchte beiläufig mit verblüfftem und leicht ärgerlichem Gesichtsausdruck die Haarlocke. Im bischöflichen Palais war alles, was keine höchst korrekte und reguläre Korrespondenz darstellte, so gut wie unbekannt. Schließlich ging sie durch den Raum und nahm eine Bibelkonkordanz aus einem Bücherregal, in der sie entdeckte, daß der Abschnitt ein Teil des achtzehnten Verses aus dem sechsten Kapitel Josua war, worauf sich ihr Ärger legte. Sorgfältig schob sie das Haar und die rätselhafte Botschaft zur Seite und fuhr gelassen mit dem Rest der Post fort, die sie in Stapeln als relativ wichtig oder dringend einordnete. Die Umschläge wurden zusammengepackt, damit später die Briefmarken abgeweicht und als Spende an das Rote Kreuz weitergegeben werden konnten. Genau als die Uhr auf dem Kaminsims halb zehn schlug, nahm sie die gesamte Post und ging damit hinüber zum Arbeitszimmer des Bischofs, an dessen Tür sie vor dem Eintreten diskret anklopfte.

»Guten Morgen, Exzellenz«, sagte sie. »Ziemlich viel Post heute, auch eine Antwort vom Erzbischof. Dann ist da noch etwas aus der Downing Street und ein ganz reizender Dankesbrief von ...« Sie brach mitten im Satz ab, und in ihrem Gesicht spiegelte sich der Gedanke einer entsetzlichen Erkenntnis. »Großer Gott!« Sie starrte auf das Haar und den Zettel, die sie von der restlichen Post getrennt hatte. Der Bischof schaute besorgt zu ihr auf, während sie ihm beides stumm entgegenstreckte.

»Ich glaube, Sie rufen besser die Polizei, Miss Craven«, sagte er. Die Montagspost des Bischofs war glücklicherweise die am wenigsten umfangreiche der Woche, und es mußten nur zweiundzwanzig Umschläge zugeordnet werden. Die Hälfte davon trug irgendwelche Aufdrucke, die mit ihrem Inhalt zusammenhingen, drei waren handgeschrieben und konnten gleichfalls identifiziert werden, während bei drei weiteren die Maschinenschrift einen charakteristischen Italic-Typ aufwies. Die übrigen fünf wurden, wie auch der Zettel selbst, in getrennten Plastikbeuteln zur Untersuchung eingeschickt. Auf dem Papierstück befanden sich keinerlei Fingerabdrücke. Man schickte noch einmal Polizeibeamte in Dianas Wohnung, diesmal um nach Haarproben zu suchen. Gleichzeitig wurden Überlegungen zur Wortwahl des Textes angestellt.

»Josua«, sagte Madden knapp, »kämpfte natürlich in der Schlacht von Jericho.«

»Ja, Sir«, sagte Jackson. »Der eigentliche Einsturz der Mauern folgt ein paar Verse später.« Madden sah ihn überrascht an. »Es gibt auf dem Revier eine Bibel, Sir. Ich habe da nachgeschlagen.«

»Sie versetzen mich in Erstaunen«, stellte Madden trocken fest. »Ich hoffe, das kommt bei dieser Untersuchung nicht mehr allzu oft vor. Egal, was sagt Ihnen das?«

Jackson zuckte die Schultern. »Eigentlich nichts, Sir. Es ist einfach eine unerklärliche ...« Er brach abrupt ab, weil Madden mit der flachen Hand heftig auf die Schreibtischplatte schlug.

»Es ist *nicht* unerklärlich! Gar nichts ist unerklärlich. Wir erkennen die Erklärung bloß nicht!« Madden quetschte seine Nase so kräftig zusammen, daß eine rote Druckspur zurückblieb, als er wieder losließ. »Ich fange an, eine große Abneigung gegen diesen Fall zu entwickeln. Trotz einer sorgfältigen und systematischen Suche ist es nicht gelungen, den Aufenthaltsort des Hauptverdächtigen festzustellen, und ich sehe mich unentwegt mit Ereignissen konfrontiert, die als Rätsel ohne Zusammenhang betrachtet werden. Es gibt aber Verbindungen, die wir nicht ausmachen können.« Er erhob die Hand und zählte die Punkte an den Fingern ab. »Erstens: Maltravers holt Miss Porter nach Vercaster. Zweitens: Powell wird in Vercaster gesehen. Drittens: Miss Porter trifft neben anderen den Dekan und den Bischof, um dann, wie auch Powell, zu verschwinden. Viertens: Körperteile von ihr tauchen in Vercaster wieder auf, und jetzt dürfen wir annehmen, daß dies auch auf ihr Haar zutrifft. Also, was läßt sich aus der neuesten Entwicklung als mögliche Schlußfolgerung ableiten?«

Jackson begann, ein gewisses Mitleid für Madden zu empfinden, dessen beachtlicher Ruf auf einer langen Reihe von regelgetreuen Bilderbuchuntersuchungen beruhte. Einmal hatte er einen Kindermörder dadurch dingfest gemacht, daß er unerbittlich die Fingerabdrücke eines ganzen Dorfes nehmen ließ. Aber dieser Fall hier erforderte Phantasie und einen Sinn für das Bizarre; geduldige und gewissenhafte Polizeiroutine brachte da keine Ergebnisse.

»Vorausgesetzt, es handelt sich um Miss Porters Haar«, hob er vorsichtig an und dachte beim Sprechen weiter nach, »so scheint sich daraus zu ergeben, daß sie die Verdammte ist. Und der Bischof würde gewarnt, sich nicht mit ihr zu befassen.«

»Er kann sich nicht mit ihr befassen, wenn sie tot ist.«

»In der Kathedrale ist für ihr Wohlergehen gebetet worden. Zugegeben, nicht vom Bischof, aber er hat doch offenkundig damit zu tun.«

Es klopfte an Maddens Bürotür, und ein anderer Detective Sergeant trat ein.

»Der Bericht des Labors ist da. Sie haben die Herkunft des Umschlags bestimmt. Er wurde am Freitagnachmittag in Islington abgeschickt.«

»Danke, Sergeant«, sagte Madden. »Fingerabdrücke?«

»Wird gerade überprüft, Sir.«

»Gut«, meinte Madden, als sich die Tür wieder hinter ihm schloß. »Ist das der Ort, an dem sich Powell versteckt? Mit ein bißchen simpler Verkleidung geht es da so gut wie überall.«

»Sinclairs Wohnung ist in Islington, Sir«, erinnerte ihn Jackson.

»Sinclair?« Einen Augenblick lang schaute ihn Madden verständnislos an. »Ach, unser Freund in Amerika. Aber der ist doch zurückgeflogen am … wann war das? Mittwoch. Dieses Ding für den Bischof wurde Freitag abgeschickt.«

»Möglicherweise ein Komplize. Vielleicht sogar ein ahnungsloser, der sich bloß bereiterklärt hat, einen

Brief für ihn einzuwerfen. Sergeant Neale überprüft immer noch seine Geschichte, aber soweit ich weiß, hat sich bisher nichts ergeben, was ihn eindeutig als Verdächtigen ausschließt.«

Madden blieb kurze Zeit stumm, dann drückte er einen Knopf der Wechselsprechanlage auf seinem Schreibtisch und verlangte, daß Frau Inspektor Barratt hereinkommen solle. Bis jene eintraf, hatte er seine Gedanken geordnet.

»Ich wünsche, daß alle Hauptbetroffenen noch einmal vernommen werden«, sagte er. »Sehen Sie zu, ob sie sich noch an etwas anderes erinnern. Neales Bericht über Sinclairs Handlungen während seines Aufenthaltes in Großbritannien will ich sobald wie möglich haben, außerdem eine umfassende Information über die Fingerabdrücke auf diesem Umschlag. Wenn ich es recht verstehe, haben wir die des Briefträgers und der Sekretärin. Und überprüfen Sie die möglichen Verbindungen zum Verteilerpostamt Islington im Vergleich mit dem Päckchen, das der Dekan erhalten hat. Auch ohne einen Stempel, der bestätigt, daß es von dort kam. Das ist alles.«

Nachdem sie in den Raum der Sonderkommission zurückgekehrt waren, beauftragte die Inspektorin Barratt Jackson, noch einmal in den Punt Yard zu fahren und mit Maltravers und den anderen zu sprechen.

»Ich fürchte, die Ermittlungen gestalten sich etwas regelwidrig«, sagte Jackson, als er sich zum Gehen wandte. »Zum Mißfallen von Mr. Madden.«

»Ja, das mißfällt ihm, Sergeant. Und er sieht es auch nicht gern, daß ich in diesem Raum das Sagen habe. Mr. Madden mag einfach keine Frauen als Polizeibeamte im höheren Dienst, aber ich war als einzige verfügbar, als diese Sache ihren Anfang nahm. Aber wie auch immer«, sie blickte von ihrem Schreibtisch auf, »keine Ergebnisse mag Mr. Madden noch viel weniger, deshalb wollen wir mal lieber alle weitermachen.«

Akribisch gingen Maltravers und die anderen noch einmal ihre Aussagen in dem verzweifelten Bemühen durch, sich an Einzelheiten von unwichtigen Gesprächen, zufälligen Begebenheiten, kleinen Zwischenfällen und Gesten zu erinnern. Aber es schien sich nichts Neues zu ergeben.

»Wann werden Sie genau wissen, ob es Dianas Haar ist?« fragte Maltravers.

»Wenn wir etwas Vergleichbares in ihrer Wohnung gefunden haben«, erwiderte Jackson. »Es besteht die Chance, daß es auf dem Kopfkissen etwas gibt, oder sonst irgendwo.«

»Und es besteht ein möglicher Zusammenhang mit Sinclair?«

»Es kann einfach Zufall sein, daß er eine Wohnung in Islington hat, aber in unserem Metier tut man Zufälle nicht mit einem Achselzucken ab. Bis er nicht vollständig aus dem Blickfeld verschwindet, behalten wir ihn im Auge. Und gegenwärtig rücken ihn die Ereignisse eher in den Mittelpunkt unserer Aufmerksamkeit.«

Maltravers veränderte behutsam seine Lage, um den Schmerz zu lindern, der sich an seinem Bein hinunter auszubreiten begann. Jackson bemerkte die Bewegung.

»Was ist denn mit Ihnen passiert?«

»Oh, nur eine flüchtige Begegnung mit einer einstürzenden Kathedrale. Es ist heute schon viel besser.«

Er wurde vom Klingeln des neben ihm stehenden Telefons unterbrochen. Er nahm ab, lauschte einen Augenblick und sagte dann »Ja, er ist hier. Moment bitte.« Er reichte den Hörer an Jackson weiter. »Für Sie. Frau Inspektor Barratt.«

Jackson hörte mehrere Sekunden lang zu, dann entfuhren ihm die Worte: »Herrgott, wo haben die denn gesteckt, verdammt noch mal?« Er hörte wieder hin und fragte anschließend nach einer Adresse, die er in sein Notizbuch schrieb.

»In Ordnung«, sagte er, »ich bin in ein paar Minuten da.«

»Wo hat verdammt noch mal wer gesteckt?« fragte Maltravers.

»Das Ehepaar, bei dem Powell gewohnt hat, als er Samstag vor einer Woche in Vercaster war. Sie haben eben auf dem Revier angerufen.«

»Was ...? Warum haben die sich nicht schon früher gemeldet?«

»Sind anscheinend im Urlaub gewesen. Wir haben alle angenommen, daß Powell irgendwo gezeltet hat, als er hier war, besonders, nachdem niemand mit der Erklärung kam, daß er bei ihm übernachtet hätte. Wir haben die Hotels und Pensionen überprüft, aber in Vercaster gibt es während der Saison Dutzende nicht registrierter Fremdenzimmer mit Frühstück.« Er sah in sein Notizbuch. »Kennen Sie die Acacia Street? Macht nichts, ich habe einen Stadtplan im Auto. Bleiben Sie sitzen, ich finde allein hinaus.«

Acacia Street erinnerte Jackson an Sebastopol Terrace mit dem einzigen Unterschied, daß die Häuser geringfügig durch die angebauten Vorgärten gewannen. Es war genau die Art von tristem, anonymem Wohngebiet, wie sie Powell zugesagt hätte. Als er die Pforte von Nummer neunzehn aufriegelte, bewegte sich unmerklich die Gardine am Fenster, und die Haustür öffnete sich, als er näherkam.

»Mrs. Dunn? Sergeant Jackson, Kriminalamt Vercaster.«

»Bitte treten Sie ein. Hier ins vordere Zimmer.« Er folgte der sonnengebräunten Frau mit ihrer übertrieben korrekten Frisur in den Raum, wo sein Blick als erstes auf einen riesigen nachgeahmten Sombrero fiel, der an der Lehne eines Eßzimmerstuhls hing.

»Ich höre, Mr. Arthur Powell hat hier am Samstag vor einer Woche übernachtet«, sagte er förmlich.

»Ja, das stimmt. Hier, setzen Sie sich. Mein Mann ist gerade oben, aber er wird gleich herunterkommen. Ich wußte gar nicht, was ich sagen sollte, als ich es in der Zeitung las. Ich meine, der Mann ist ein Mörder, oder?« Mrs. Dunn schien voller Sorge, ihr eigener guter Ruf könnte darunter leiden, daß sie so einen Menschen unter ihrem Dach beherbergt hatte.

»Im Augenblick möchten wir ihn nur befragen. Ich glaube, wir gehen am besten der Reihe nach vor. Wann ist er angekommen?«

Mrs. Dunn nahm eine bequeme Haltung ein und sammelte sich. Ihre Schilderung war angenehm kurz und bündig.

»Er traf am Samstag zur Mittagszeit ein – etwa halb eins«, erklärte sie. »Zuerst sagte ich, wir könnten ihn nicht aufnehmen, weil wir am nächsten Morgen verreisen wollten, aber er meinte, es wäre ja nur für die eine Nacht und ... na ja, er war so ein angenehmer Mensch, da habe ich eingewilligt. Er hielt sich kaum im Hause auf. Am Nachmittag ging er aus, um die Kathedrale zu besichtigen. Ich sagte, er könne abends bei uns fernsehen, aber er entgegnete, daß er eine Aufführung im Chapter House besuchen wolle. Er versicherte mir, daß er nicht zu spät nach Hause kommen würde, und ich sagte, das ginge schon in Ordnung, solange es nicht später als elf sei. Und Sonntagmorgen ist er dann abgereist.«

»Und Sie haben nicht gewußt, was danach geschehen ist?«

»Nicht das geringste. Wir sind am Sonntagmittag nach Benidorm geflogen und gestern abend zurückgekommen. Erst als ich heute früh einen Blick in die ›Times‹ warf, sah ich sein Gesicht. Dann habe ich natürlich sofort Ihre Leute angerufen.«

Ihre Bezugnahme auf die Zeitung brachte Jackson für einen Augenblick aus dem Konzept, bis er dann begriff, daß sie von der »Vercaster Times« sprach. Das Haus hatte nicht den Eindruck erweckt, als ob hier das bekanntere der beiden Blätter gehalten wurde.

»Haben Sie mit ihm über irgend etwas gesprochen?«

»Sehr wenig. Er war höflich und still – genau die Art von Menschen, die wir am liebsten nehmen. Aber wir hatten wirklich kaum Zeit, um uns miteinander zu unterhalten.«

Von oben war zu hören, wie eine Klosettspülung betätigt wurde, und anschließend jemand herunterkam. Dann betrat Mr. Dunn, ein adretter, gedrungener Mann, den Raum. Seine Frau stellte Jackson vor.

»Ich fragte gerade, ob Ihr Gast vielleicht etwas gesagt hat, das uns weiterhelfen könnte«, wiederholte Jackson.

»Darüber habe ich eben nachgedacht«, erwiderte Dunn. Jackson verzog keine Miene, trotz des Anblicks, den er sich nach Dunns Äußerung vorstellte. »Er hat sich nach dem Weg erkundigt.«

»Nach dem Weg? Wohin? Wann?«

»Als er abfuhr. Ich habe mich noch von ihm verabschiedet und ihm eine gute Reise gewünscht. Er fragte, welche die beste Straße in Richtung Wales wäre.«

»Wales ...« Jackson lächelte Dunn dankbar an. »Das ist eine sehr hilfreiche Information, Sir. Wirklich äußerst hilfreich.«

»Nein, ist es nicht. Nicht mehr.« Dunn schmunzelte wissend. »Sehen Sie, ich habe ihn gefragt, ob er dort hinfahren würde, und er sagte, nur für ein paar Tage, dann ginge es weiter. Und das ist jetzt schon über eine Woche her. Er wird da also nicht mehr sein.« Nachdem Dunn die von ihm erst eröffnete Möglichkeit wieder sauber zunichte gemacht hatte, lächelte er Jackson vergnügt an und nahm in einem Sessel am Kamin Platz.

»Eventuell nützt sie uns trotzdem etwas«, überlegte Jackson. »Wenn wir herausfinden, wo er in Wales gewesen ist, könnten wir ihn von dort aus weiter verfolgen. Ich möchte diese Meldung nur schnell per Funk ans Polizeirevier weitergeben, dann würde ich gern das Zimmer sehen, in dem er übernachtet hat.«

Als Jackson vom Auto zurückkam, erwartete ihn Mrs. Dunn im Flur.

»Es ist noch genau so, wie er es verlassen hat«, erklärte sie, während beide die Treppe hinaufstiegen. »Ich habe am Sonntagmorgen nach seiner Abreise einen Blick hineingeworfen, und es war perfekt aufgeräumt. Deshalb beschloß ich, es bis zu unserer Rückkehr so zu lassen. Natürlich bin ich nicht mehr drin gewesen, seit ich das in der Zeitung gelesen habe.«

Mit den Unterkünften ihrer Gäste machten sich die Dunns keine übertriebene Mühe. Eine Renovierung des Zimmers war lange überfällig, und das Mobiliar konnte man bestenfalls schäbig nennen. Jackson bemerkte, daß das Bett gemacht war.

»Das muß er getan haben«, sagte Mrs. Dunn. »Sehr rücksichtsvoll.«

»Hatte er irgendwelches Gepäck?«

»Nur ein paar Sachen im Beiwagen. Er brachte lediglich seinen Schlafanzug und ein Handtuch mit herein. Ich glaube, sein Zelt war auch da drin.«

Vielleicht genügend Platz für eine Leiche, überlegte Jackson.

»Läßt sich dieses Zimmer abschließen?«

»O ja. Wir geben unseren Gästen immer die Schlüssel, so entstehen keine Mißverständnisse. Sie wissen, was ich meine.«

»Ich muß Sie auch bitten abzuschließen, wenn wir jetzt gehen. Es darf niemand hinein, bevor meine Kollegen vom Polizeirevier eintreffen. Sie müßten sehr bald da sein. In der Zwischenzeit muß ich Ihre Aussage und die Ihres Mannes offiziell aufnehmen.«

Als sie sich anschickten zu gehen, musterte Jackson noch einmal schnell das Zimmer. Es gab nicht die geringsten Anhaltspunkte, daß darin überhaupt jemand übernachtet hatte. Der anonyme Powell war hier auf der Durchreise gewesen, bezeichnenderweise ohne Spuren seiner Persönlichkeit zu hinterlassen.

Die Aussagen der Dunns gingen nicht über das hinaus, was ihm die beiden schon erzählt hatten. Powell war gleich nach dem Frühstück am Sonntagmorgen abgereist, und Dunn vermutete, daß er sich unmittelbar auf den Weg nach Wales gemacht hatte.

»Er sagte nicht eventuell, daß er noch einen Teil des Tages in Vercaster verbringen würde?« hakte Jackson nach.

»Mit keinem Wort. Das ist eine ziemlich weite Fahrt, und ich glaube, er wollte so bald wie möglich los.«

Während Jackson die Aufnahme der Aussagen abschloß, trafen Higson sowie ein paar andere Beamte ein, und sie begannen mit der Untersuchung des Schlafzimmers. Dunn, der noch etwas auf dem Herzen zu haben schien, folgte Jackson zur Haustür.

»Ich denke, unser Verhalten war korrekt, indem wir das meldeten, so schnell wir konnten.«

»Durchaus. Wir sind Ihnen sehr dankbar.« Jackson spürte, daß hinter der Bemerkung eine Absicht steckte.

»Es geht nur darum, daß wir unsere Steuererklärung immer zur Zufriedenheit des Finanzamts ausfüllen.« Dunn zwinkerte ihm vielsagend zu. »Ich bin sicher, Sie verstehen, Sergeant.«

Jackson begriff, daß für Dunn der Umstand, in seinem Hause einen Mörder beherbergt zu haben, der nach einem besonders grauenhaften Verbrechen landesweit gesucht wurde, weniger bedeutsam war als das Geld, das er offenkundig der Einkommenssteuerbehörde vorenthielt.

»Ich untersuche einen Mord, Sir«, entgegnete er. »Etwas anderes interessiert mich nicht.«

Die in Islington aufgegebene Haarlocke und der Zettel erbrachten ebenfalls neue Anhaltspunkte. Für niemanden überraschend handelte es sich um Dianas Haar, und mehrere Fingerabdrücke auf dem Umschlag – sie stammten von einem Angestellten des Verteilerpostamtes in Islington – wurden auch auf dem Päckchen mit Dianas Hand entdeckt, das der Dekan erhalten hatte. Speicheltests ergaben ferner, daß beide Sendungen von der gleichen Person abgeschickt worden waren. Aber es standen keine Speichelproben von Powell zur Verfügung, um die Sache perfekt zu machen. Bei der Polizei hatte man das Gefühl, einen deutlichen Schritt vorangekommen zu sein, doch bis alle Mosaiksteine endlich an ihrem Platz waren, blieb das Bild noch immer unerträglich verschwommen.

Am Montagabend fand die zweite Aufführung der Mysterienspiele statt, diesmal im eigenen Haus der Laienspielgruppe. Für Maltravers war dies wenigstens wieder eine Ablenkung, die ihn auf andere Gedanken brachte. Das Spiel begann mit Christi Geburt, die liebenswert von Kindern dargestellt wurde, und führte bis zu seiner Versuchung in der Wüste. Das Hirtenspiel war besonders entzückend, mit einer urkomischen Szene, in der alle zunehmend betrunken wurden und aus ihren Säcken unendliche Mengen geschickt zusammengestellter und längst verloren geglaubter Leckerbissen dieser Gegend hervorzogen, bis die ganze Bühne voller Abfall lag. Der Gegensatz zu ihrem Staunen und der Anbetung, als dann die Engel erschienen, war wirkungsvoll und ergreifend.

Doch einmal mehr wurde alles von Jeremy Knowles als Teufel beherrscht. Beim »Mord der Unschuldigen Kinder« schwang er brutal ein blutiges Schwert, an der Hochzeit zu Kanaan nahm er heimlich als böser Gast teil, und zornig starrte er von der Seite auf die Höhle, aus welcher der auferstandene Lazarus hervortrat. Wenn Christus standhaft seine weltlichen Verlockungen zurückwies, so bedeutete das nur einen zeitweiligen Rückschlag auf dem Weg zum abschließenden Triumph des Teufels. Seine Abschiedsworte spie er hervor wie Gift und Galle:

»Geduldig wart ich an dem Orte,
Bis wir uns sehn vor Höllens Pforte.
Flammend schrecklich, rot im Blute,
Wenn Böses dann obsiegt das Gute ...«

In einer hohen, nach Fortsetzung verlangenden Stimmlage brach er ab, schritt unnötig über die Bühne und verlor den Sinn für die unmittelbare Konfrontation mit Christus.

»Er hat seinen Text vergessen«, murmelte Maltravers mitfühlend.

»Triumphierend ...«, sagte eine Stimme aus den Kulissen, und Knowles schien sich wieder zu fangen.

»Triumphierend ...«, begann er, doch es reichte offenbar nicht. Ehe der Souffleur nochmals nachhelfen konnte, fing er an, riskant zu improvisieren.

»Triumphierend singt der Tod.« Es entstand eine winzige Pause, die viele im Publikum nicht bemerkten, aber sie war für jeden, der schon einmal auf einer Bühne gestanden hatte, als Augenblick blanken Entsetzens nachvollziehbar.

»Preist den Verbannten in der Not«, sagte er zum Schluß und machte einen raschen Abgang. Christus sah kurzzeitig verblüfft aus, es war nicht der richtige Text. Dann faßte er sich und sprach seine eigenen Abschlußworte, die Maltravers nicht mehr wahrnahm. Jackson hatte ihm erzählt, wie die Nachricht an den Bischof lautete. Er erinnerte sich auch an die Bemerkungen des Sergeants über Zufälle.

Als Maltravers zu Knowles in die Garderobe kam, wischte sich der gerade die übertrieben dick aufgetragene Schminke vom Gesicht.

»Sagen Sie nichts«, bat Knowles und schaute den hinter ihm stehenden Maltravers im Spiegel an. »Gerade Sie müssen es vor allen anderen bemerkt haben.«

»Ja, leider, wir schon, aber vielen Leuten ist nichts aufgefallen. Sie haben sich sehr gut aus der Affäre gezogen. Aber es war offenkundig nicht der richtige Text.«

Knowles rieb sich das Gesicht mit einem groben Handtuch ab. »Nein, er war es nicht«, murmelte er dahinter, um es dann wegzuziehen und sein Aussehen nochmals im Spiegel zu überprüfen. »Es hätte heißen müssen ›Triumphierend herrscht der Tod, Endlos Nacht und Fluch und Not.‹ Weiß der Teufel, von was für einer geistigen Sicherheitseinrichtung die Worte ausgeworfen wurden, die ich dann gesagt habe. Ich fürchte, da hat sich der Umstand, daß wir Amateure sind, unangenehm deutlich gezeigt.«

»Seien Sie unbesorgt«, sagte Maltravers. »Der einzige Schauspieler, der nie seinen Text vergaß, war Harpo Marx.«

Knowles grinste, und Maltravers hatte abermals das Gefühl, als ob Heiterkeit seinen faszinierend finsteren Gesichtsausdruck eher noch verstärkte. Unerwartet mußte er daran denken, daß Knowles ihm den Brief über Hibbert und die Latimer-Bibel gezeigt hatte. Es war nichts dabei herausgekommen, aber er hätte die Aufmerksamkeit der Polizei ablenken können. Und es gab auch keinen Beweis für die Echtheit des Briefes. Die darin erhobenen Anschuldigungen hatten sich jedenfalls als falsch erwiesen.

»Wollen wir hoffen, daß mir nicht noch einmal dasselbe am Samstagabend passiert«, knüpfte Knowles an. »Da habe ich wirklich meinen großen Auftritt, auch wenn ich unterliege.«

Auf der Fahrt zurück in den Punt Yard ließ der Gedanke an Knowles' spontane und beunruhigende Improvisation Maltravers keine Ruhe. Als sie angekommen waren, erzählte das Kindermädchen Jenny, Jackson habe angerufen und darum gebeten, Maltravers solle ihn zu Hause anrufen.

»Wir können uns noch immer keinen Reim auf Sinclairs Geschichte machen«, sagte er, nachdem sie beide miteinander verbunden waren. »Es gibt ein paar Dinge, bei denen Sie uns helfen könnten. Sinclair behauptet, er habe Miss Porter seit fast einem Jahr nicht mehr gesehen. Aber einer der Leute, die er besuchte, als er hier war, hat uns ein Bild gezeigt, auf dem die beiden vor zwei Monaten bei der Eröffnungsparty eines neuen Londoner Nachtclubs zu sehen sind, der ›Seventh Heaven‹ heißt. Unserem Informanten zufolge waren Sie auch dort. Können Sie sich daran erinnern?«

»O Gott, ja. Ein furchtbares Ding. Ich bin nur zufällig hingegangen, weil ich an jenem Abend in irgend so eine Horde geraten war. An viel kann ich mich nicht mehr entsinnen.«

»Haben Sie dort Sinclair und Miss Porter gesehen?«

»Daß ich mich kurz mit Diana unterhielt, weiß ich noch, aber sie war mit anderen Leuten zusammen. Ich erinnere mich nicht, Sinclair gesehen zu haben, aber es hockten viele Nassauer und das übliche Gesindel herum, von denen ich nicht weiter Notiz genommen habe. Ich bin nur ungefähr eine Stunde geblieben, und da war es gerammelt voll.«

»Nun, er war sicherlich dort, denn er ist auf dem Bild. Wir werden ihn also nach einer Erklärung dafür befragen müssen. Und noch etwas, kennen Sie einen Mark Kenyon?«

»Mark Kenyon? Ja, das ist ein freischaffender Kameramann. War der auch da?«

»Nein, konnte er nicht, denn er hatte das Land schon einige Wochen zuvor verlassen und ist immer noch nicht zurück. Er arbeitet an irgendeiner Serie in Australien. Aber wir sind informiert worden, daß er Dianas Freund war, und mindestens zwei Leute meinen, er sei der Vater des Kindes.«

»Da wissen die mehr als ich«, räumte Maltravers ein. »Ich sagte Ihnen schon, daß jeder von uns sein eigenes Leben führte. Aber egal, es ist sicherlich wichtiger, daß Sinclair lügt.«

»Ja. Wir haben die Polizei in Los Angeles gebeten, noch einmal mit ihm zu sprechen. Das Problem besteht darin, daß sein Aufenthalt nur bis zur Mittagszeit des Sonntags belegt ist, an dem Miss Porter verschwand. Er sagt, danach sei er bis zu seinem Rückflug am Mittwoch in der Wohnung geblieben. Angeblich hat er sich am Sonntag beim Mittagessen den Magen verdorben und war zwei Tage lang krank.

Und noch etwas gibt mir zu denken. Er war an diesem Sonntag zum Mittagessen in einer Wein-Bar nahe der Shaftesbury Avenue, und der Mann, mit dem er sich dort traf, erzählte uns, daß sie sich über Miss Porters Auftritt bei den Festtagen unterhielten. Er erinnerte sich, daß Sinclair sagte: ›So was, Tod in Vercaster an einem Samstagabend‹.

Nun weiß ich zwar, was solche Bemerkungen im Showbusiness bedeuten, aber es ist trotzdem ein seltsamer Ausspruch, wenn man bedenkt, was dann geschah, nicht wahr?«

DREIZEHNTES KAPITEL

Zu Maddens großer Verärgerung blieb der Ort in Wales, wo Powell zeltete, unentdeckt. Punkte, an denen man ihn angeblich gesehen hatte, wurden auf der Karte im Einsatzraum mit roten Stecknadeln markiert, an deren Stelle dann gelbe traten, nachdem man die Angaben überprüft hatte. Die Landmasse jenseits von Offas Dyke nahm die Form eines Schweins an, das von einem unangenehmen Hautleiden befallen war. Die Neuigkeiten über Sinclair steigerten Maddens Gereiztheit noch, denn er hatte angenommen, daß ihn die Ermittlungen in London als Verdächtigen ausschließen würden. Mit düsterer Miene las er den Bericht.

»Ab dem Mittagessen am Sonntag, als er, wie er sagt, krank zu Hause lag, hat er keine Geschichte mehr, die sich untermauern ließe?«

»Nein, Sir. Seiner Aussage bei der Polizei in Los Angeles zufolge ...«, Jackson warf einen kurzen Blick auf die Papiere in seiner Hand, »... hat er am Dienstag noch eine andere Theateraufführung besucht, nachdem es ihm wieder besser ging, aber wie schon am Sonntag war er allein, sagt er.«

»Zweiundsiebzig Stunden, die er nicht belegen kann. Eine ziemlich lange Zeit.«

»Und zufällig deckt sie sich auch mit der kritischen Phase, Sir.«

Madden sah den Bericht über Sinclair noch einmal mit erkennbarem Widerwillen an. Er nährte in ihm Zweifel, die dem reibungslosen Schema zuwiderliefen, das auf Arthur Powell hindeutete.

»Möchten Sie, daß jemand von hier Sinclair aufsucht, Sir?« fragte Jackson.

Madden schüttelte energisch den Kopf und lehnte damit sowohl den Vorschlag ab wie er auch seine Zweifel unterdrückte.

»Ich halte es nicht für gerechtfertigt, nur auf der Grundlage dessen, was wir bislang haben, Beamte auf Kosten des Steuerzahlers nach Kalifornien zu schicken. Eine zufällige Rückkehr nach England, ein lange zurückliegender Streit mit Miss Porter und ein Zeitraum, für den er kein Alibi hat, ergeben in der Summe noch keinen stichhaltigen Fall. Setzen Sie die Ermittlungen in London fort. Überprüfen Sie die Theater, die er laut seiner Aussage besuchte. Da er Schauspieler ist, erinnert man sich dort vielleicht an ihn. In der Zwischenzeit geht die Suche nach Arthur Powell weiter.«

Doch es blieben Löcher in Sinclairs Geschichte. Die Vorstellungen, die er besucht hatte, gehörten zu den erfolgreichsten im ganzen Westend und hatten fast jeden Abend volle Häuser. Auf Befragen durch die Polizei erklärten die Direktoren beider Theater mit Bedauern, daß es unmöglich sei, sich zu erinnern, wer außer den allseits bekanntesten Gesichtern noch dagewesen sein könnte. Einer wartete mit einem regelrechten »Who's who« von Leuten aus Showbusiness, Politik und Sport auf, die regelmäßig zu seinem Publikum gehörten, aber als ihm Bilder von Sinclair gezeigt wurden, erkannte er ihn nicht.

»Es gibt eine ganze Anzahl unbedeutender Schauspieler«, sagte er herablassend. »Zur Besetzung dieses Hauses gehören einige Menschen, die ich auf der Straße gar nicht wahrnehmen würde.«

In Kalifornien blieb Sinclair bei seiner Geschichte. Er räumte ein, bei der Eröffnung des Nachtclubs gewesen zu sein, konnte sich aber nicht erinnern, dort Diana gesehen zu haben. Und er bestritt heftig, daß er ihr eigens Gesellschaft geleistet hatte. Seine Äußerung in der Wein-Bar sei nur so dahergesagt und ohne jede Bedeutung gewesen. Über seinen Aufenthalt ab Sonntagmittag konnte er keine neuen Informationen liefern, ebensowenig wüßte er jemanden, der sich für ihn verbürgen würde. Der Polizeibericht merkte noch an, daß er sich über die Untersuchung zunehmend aufrege und der Produzent der Fernsehserie bereits über die Unterbrechung geklagt habe, die ihre Ermittlungen verursachten. Jackson inspizierte das Foto aus dem Nachtclub noch einmal genau. Zwischen Sinclair und Diana standen etliche Leute, und es gab keine Anzeichen dafür, daß sie wirklich gemeinsam dort waren. Bislang hatte die Polizei nur eine Person auf dem Bild erreichen können; es war jemand aus dem Anhang des Showbusiness, der nichts und niemanden kannte. Von mehreren Leuten der Gruppe, die dumm in die Kamera grinsten, hatte man noch nicht einmal die Namen festzustellen vermocht.

Die einzig verbleibende Ermittlungsrichtung bestand darin, sich mit Mark Kenyon zu unterhalten, dem angeblichen Vater von Dianas Kind, aber der wurde erst am frühen Donnerstagmorgen wieder in London erwartet. Man wies zwei Beamte ein, die bei der

Ankunft seines Flugzeugs in Heathrow bereitstehen sollten.

Am Mittwoch erinnerte sich Maltravers wieder an den seltsamen Zwischenfall bei den Mysterienspielen und daran, was Knowles gesagt hatte; es war ihm durch die Neuigkeiten über Peter Sinclair entfallen. Er rief Jackson an.

»Ich schreib's mir auf«, seufzte der Polizist geduldig. »Aber erwarten Sie von uns keine allzu drastischen Maßnahmen, solange Sie nichts Brauchbares wie ein Motiv haben. Sie verstehen doch, daß wir mitten in einer der größten Personenfahndungen stecken, die es in diesem Lande jemals gegeben hat, oder nicht? Wir suchen nach einem Mann, den wir aus gutem Grund verdächtigen, denn es ist bekannt, daß er zur betreffenden Zeit in Vercaster war, und jetzt scheint er von der Erdoberfläche verschwunden zu sein. Dazu noch diese Sache mit Sinclair. Wissen Sie, wieviel ich in den letzten zehn Tagen geschlafen habe?«

»Ich kann's mir denken. Es war ja auch nur eine komische Bemerkung, aber ich sagte Ihnen, daß ich Sie über alles informieren würde, was von Nutzen sein könnte.«

»Vielen Dank.« Jackson klang sehr müde. »Finden Sie Arthur Powell. *Das* wäre von Nutzen.«

Der Mittwoch war Markttag in Vercaster, und es sah aus, als hätte sich der größte Teil der Bevölkerung aus der umliegenden Grafschaft einem urzeitlichen Impuls gehorchend in der Stadt versammelt. An den Ständen wurden, wie es schien, wenig bemerkenswerte Waren angeboten, die man auch leicht ohne eine Fahrt von mehreren Kilometern und den Kampf um einen Parkplatz kaufen konnte. Aber das Ganze hatte den Charakter eines gesellschaftlichen Ereignisses.

Maltravers ging mit Tess und Rebecca dorthin spazieren, um sich auch auf diese Weise die Zeit zu vertreiben. Er wühlte gerade an einem der Stände in ein paar Büchern, mit der schwachen Hoffnung, doch noch etwas von wirklichem Wert zu finden, als Hibbert aus der Tür des nahegelegenen Rathauses trat und ihn erblickte.

»Mr. Maltravers«, sagte er und überquerte die kopfsteingepflasterte Fläche zwischen ihnen. »Ich möchte Ihnen etwas sagen. Gerade habe ich mit dem Herausgeber der ›Vercaster Times‹ gesprochen. Es kommt noch diese Woche.« Hibbert hielt wichtigtuerisch inne und machte eine dramatische Pause, bevor er verkündete: »Ich habe eine Belohnung für denjenigen ausgesetzt, der Hinweise zur Ergreifung von Miss Porters Mörder geben kann. Eintausend Pfund.« Maltravers entnahm aus Hibberts gesamter Haltung, daß er für so viel Mildtätigkeit überschwenglichen Dank erwartete. Tausend Pfund, so ging es ihm durch den Kopf, waren eine beträchtliche Summe, und sie lag bestens ausbalanciert genau in der Mitte zwischen Geiz und geschmackloser Protzerei. Die aus einer solchen Geste für Hibbert erwachsende Anerkennung würde das Geld zu einer lohnenden Investition machen.

»Wir sind für alles dankbar, was zur Klärung dieser Angelegenheit beiträgt«, erwiderte er und blieb mit seiner gezeigten Dankbarkeit weit unter dem, was Hibbert erhofft hatte.

»Ja«, fuhr Hibbert leicht verunsichert fort, als klar wurde, daß Maltravers seinen Dank nicht weiter zu steigern gedachte. »Ich nehme an, die werden sich mit Ihnen wegen eines Kommentars dazu in Verbindung setzen.«

Maltravers bemerkte an Hibberts Revers das glänzende Abzeichen der Rotarier und überlegte, ob wohl der Herausgeber der »Vercaster Times« ebenfalls als Mitglied dazugehörte. Er war davon überzeugt. Das Angebot von Stadtrat Hibbert würde sich sicherlich herumsprechen.

»Könnte ich mir denken«, antwortete er gleichmütig. Die Vorstellung, daß der unerträgliche Hibbert von Dianas grauenhaftem Schicksal noch profitieren sollte, war unbeschreiblich abstoßend. Beiläufig deutete er auf die Kiste, die er gerade durchgesehen hatte. »Hier könnte etwas drin sein, das Sie interessiert«, sagte er leichthin. »Obwohl bei denen nur die Schutzumschläge dreckig sind. Guten Tag, Herr Stadtrat.« Mit einem Ausdruck verwirrter Kränkung im Gesicht schaute Hibbert zu, wie er davonging.

Am nächsten Morgen rief ein Reporter der »Vercaster Times« bei Maltravers im Punt Yard an.

»Werden Sie und Miss Davy bis zum Ende der Festtage in Vercaster bleiben?« fragte er.

»Ich persönlich bleibe hier, bis man Diana gefunden hat. An diesem Ort wurde sie zum letztenmal gesehen, und ich reise nicht ab, bevor wir wissen, was ihr zugestoßen ist.«

»Offenbar hoffen Sie noch immer, daß sie am Leben sein könnte?« Maltravers sah die Möglichkeit zum Einhaken, auf die er gewartet hatte, und gab ihm die Antwort, die er wollte.

»Es ist mir egal, ob die Polizei meint, es sei Mord«, erklärte er. »Bevor ich nicht Dianas Leichnam sehe, werde ich weiter daran glauben, daß sie vielleicht nicht tot ist. Wir wissen alle, sie hat furchtbare Verstümmelungen erlitten, aber es gibt keine Beweise, daß sie nicht noch irgendwo am Leben sein könnte. So schrecklich der Gedanke auch sein mag, er hält uns aufrecht.« Er konnte sich bildlich vorstellen, wie seine gut zitierbaren Äußerungen hastig niedergeschrieben wurden. Voll Bitterkeit fragte er sich aber gleichzeitig, ob sie wirklich noch einen Sinn hatten oder nur eine fortgesetzte Selbsttäuschung waren. Wollte er wirklich, daß man Diana so verstümmelt wie Lavinia fand, nur mit einer Zunge, um von ihren Qualen zu berichten?

»Vielen Dank, Mr. Maltravers«, sagte der Reporter. »Wir stehen natürlich mit der Polizei in Verbindung, aber Sie wissen nichts von irgendwelchen neuen Entwicklungen, oder?«

»Nein, nichts Bestimmtes. Wissen Sie etwas?«

»Nein. Gestern war hier im Büro die Rede von einer Belohnung, aber der Herausgeber sagt, die gibt es jetzt doch nicht.«

»Wirklich? Na, ich glaube, in diesem Stadium hätte sie auch nicht viel genützt.« Maltravers empfand Genugtuung, daß seine bissige Bemerkung über Hibbert Wirkung gezeigt hatte.

Doch es geschah noch etwas anderes, obwohl niemand in Vercaster sich dessen bewußt war. Nachdenklich beobachtete an diesem Morgen eine teuer gekleidete Frau mit rabenschwarzem Haar und gutaussehendem, etwas hartem Gesicht ihre Kinder beim Spielen im Swimmingpool des Gartens. Gerade hatte sie einen Anruf von einer befreundeten Schauspielerin aus London erhalten, die nebenher erwähnte, daß sich die Polizei für Peter Sinclair und seine Reise nach England interessierte. Sie wußte sehr genau, was er vom Sonntagmittag bis zu seiner Rückreise nach Kalifornien gemacht hatte. Und sie wußte auch, warum sie darüber die Unwahrheit sagte.

Als Mark Kenyon dem Flugzeug aus Sydney entstieg, war er müde, übernächtigt und fürchterlich erkältet.

»Was zum Teufel soll das?« wollte er wissen, während ihn die Polizei in einen Verhörraum brachte. »Ich schmuggle nichts.«

»Kennen Sie Diana Porter, Sir?«

»Di? Natürlich. Warum?«

»Ich bedaure, Sie davon in Kenntnis setzen zu müssen, Sir, daß sie seit zwei Wochen vermißt wird, und es besteht Grund zu der Annahme, daß sie ermordet worden sein könnte.«

Kenyon nieste unappetitlich in einen durchgeweichten Klumpen aus Papiertaschentüchern. Einen Augenblick lang rang er nach Luft und sah die Beamten in einer Mischung aus Mattigkeit und Verwirrung an.

»Was? Di ermordet?« Er schüttelte den Kopf, als ob er ihn dadurch klarbekommen wollte, dann nieste er erneut. »Wann denn? Und von wem? Warum reden Sie mit mir?«

»Miss Porter erwartete ein Kind, Sir. Wir haben Grund zu der Vermutung, daß Sie der Vater gewesen sein könnten.«

Indem Kenyon tastend seine von Erkältung und Erschöpfung umnebelten Gedanken ordnete, begriff er allmählich, was ihm da mitgeteilt wurde.

»Das wußte ich nicht«, sagte er. »Aber so was soll vorkommen.«

»Wann haben Sie sie das letzte Mal gesehen?«

»An dem Abend, bevor ich weggefahren bin. Wann war das? Ungefähr vor zehn Wochen. Sie sagte damals kein Wort davon.«

»Es ist möglich, daß sie es zu der Zeit noch nicht wußte, Sir. Ich fürchte, wir werden Sie um eine vollständige Aussage über Ihre Beziehung zu Miss Porter bitten müssen.«

Kenyon wurde von einem neuen Ausbruch explosionsartigen Niesens übermannt. Er tastete in seinen Taschen nach einem weniger nutzlosen Bausch von Papiertüchern.

»Hören Sie mal«, sagte er, als der Anfall nachließ, »muß das jetzt sein? Ich bin nicht in dem Zustand, um mich mit irgendwem zu unterhalten. Lassen Sie mich nach Hause fahren und ein bißchen schlafen, dann können Sie mich fragen, was Sie wollen. Im Augenblick kann ich nicht mal erfassen, was Sie zu mir sagen.« Die beiden Beamten tauschten einen Blick. »Herrgott, ich haue nicht irgendwohin ab. Aber alles, was ich jetzt aussage, ist nur Quatsch. Ich kann mich kaum auf den Beinen halten.«

Kaum wahrnehmbar nickte einer der Beamten dem anderen zu.

»Unser Wagen steht draußen, Sir«, sagte er. »Wir können Sie nach Hause bringen.«

Kenyon ließ sich auf den Rücksitz fallen und war bereits eingeschlafen, bevor sie noch den Flughafen verlassen hatten. Sie weckten ihn, als sie bei seinem Haus in Wimbledon angekommen waren, und halfen ihm aus dem Auto, während er nach dem Schlüssel suchte.

»Also«, sagte er beim Öffnen der Tür, »verstehen Sie mich nicht falsch, aber ich kann einfach nicht fassen, was Sie mir da mitteilen. Sie sagten, Diana ist erdrosselt worden?«

»Wir haben nicht direkt von Erdrosseln gesprochen, Sir, denn das wissen wir nicht. Aber wir nehmen in der Tat an, daß sie ermordet wurde.«

Kenyon rieb sich die Stirn. »Komisch, mir war, als hätten Sie ›erdrosselt‹ gesagt. Ich kann im Moment wirklich keinen klaren Gedanken fassen.«

»Würde es Ihnen etwas ausmachen, wenn wir hier warten, während Sie sich ausruhen, Sir?«

»Machen Sie, was Sie wollen, verdammt noch mal«, erwiderte Kenyon und stolperte die Treppe hinauf. »Meinetwegen können Sie einen Weltuntergang auslösen, solange ich nur ein bißchen Schlaf bekomme. Hauptsache, Sie sind nicht zu laut.«

Während Kenyon schlief, wurden weitere Ermittlungen bei dem Fernsehteam durchgeführt, bei dem er arbeitete. Es gab nicht die geringste Möglichkeit, daß er Australien in den zurückliegenden zehn Wochen verlassen haben konnte. Den offenkundigen Mangel an Betroffenheit über das Schicksal Diana Porters und jene Bemerkung, sie sei erdrosselt worden, schrieb man, bis ihn die Polizei weiter vernehmen konnte, der Verfassung zu, in der er sich bei seiner Ankunft befunden hatte. Er schlief annähernd acht Stunden, dann erschien er wieder in dem Raum, wo die beiden Polizisten unterdessen Karten spielten.

»Sie waren also kein Traum?« sagte er. »Lassen Sie mich nur einen Kaffee kochen, und dann erzählen Sie mir das alles noch einmal.«

»Ich mache das, Sir«, sagte der eine Beamte und ging in die Küche. Der andere griff nach einem Umschlag auf dem Tisch.

»Wir fanden den hier in Ihrer Post«, erklärte er. »Er ist noch nicht berührt worden, aber das scheint die Handschrift einer Frau zu sein. Können Sie sagen, ob es sich um die von Miss Porter handelt?«

Kenyon nahm den Umschlag und starrte ihn mit verschwommenem Blick an, dann nickte er.

»Wenn Sie ihn öffnen könnten, Sir, das würde uns vielleicht weiterhelfen.«

Kenyon nahm Platz, schnaubte sich die Nase und riß dann das Kuvert auf. Der darin liegende Brief bestand aus einem einseitig beschriebenen Einzelblatt blaßblauen Papiers. Er las ihn durch und gab ihn dann wortlos dem Polizisten.

»Lieber Mark«, begannen die Zeilen. »Wenn du zurückkommst, werde ich nicht da sein, aber ich wollte es dich so schnell wie möglich wissen lassen: Heute kam die Bestätigung, daß ich schwanger bin. Ich fühle mich überglücklich, es geht mir sehr gut, und ich müßte bis Weihnachten Mutter sein. Bis zum Wiedersehen, wenn ich zurück bin, alles Liebe, Diana.« Das Datum war der vierte Tag nach Kenyons Abflug in Richtung Australien. Der Polizist sah ihn forschend an.

»Sie wollte ein Kind«, sagte er als Antwort auf die unausgesprochene Frage. »Aber sie wollte keine Ehe. Das ist ganz und gar nicht ungewöhnlich. Ich habe sie auf einer Party kennengelernt, und wir mochten einander sehr. Sie war da ganz freimütig. Offenbar wollte sie ... eine gewisse Zuneigung für den Vater empfinden, aber das Kind sollte nur ihr gehören. Ich habe ihre Bedingungen akzeptiert.« Er steckte seine laufende Nase in ein Taschentuch. »Mehr hat es da wirklich nicht gegeben. Und was zum Teufel soll das nun alles mit ihrer Ermordung?«

»Sie haben überhaupt nicht gehört, was passiert ist?«

»Kein Stück. Ich bin die meiste Zeit irgendwo im hintersten Outback gewesen.«

Der Polizist teilte ihm die Ereignisse von Vercaster mit. Kenyon hörte unbewegt zu, bis er fertig war, und nahm dann den Kaffee entgegen, den der andere Beamte hereinbrachte.

»Ich werde möglicherweise später auf all das reagieren«, sagte er. »Es ist ein bißchen viel auf einmal. Tut mir leid, daß ich nicht den gramgebeugten Liebhaber spiele, falls Sie das erwarten. Ich hatte Diana sehr gern, aber ich werde nicht so tun, als ob ich wahnsinnig in sie verliebt war. Das gehörte nicht zu unserer Abmachung. Und ich weiß nicht, wie ich Ihnen helfen könnte.«

»Sie haben vorhin geäußert, sie sei erdrosselt worden. Wir haben das nie gesagt.«

»Ich wußte, daß Sie darauf zurückkommen würden. Sie müssen mir einfach glauben, daß ich nicht mal wußte, wie ich heiße, als ich aus dem Flugzeug stieg. Ich habe Diana das letzte Mal vor zehn Wochen gesehen. Sie war lebendig, es ging ihr gut, und in diesem Zustand habe ich sie zurückgelassen. Versuchen Sie nicht, mir wegen einer unbedeutenden Bemerkung einen Mord anzuhängen.«

»Es gibt doch etwas, womit Sie uns vielleicht helfen könnten. Kennen Sie einen Mann namens Peter Sinclair?«

»Sinclair?« Kenyon überlegte einen Augenblick, dann fiel es ihm wieder ein. »Ach, dieser Trottel. Kommt drauf an, was Sie unter kennen verstehen. Wir haben im gleichen Studio gearbeitet. Warum?«

»Hat Miss Porter von ihm gesprochen?«

»Sie hat von einer Menge Leute gesprochen. Lassen Sie mich nachdenken. Sie haben mal in irgendeiner Sache zusammen gespielt. Was war das gleich? Nein, ist weg ... aber wir haben ihn einmal getroffen ... wo war das? Genau, bei einem Essen, das der Variety Club für irgendwen gab. Er saß neben ... wie heißt sie ... Vicky Price, diese schwarzhaarige Kuh, die die Schauspielerei vor einiger Zeit an den Nagel gehängt und so einen feinen Arzt aus der Harley Street geheiratet hat. Ihr Tisch stand auf der anderen Seite des Raumes. Diana sagte über ihn so etwas wie – er sei der übelste Kerl, den sie je kennengelernt habe.« Nachdem Kenyon das Bild aus seiner Erinnerung zusammengefügt hatte, erkannte er plötzlich dessen Bedeutung.

»Wollen Sie sagen, daß er es gewesen ist?« explodierte er. »Wieso haben Sie ihn noch nicht?«

»Wir verfügen über keine Beweise, Sir, und Mr. Sinclair kann durchaus ein Alibi haben. Wissen Sie, warum Miss Porter sagte, er sei ein übler Kerl?«

»Nein, aber ich weiß, daß sie es so gemeint hat. Und Diana hegt nicht gern eine Abneigung gegen Leute.« Unvermittelt nieste er erneut.

»Wir würden Ihre Aussage jetzt gern zu Protokoll nehmen, Sir.«

Das Essen im Variety Club hatte drei Wochen, bevor Kenyon nach Australien flog, stattgefunden. Von Sinclair, der behauptete, Diana seit über einem Jahr nicht mehr getroffen zu haben, wußte man nun, daß er ihr in den zurückliegenden vier Monaten gleich zweimal begegnet war. Außerdem blieb noch der lange ungeklärte Zeitraum bei seinem letzten Besuch.

VIERZEHNTES KAPITEL

Am Freitagvormittag saß Madden allein in seinem Büro und kämpfte mit dem Problem, daß Powell weiterhin unauffindbar war und Sinclair kein ausreichendes Alibi hatte. Seine gesamte Erfahrung und alle Instinkte konzentrierten sich auf Powell, dessen Weigerung, sich zu melden, einem Schuldeingeständnis gleichkam. Er hielt es für kaum glaubhaft, daß Powell nichts von der Polizeifahndung nach ihm wissen konnte. Nie zuvor hatte Madden eine Ermittlung erlebt, bei der die bekannten Fakten nicht in ein allgemeingültiges Schema passen wollten. Während Maltravers höchstens davon träumte, Kriminalfälle zu lösen, wußte Madden aus langer Erfahrung, wie sie untersucht und aufgeklärt werden mußten. Aber die Disziplin einer ordentlichen Ermittlung selbst, deren Erfolg bisher nie ausgeblieben war, erwies sich jetzt als fatales Handikap. In seinem tiefsten Innern hatte Madden einen schrecklichen menschlichen Fehler – er konnte nicht zugeben, daß er sich vielleicht irrte.

Es war, so überlegte er, nur noch eine Sache der Zeit, bis Powell festgenommen und Sinclairs fehlendes Alibi dadurch zu einer akademischen Frage werden würde. Aber wie lange konnte er es sich noch erlauben zu warten, bevor er direkte Maßnahmen gegen Sinclair einleiten mußte? Achtundvierzig Stunden, beschloß er.

Bis dahin würde er solche irrationalen Bedenken seiner totalen Überarbeitung zuschreiben. In den vergangenen vierzehn Tagen hatte ganz sicher kein Polizeibeamter in Großbritannien länger und pflichtbewußter an der Fahndung nach Diana Porter und ihrem Mörder gearbeitet.

Maltravers wurde nunmehr von früh bis spät und selbst noch im Schlaf von der Angst vor unabwendbaren Schrecken umgetrieben. Seine inzwischen nur noch schwache Hoffnung, eine Schlüsselinformation und damit die – wie auch immer schreckliche – Lösung zu finden, machte es ihm nahezu unmöglich, klar über das Geschehene nachzudenken. Mehr als jeder andere wünschte er, daß man Diana fand, egal ob tot oder lebendig, und seine eigene Ohnmacht, etwas zu tun, versetzte ihn in stille Wut.

Mit grimmigem Gesicht umrundete er abermals die Kathedrale und das Chapter House. An der Vitrine, in der sich die Latimer-Bibel befunden hatte, war eine Mitteilung befestigt, daß sie gestohlen wurde. Nachdenklich starrte er auf den Zettel. Es schien Ewigkeiten her zu sein, als er an dieser Stelle David Jackson kennengelernt hatte, damals, als es nur um die Aufklärung einer so esoterischen Straftat wie den Diebstahl einer alten Bibel mit Druckfehlern gegangen war. Das war etwas gewesen, mit dem die Phantasie spielen konnte, eine angenehme geistige Betätigung, anhand derer sich die Schärfe seines analytischen Verstandes unter Beweis stellen ließ. Jetzt aber war sein Denkvermögen vor Trauer, Sorge und Zorn wie gelähmt. Er blieb bei der Orgel stehen und bemerkte sein eigenes Gesicht in dem Spiegel, den der Organist brauchte, um den Chorleiter zu sehen; die Züge ähnelten auf beunruhigende Weise denen seines Vaters in den letzten schrecklichen Wochen, bevor er starb. Im Chapter House setzte er sich und forschte in seinem Gedächtnis nach Gesichtern, die er dort am Abend von Dianas Auftritt gesehen hatte. Während er noch seinen Gedanken nachhing, nahm jemand leise neben ihm Platz. Es war Miss Targett.

»Ich bin seitdem beinahe jeden Tag hier gewesen ...« Sie lächelte ihn entschuldigend an. »Ich weiß nicht warum. Immer wenn ich hier sitze und über all die furchtbaren Dinge nachdenke, die geschehen sind, kommt mir ein Satz in den Sinn.« Sie machte eine Pause und zitierte dann leise: »Alles wird gut, und alle werden gut, und jede Art von Ding wird gut.«

Maltravers sah ein wenig überrascht aus. »T. S. Eliot«, sagte er. Daß Little Gidding eine Dichtung nach dem Geschmack von Miss Targett war, hätte er nicht gedacht.

»Wie bitte?« fragte sie. »Oh, nein ... Frau Julian von Norwich, Trägerin des Empire-Ordens. Ich weiß noch, wie Miss Porter die Worte im Fernsehen rezitiert hat. Aber ich kann mir leider nicht vorstellen, wie die Dinge jetzt noch irgendwie gut werden könnten.«

Anders als beim letztenmal, da ihm Miss Targett begegnet war, wirkte sie nunmehr beherrscht. Aber Maltravers plagte noch immer das bedrückende Gefühl, daß seit dem Einzug von Gewalt und Niedertracht das Leben dieser kleinen alten Dame, das zuvor so geordnet und sicher in seinen Bahnen voller Unschuld verlaufen war, unwiderruflich Schaden genommen hatte. Ihre heruntergespielte Sorge unterstrich nur, welche Bestürzung sie empfand. Er stand auf und bot ihr den Arm an.

»Darf ich Sie nach Hause begleiten, Miss Targett?«

Sie lächelte dankbar. »Das wäre sehr freundlich.«

Miss Targetts Häuschen war das letzte einer Reihe, es stand an der Ecke des Durchganges, der vom nördlichen Querschiff zum Stadtzentrum führte. Als sie die Haustür erreicht hatten, bat sie ihn noch zu sich herein, aber er erklärte, daß er in den Punt Yard zurück müsse.

»Bitte grüßen Sie Miss Davy von mir«, trug sie ihm auf. »Sagen Sie ihr, daß ich oft an Sie beide denke. Ach übrigens, wie geht es denn Ihrem Bein? Sie scheinen nicht mehr zu hinken.«

»Nein, es ist schon viel besser, danke sehr.« Maltravers schaute sie leicht verblüfft an. »Aber woher wissen Sie davon?«

Miss Targett blickte stirnrunzelnd vor sich hin. »Wer mir das erzählt hat, weiß ich nicht mehr. Ich glaube, es war Mr. Knowles nach dem Frühgottesdienst am Sonntag. Vermutlich wußte es jeder. Mit dem Talbot-Turm müssen sie aber wirklich etwas unternehmen, fürchte ich. Es könnte doch jemand ernstlich verletzt werden.« Sie streckte ihm ihre kleine Hand entgegen. »Vielen herzlichen Dank, daß Sie mich nach Hause gebracht haben. Gott segne Sie.«

Auf seinem Weg zurück in den Punt Yard traf Maltravers den Dekan und Webster an der Lady Chapel.

»Noch immer nichts Neues?« erkundigte sich der Dekan. »Ach, das ist unerträglich. Jeden Tag habe ich Angst, daß eine neue Greueltat verübt wird. Oh, verzeihen Sie. Ihre Sorge muß natürlich nur Miss Porter gelten. Besteht noch Hoffnung, daß sie ...« Er war außerstande, den Satz zu beenden.

»Ich weiß es nicht«, antwortete Maltravers. »Ich will jetzt nur noch, daß es bald vorüber ist.«

»Vielleicht dauert es nicht mehr lange«, meinte Webster. »All unsere Gebete begleiten Sie.«

Als er das Haus wieder betrat, lag die »Vercaster Times« auf dem Tisch in der Diele. Die halbe Titelseite befaßte sich mit Dianas Verschwinden und der Polizeifahndung, aber eine von Hibbert ausgesetzte Belohnung wurde nicht erwähnt. Maltravers' Empörung, die ihn zwei Tage zuvor auf dem Markt jene Beleidigung hatte aussprechen lassen, war einer mitleidsvollen Verachtung für den eitlen, ruhmessüchtigen Stadtrat gewichen, und er überlegte, ob er nicht besser seine Zunge im Zaume gehalten hätte. Das Angebot einer Belohnung wäre nicht von Schaden gewesen, obwohl wahrscheinlich auch kaum von Nutzen.

Am Abend fand im Rathaus ein Empfang statt. Maltravers und Tess hatten eingewilligt, Michael und Melissa dorthin zu begleiten. Geplant war die Veranstaltung als Zeichen des Dankes und der Anerkennung am letzten Abend der Festtage, doch statt dessen herrschte bei der Zusammenkunft eine bedrückte Anspannung. Der Bürgermeister hielt eine Rede, in der er pflichtschuldig all die Arbeit würdigte, die geleistet worden war, und auf einige Höhepunkte der vergangenen zwei Wochen einging. Alle hörten höflich schweigend zu, viele starrten in ihre Weingläser, aber seine Worte klangen zwangsläufig hohl.

»Abschließend und mit größtem Bedauern«, kam er zum Ende, »möchte ich im Namen von jedermann in

Vercaster unserer Trauer und unserem Entsetzen über die grauenhaften Ereignisse Ausdruck verleihen, die einen schrecklichen Schatten auf all unsere Bemühungen geworfen haben. Heute abend weilen einige Freunde von Miss Diana Porter unter uns, deren Auftritt im Chapter House eine so großartige Eröffnung unserer Festtage gewesen ist. Angesichts ihres ebenso furchtbaren wie rätselhaften Verschwindens und all der folgenden Geschehnisse sprechen wir ihnen unser tiefes Mitgefühl aus. Wir können nur hoffen, daß Miss Porter auch jetzt noch lebend gefunden und der Mann, der diese niederträchtige Tat begangen hat, festgenommen wird.«

Die Gesellschaft löste sich in einzelne Gruppen auf, in denen eine gedämpfte und unbehagliche Unterhaltung stattfand. Maltravers wurde von einem Mann angesprochen, den er vage wiedererkannte und der sich als Produzent der Mysterienspiele vorstellte.

»Ich habe Sie hinter den Kulissen gesehen, aber wir konnten noch nicht miteinander sprechen«, erläuterte er. »Ich wollte Ihnen nur sagen, wie sehr wir es zu schätzen wissen, daß Sie unsere Aufführungen besucht haben. Das wird Ihnen nicht leichtgefallen sein.«

»Ich war dankbar, etwas zu tun zu haben«, entgegnete Maltravers. »Und wir beide, Miss Davy und ich, waren sehr beeindruckt von dem gezeigten künstlerischen Niveau.« Er setzte einen Augenblick aus, zwang sich dann aber hinzuzufügen: »Ich bin sicher, Diana wäre der gleichen Meinung gewesen.«

Langsam und unabwendbar fing er an, über Diana in der Vergangenheitsform nachzudenken und zu sprechen. Er war der letzte, der die Tatsache ihres

Todes ohne unumstößliche Beweise akzeptiert hätte. Der Produzent erwiderte nichts und lächelte statt dessen mitfühlend, bevor er ging.

Durch den Raum hindurch trafen sich Maltravers' Blicke zufällig mit denen Hibberts. Der Stadtrat wandte sich augenblicklich ab und begann mit unnatürlich lauter Stimme zu reden.

»Natürlich dürfen wir die Tatsache nicht aus dem Auge verlieren, daß es absolut wunderbare Festtage waren«, sagte er. »Ein enormer Gewinn an Ansehen für Vercaster. Das wollen wir nicht vergessen.«

Mehrere Leute drehten sich um und starrten ihn ungläubig an, aber er blieb von ihren Blicken unberührt und ging durch den Raum, um mit dem Bürgermeister ein Gespräch darüber zu beginnen, wie die Veranstaltung regelmäßig in jedem Jahr weitergeführt werden könnte.

Tess drückte sachte Maltravers' Arm, während er wütend zu dem schamlosen Stadtrat hinüberschaute.

»Ignoriere ihn«, sagte sie sanft. »Er blamiert sich doch nur.«

»Er versucht, es mir heimzuzahlen«, erwiderte Maltravers. »Das ist ein ganz fieser kleiner Kerl.«

Hibberts gefühlloses Auftreten bewirkte, was er am wenigsten wünschte – die Abwanderung seines Publikums. Es setzte eine erkennbare Bewegung zum Ausgang ein, der sich auch der peinlich berührte Bürgermeister und seine Frau anschlossen. Sie warteten vor der Tür und sprachen mit Tess und Maltravers, als sie gingen.

»Es war sehr freundlich von Ihnen, daß Sie gekommen sind«, meinte der Bürgermeister. »Ich sollte mich vielleicht für das entschuldigen, was gerade da drinnen vorgefallen ist. Ich kann das gar nicht begreifen.«

»Ich schon, verehrter Herr Bürgermeister«, antwortete Maltravers. »Aber es macht nichts.«

Die Bürgermeisterin hielt Maltravers zum Abschied ihre Wange entgegen.

»Ich dürfte das eigentlich nicht sagen«, flüsterte sie, als sich ihre Gesichter flüchtig berührten, »aber ich fand schon immer, daß Ernie Hibbert ein kleiner Scheißkerl ist.« Als sie den Kopf wieder zurückzog, zeigte ihr Gesicht den Ausdruck einer Dame, die das Wort überhaupt nicht kannte, geschweige denn aussprechen würde.

»Nun haben Sie mich doch noch fast zum Lachen gebracht«, sagte Maltravers. »Das ist zur Zeit nicht leicht.«

Über die Schulter hinweg sah er, daß ihm Jeremy Knowles ein kurzes Auf Wiedersehen zunickte, bevor er mit den anderen Laienspielern von Vercaster ging.

Als die vier durch die spätabendlich stillen Straßen in den Punt Yard zurückgingen, errichteten gerade Handwerker stählerne Barrieren entlang jener Route, die am nächsten Tag die kämpfenden Ritter und der Rest des mittelalterlichen Festzugs nach dem Jahrmarkt nehmen würden. Sie bogen von der Hauptstraße in ihre Gasse ab und sahen, daß vor dem Haus ein Polizeiauto stand. Instinktiv beschleunigten sie ihre Schritte, und als sie näherkamen, stieg David Jackson aus.

»Ihre Babysitterin sagte mir, wo Sie sind und wann Sie zurückkommen würden. Ich hielt es nicht für erforderlich, Sie zu stören.«

»Nichts Dramatisches also?« In Maltravers Stimme schwang ein enttäuschter Unterton mit. Aber jede Neuigkeit war immer noch besser als gar keine.

»Nein, nichts Dramatisches. Ich wollte nur noch ein paar Worte mit Ihnen über Sinclair wechseln.«

Er und Maltravers gingen in Michaels Arbeitszimmer, und Tess brachte ihnen Kaffee.

»Je eingehender wir Sinclairs Geschichte überprüfen, desto stärker wird unser Verdacht«, sagte Jackson. »Das eigentliche Problem sind die großen Zeiträume darin, die sich nicht überprüfen lassen. Es sind fast dreieinhalb Tage, die er nicht belegen kann oder will. Er weiß inzwischen auch, was wir anfangen zu glauben, aber er liefert noch immer keinerlei Beweis, um seine Version zu untermauern. Ganz einfach gesagt, wenn es nicht Powell ist, dann könnte sich Mr. Sinclair sehr viel schneller auf dem Weg hierher zurück befinden, als er erwartet.«

Er ging noch einmal die Einzelheiten von Sinclairs Geschichte und die von der Polizei aufgedeckten Widersprüche durch.

»Kann sein, seine Behauptung, er habe sich seit einem Jahr nicht mehr mit Miss Porter getroffen, ist gar nicht gelogen. Aber es ist auch nicht übertrieben, einmal anzunehmen, daß er sie wenigstens bei einer der beiden Veranstaltungen bemerkt hat, auf denen sie waren, wie wir inzwischen wissen. Sie kannten sie wie kaum ein anderer, besser als die meisten. Fällt Ihnen *irgend etwas* im Zusammenhang mit Peter Sinclair ein? Mr. Madden will noch mehr Zeit auf Powells Verfolgung verwenden, bevor er Maßnahmen einleitet, aber ich bekomme allmählich das Gefühl, am Ende werden Leute von hier nach Los Angeles fliegen. Wenn Sie einen Beweis wüßten – oder jemanden, der ihn beibringen kann –, dann würde Mr. Madden schneller handeln.«

»Ich habe darüber ebenso nachgedacht wie über alle anderen Aspekte dieser ganzen Angelegenheit«, antwortete Maltravers. »Ich habe Freunde von ihr angerufen, von denen ich weiß, daß sie jeden Klatsch und Tratsch aufschnappen. Wenn da irgendwas herausgekommen wäre, hätte ich Sie unterrichtet. Glauben Sie, er lügt mit seiner Darstellung der Ereignisse während er hier war?«

»Ich glaube, er sagt uns nicht die ganze Wahrheit. Es stellt sich die Frage: Was verbirgt er vor uns?« Jackson verharrte einen Augenblick schweigend und starrte in seine Kaffeetasse.

»Es ist problematisch, weil die Dinge so verwickelt und sonderbar geworden sind, daß wir manches Grundlegende nicht mehr erkennen«, erklärte er schließlich. »Jede Untersuchung eines Mordfalls beginnt mit zwei einfachen Erwägungen – dem Motiv und der Möglichkeit. In Powells Fall kann man das Motiv nicht beurteilen, denn nur der liebe Gott allein weiß, was in dessen Kopf vorgeht. Die Möglichkeit hat er aber sicherlich gehabt. Er ist in Vercaster gewesen, und durch die Bäume am unteren Ende dürfte er leicht Zugang zum Garten des Dekans gehabt haben. Der gleiche Gedankengang trifft auf Sinclair zu. Wieder ist das Motiv unbekannt, aber solange wir nicht wissen, wo er sich ab Sonntagmittag aufgehalten hat, können wir nicht ausschließen, daß er hier war. Ein mögliches Motiv wäre natürlich Eifersucht. Ist er der Typ, der einen langen Groll hegt, wenn er abgewiesen wird?«

»Er ist eingebildet, er ist arrogant und er hält sich für Gottes Geschenk an die Frauen«, entgegnete Maltravers. »Aber wenn alle Männer, die so denken, gemeingefährliche Mörder wären, hätten Sie wirklich eine Menge zu tun. Bleibt auch das Problem, warum er den Dekan und den Bischof attackiert. Und uns natürlich.«

»Das gleiche gilt für Powell. Aber solange wir nicht wissen, welches Motiv dahintersteckt, stochern wir nur mit der Stange im Nebel. Bei Sinclair darf außerdem nicht übersehen werden, daß er Miss Porter kannte, und die meisten Mörder kennen ihre Opfer. Ist er ein guter Schauspieler?«

»Nicht so gut, wie er glaubt, aber recht talentiert. Warum?«

Jackson rieb sich die Augen und gähnte. »Ach, ich dachte nur eben an Make-up und Kostümierung, darüber dürfte er mehr wissen als die meisten Leute. Die Tatsache, daß ihn hier niemand gesehen hat, muß nicht unbedingt viel bedeuten, wenn man sie in diesem Licht betrachtet.«

Maltravers erinnerte sich an Tess' gelungene Nachahmung einer Frau aus Yorkshire in Belsthwaite. Sinclair besaß nicht so viel Talent wie sie, aber vielleicht doch genug, um Leute hinters Licht zu führen, die nicht direkt nach ihm Ausschau hielten – und das hatte niemand getan. Sonderbare Gesichter von dem Empfang im Refektorium, an die er sich nur noch schwach erinnern konnte, kamen ihm in den Sinn, und er überlegte, ob sie alle das gewesen waren, was sie zu sein schienen. Die Tatsache, daß Sinclair eine Möglichkeit zur Ausführung der Tat hatte, war sicher; ob sie auch von ihm genutzt wurde, mußte noch bewiesen werden. Sinclair tat jedenfalls nichts, um es zu widerlegen.

Jackson sah auf seine Uhr. »Mein Gott, schon so spät? Ich muß ein bißchen schlafen.« Er stand auf und streckte sich. »Na, wenigstens sind morgen die Festtage zu Ende. Es wäre schön, wenn alles andere auch zu einem Ende käme.«

FÜNFZEHNTES KAPITEL

Das düster überschattete Festival von Vercaster sollte am längsten Tag des Jahres enden.

Früh am Morgen, als die Sonne höher stieg und hochsommerliches Wetter versprach, sammelten sich allmählich die Menschen auf dem grünen Abhang der zur Kathedrale gehörenden Wiese. Die tiefe Stille wurde von Hammerschlägen zerrissen, denn man errichtete noch Stände für den mittelalterlichen Jahrmarkt, und es erhob sich murmelndes Stimmengewirr. Am Ufer des Flusses Verta hingen schlaff und bewegungslos Fahnen rings um die Kampfbahn, auf der ein Ritterturnier nachgespielt werden sollte. Aus dem Erfrischungszelt war das Klappern von Geschirr und das Plappern des Personals zu hören. Auf einer freien Stelle übte ein Narr in grün-golden kariertem Kostüm das Jonglieren hölzerner Kugeln. Ein kleines Mädchen schaute ihm mit dem Daumen im Mund zu. Bierfässer wurden angestochen und ihr Inhalt probeweise verkostet. Am Eingang des abgezäunten Geländes zählte ein Mann sorgsam seine verfügbaren Geldmittel.

Während die geschäftigen Geräusche zunahmen, wurde es auf der Grünfläche immer bunter. Man zog Spruchbänder auf, brachte Dekoration an, stellte Waren zur Schau. Mehr und mehr Menschen füllten den Platz, und langsam wuchsen Erwartung und Spannung. Zotiges Gelächter brach aus, als ein Mann von hinten ein Mädchen umfaßte, das als Nell Gwynne verkleidet war, um ihre Brüste zu drücken. Sie gab ihm im Spaß eine Ohrfeige, und ihre vorgetäuschten Protestschreie waren auf dem ganzen Feld zu hören. Auf der Spitze vom Talbot-Turm hißte ein Küster die Standarte des Heiligen Georg und blickte dann zwischen den Zinnen hindurch nach unten auf die winzigen Gestalten. Eine Frau erschien mit einem Bündel heliumgefüllter Ballons, die wie eine riesige, vielfarbige Eistüte an ihrer Hand hingen. Ein hellgrüner riß sich los und stieg unter den Rufen begeisterter Kinder schnell in den klaren blauen Himmel auf.

Kurz nach neun verabschiedete die Frau mit dem schwarzen Haar ihre Kinder, die in Begleitung des deutschen Au-pair-Mädchens zur Reitstunde gingen. Als sie ins Haus zurückkam, klingelte das Telefon, und sie nahm den Hörer im Schlafzimmer ab. Der Anruf kam aus Los Angeles.

»Peter, wie schön, dich zu hören! Ich habe überlegt, wann du anrufen würdest.« In den übertrieben süßen Tonfall mischte sich ein Schuß Galle. »Ich warte schon ewig darauf, daß du von dir hören läßt.«

»Dann weißt du also, was passiert ist?« Sinclairs Stimme klang nervös.

»Die Flüsterpropaganda am Theater kennt kein anderes Thema mehr, Liebling. Überall tauchen plötzlich Polizisten auf und stellen Fragen wie in einer Wahnsinnsversion der ›Mausefalle‹. Irgendwer erzählte mir, daß sie sogar dich vernommen hätten.«

»Dazu bestanden aus ihrer Sicht auch gute Gründe, nicht wahr, obwohl ich ihnen sagte, daß ich sie im letzten Jahr nicht gesehen habe.«

»Ach komm, Liebling, diese Lüge hat auch keinen Zweck, besonders nicht, wenn jemand zur Aussage verpflichtet ist.«

»Was meinst du damit?« bellte Sinclair.

»Wie war das denn mit dem Essen im Variety Club? *Ich* habe sie dort gesehen.«

»Du? Na, ich jedenfalls nicht. *Das* ist keine Lüge.«

»Ach, Peter«, sagte die Frau vorwurfsvoll. »Ich meine, ich glaube dir ja, aber denkst du wirklich, die Polizei wird es auch tun? Aber egal, vielleicht ist es nicht wichtig, die Zeitungen sind hier voll von diesem Mann Powell. Schließlich ist er der Mörder, oder?«

»Wenn die beschließen, daß er es nicht ist, kommen sie auf mich zurück. Wenn du mir aber ein Alibi gibst, dann ...«

»Hör mal zu, mein Jungchen!« Der Schuß Galle hatte jetzt den gesamten Tonfall mit Bitterkeit durchsetzt. »Du wirst mich da nicht hineinziehen. Falls du es doch versuchen solltest, nagle ich dich so fest, daß du nie wieder rauskommst, verstanden?«

»Du verfluchte kleine ...«

»Also Peter, du darfst mich wirklich nicht so gemein beschimpfen.« Ihr abrupter Wechsel zurück zu der vorherigen honigsüßen Ausdrucksweise klang jetzt penetrant bedrohlich. »Ich könnte dir das Leben sehr schwer machen.«

Sinclair wirkte allmählich verzweifelt. »Aber ich habe keine Erklärung für meine Rückkehr! Ich habe kein Alibi, es gibt keine Zeugen. Die Polizei glaubt mir nicht!«

»Und das wird auch sonst niemand tun. Ich meine, die Wahrheit darf nun wirklich nicht herauskommen, oder?«

»Sie fragen mich immerzu nach Dianas Schwangerschaft. Ich nehme an, daß inzwischen jeder davon weiß.«

»O ja, das stand in allen Zeitungen. Natürlich gebe ich nie etwas auf anzüglichen Klatsch – es sei denn, mein Mann vertraut mir zufällig ein Geheimnis aus dem Sprechzimmer an, und das behalte ich selbstverständlich immer für mich ..., nicht wahr?«

»Du konntest es gar nicht erwarten, mit mir darüber zu reden.«

»Na, mein Süßer, nach allem, was du mir über Diana erzählt hast, war ich sicher, daß du diese gute Nachricht hören wolltest. Ich dachte, du würdest ihr gern eine Karte schicken oder so.«

Plötzlich durchzuckte sie ein Gedanke. »Natürlich weiß die Polizei nicht, daß ich es dir gleich zu Anfang gesagt habe. Na, das würde sie schon sehr interessieren, was?«

»Aber du wirst es ihnen doch nicht erzählen, oder?«

»Wenn du versuchst, mich wegen des Alibis, das du so dringend brauchst, mit hineinzuziehen, könnte mir keine andere Wahl bleiben, Liebling. Du wirst also ein braver Junge sein und Tante Vicky nicht ärgern, oder? Ich bin sicher, daß dir eine Geschichte einfällt, die sie glauben. Schlaf gut. Tschüs.«

Sie lächelte vor sich hin, legte auf und ließ ihre Finger sachte über die Oberfläche des Telefons gleiten. Ein paar Augenblicke dachte sie nach, dann schaltete sie das Radio auf dem Nachttisch ein und zog sich an.

»Und falls Sie heute irgendwo in der Nähe von Vercaster sein sollten, achten Sie auf Umleitungen wegen des mittelalterlichen Jahrmarkts, der dort am Nachmittag stattfindet«, sagte der Sprecher. »Klingt ganz lustig, wenn Sie vorhaben hinzufahren. Ritter zu Pferde, Sondervorführungen, jede Menge Spaß für die Kinder. Und dazu auch noch dieser herrliche Tag. Vielleicht schaue ich sogar selbst mal vorbei. Nun aber, genau neun Minuten nach neun, kommt Neil Sedaka.« Die Frau sang die Schallplatte mit.

Im Punt Yard steigerte Rebecca die mit Händen zu greifende unwirkliche Atmosphäre noch, indem sie gleich nach dem Aufstehen verlangte, ihr Kostüm als Klein-Bo-Peep anziehen zu dürfen. Mit Kiepenhut, Rüschenkleid und einer an den Knöcheln zugebundenen Gamaschenhose stolzierte sie im Haus umher und hielt dabei einen Miniaturhirtenstab in der Hand, um den als Verzierung ein blaues Satinband geschlungen war. Sie sang unablässig in piepsend hoher und falscher Stimmlage Kinderreime, unterbrochen nur von der regelmäßigen Frage, wie lange es noch bis zur Eröffnung des Jahrmarkts dauere.

Maltravers, der mit Tess im Wohnzimmer saß, wurde angesichts der draußen zunehmenden Karnevalsstimmung immer ärgerlicher. Diese Fröhlichkeit setzte sich herzlos über jene grausigen Ereignisse hinweg, die wie eine düstere Wolke lange über der Stadt gehangen hatten, und nahm keine Rücksicht auf irgendwelche Gedanken an Diana. Unvermittelt und böse herrschte er Rebecca an, sie solle den Mund halten, worauf das erschreckte Kind weinend zu seiner Mutter rannte.

»Das war unverzeihlich«, sagte Tess empört. »Hör auf, es an der Kleinen auszulassen! Geh und sag, daß es dir leid tut.« Melissa blickte vorwurfsvoll zu ihm auf, als er die Küche betrat.

»Entschuldige bitte, Liebling«, wandte er sich an Rebecca, die das Gesicht im Schoß ihrer Mutter vergraben hatte. »Onkel Gus fühlt sich heute morgen nicht so gut. Los, komm, wir wollen mal sehen, was draußen los ist.« Sie blickte ihn einen Augenblick unsicher an und streckte ihm dann verzeihend die Hand entgegen.

Auf der Haustürschwelle blieben sie stehen, und Rebecca jauchzte voller Erstaunen, als ein Mann schwankend auf Stelzen vorbeilief, dessen Höhe noch durch rot-weiß gestreifte Hosen betont wurde. Er hörte sie, lächelte und lüftete zum Gruß seinen grotesk großen Hut. Maltravers wollte gerade die Tür hinter sich zuziehen, da kam ein Mann herbeigerannt und packte ihn am Arm: Es war Arthur Powell.

Im ersten Augenblick erkannte ihn Maltravers nicht. Sein Gesicht sah anders aus als auf dem Foto. Er hatte einen mehrere Tage alten Bart, und seine Wangen waren fleckig von Tränen. In der Hand hielt er einen silbernen Sturzhelm.

»Diana!« rief er. »Sie ist nicht tot! Sagen Sie mir, daß sie nicht tot ist! Sie kann doch nicht tot sein!« Seine Finger bohrten sich tief und schmerzhaft in Maltravers' Handgelenk. »Sagen Sie mir, daß es nicht wahr ist! Das sind alles Lügen in der Zeitung!«

Passanten, von denen viele mittelalterlich verkleidet waren, starrten in die Richtung, aus der seine schreiende, unverwechselbar walisisch klingende Stimme ertönte. Maltravers bemerkte, daß Rebeccas kleine Hand seine eigene fester gepackt hatte.

»Geh wieder zu Mami, Liebling«, sagte er, ohne sie anzusehen. Die Tür stand noch offen, und die Kleine trippelte zurück ins Haus. Powell starrte ihn weiter beschwörend an.

»Ist alles in Ordnung?« Ein Mann war von der anderen Straßenseite des Punt Yard herübergekommen, um nachzuschauen, was vorging.

»Wie bitte?« Maltravers fand endlich seine Stimme wieder. »Ja, ja, schon gut.« Er wandte sich erneut Powell zu. »Ich glaube, Sie kommen am besten herein.«

Während er zur Seite trat, um dem verzweifelten Mann den Vortritt zu lassen, kam Tess die Dielentreppe herunter und starrte ungläubig auf Powell, dem Maltravers folgte.

»Ruf Jackson an!« instruierte er sie und brachte Powell hinüber ins Wohnzimmer. Tess stürzte in den Arbeitsraum. Powell sank in einen Sessel und fing bitterlich an zu schluchzen. Als Melissa ins Zimmer geeilt kam und ihn erblickte, blieb sie wie angewurzelt stehen.

»Augustus!«

»Geh wieder zu Rebecca und bleibe bei ihr. Die Polizei ist schon unterwegs.« Zur gleichen Zeit warfen sich Jackson und zwei Wachtmeister in ein Auto, dessen Sirene durchdringend aufheulte, als es ruckend losfuhr.

Maltravers setzte sich vor Powell hin, der ihm sein schmerzerfülltes Gesicht zuwandte. Die Stimme war nur noch ein gebrochenes, qualvolles Krächzen.

»Es geht ihr gut, nicht wahr?« sagte er flehend. »Bitte sagen Sie, daß es ihr gut geht.« Seine Gefühle überwältigten ihn erneut, und er begann sich in Trauer zurück und nach vorn zu wiegen.

»Wo sind Sie gewesen?« fragte Maltravers behutsam. Er hegte gegen den gebrochenen Mann, der da vor ihm hockte, keinerlei Emotionen, am allerwenigsten Zorn.

»Zelten. Im Urlaub.« Powell schniefte laut. »In Wales und dann bei Wast Water.« Es war der trostloseste und einsamste Flecken, den Maltravers in England kannte.

»Sie haben gar nicht gehört, was passiert ist?«

Powell schüttelte heftig den Kopf. »Nein. Ich habe es erst heute früh in einer alten Zeitung in einem Café gelesen. Ich bin ein Einzelgänger, wissen Sie. Danach bin ich sofort hierher gekommen.« Er schaute Maltravers forschend an. »Es ist also wahr, ja?«

Maltravers nickte, und Powell sackte wimmernd in sich zusammen, dann fing er an, Dianas Namen ein um das andere Mal zu wiederholen. Tess war ins Zimmer gekommen und kniete nun bei Maltravers. Sie faßte hinüber und berührte Powells Hand.

»Sie haben ihr nichts zuleide getan, nicht wahr?« fragte sie sanft.

»Etwas zuleide getan!« Powell starrte sie entsetzt an. »Ich hätte ihr nie etwas getan! Verstehen Sie nicht? Ich habe sie geliebt! Ich habe ...« Tränen erstickten wieder seine Stimme. Draußen waren die quietschenden Bremsen eines Autos zu hören, gleich darauf ertönte an der Haustür ein eindringliches Pochen. Tess ging hin, um zu öffnen.

»Wo ist er?« bellte ihr Jackson entgegen. Sie deutete wortlos in Richtung Wohnzimmer, und er rannte, gefolgt von den beiden anderen Polizisten, dorthin.

Der Anblick von Maltravers und Powell, die einander ruhig in Sesseln gegenübersaßen, war nicht das, was er erwartet hatte.

»Sind Sie Arthur Wynn Powell?« fragte er in schroffem Ton.

Powell hob verblüfft den Kopf und nickte verständnislos. Jackson beugte sich herunter und packte ihn am Ellenbogen.

»Arthur Wynn Powell, ich bin Beamter der Polizei von Vercaster und habe Grund zu der Annahme, daß ein Zusammenhang zwischen Ihnen und der Entführung von Miss Diana Porter besteht. Ich nehme Sie hiermit unter dem Verdacht fest, diese Straftat begangen zu haben. Sie sind nicht zur Aussage verpflichtet, es sei denn, auf eigenen Wunsch. Aber alles, was Sie sagen, kann schriftlich festgehalten und als Beweismittel verwendet werden.«

Powell schwankte in seinem Sessel hin und her, bis er dann nach vorn fiel und Maltravers hinzusprang, um ihn zu stützen. Jackson packte seinen Arm noch fester und zog ihn hoch, bis er stand. Er war so hilflos und folgsam wie ein Kind.

»Kommen Sie mit«, sagte er, und in seiner Stimme lag unerwartet ein Anflug von Mitgefühl. Als er sich umdrehte und ihn abführen wollte, starrte Maltravers auf Powells Füße.

»Einen Moment noch«, sagte er und wandte sich Tess zu. »Ich wußte doch, daß wir in Belsthwaite etwas herausgefunden haben. Sieh dir seine Schuhe an.«

Alle Blicke, auch die Powells, wandten sich nach unten.

»Sie sind aus Plastik, nicht wahr?« fragte Maltravers, und Powell nickte stumm. »Wie die Sandalen, die uns der Filialleiter des Supermarktes gezeigt hat. Nachdem man uns erzählt hatte, daß Sie streng vegetarisch leben. Sie sind doch ein richtiger Vegetarier, oder? Natürlich.« Er seufzte und stand auf. »Tut mir leid David, aber das ist nicht Ihr Mörder. Ein echter Vegetarier wird unter keinen Umständen bewußt an der Vernichtung von Leben mitwirken. Die würden nicht mal Leder tragen.« Er schaute Powell an. »Ich weiß, daß Sie Diana nicht umgebracht haben. Ich weiß nicht, wer es gewesen ist, aber Sie waren es nicht.«

Jackson übergab den widerstandslosen Powell an die beiden Wachtmeister. »Warten Sie im Wagen«, sagte er und verfolgte, wie Powell hinausgeführt wurde, bevor er mit Maltravers sprach. »Sie glauben wirklich, er ist unschuldig?«

»Ich bin sogar fest überzeugt davon. Madden muß es ja nicht glauben – Sie vielleicht auch nicht –, und er könnte Schwierigkeiten haben, ein Alibi vorzuweisen. Aber sehen Sie ihn sich an. Das ist ein tieftrauriger, verwirrter Mensch. Er sagte, er habe Diana geliebt, und ich weiß genau, was er meint. Er hat sie mit einer Art von besessener Leidenschaft verehrt, wie sie sehr häufig Berühmtheiten und der Schickeria entgegengebracht wird. Sie war die Frau seiner Phantasie, und er muß sich vorgestellt haben, alles mögliche mit ihr anzustellen. Aber im wirklichen Leben hätte er nicht einmal den Mut dazu aufgebracht, sie anzusprechen. Nehmen Sie dazu seine Überzeugung als Vegetarier, und er ist einfach nicht Ihr Mörder.«

»Nichts davon hält als Beweis stand.«

»Vielleicht nicht.« Maltravers zündete sich eine Zigarette an. »Und er hat mit an Sicherheit grenzender

Wahrscheinlichkeit keine Zeugen, die bestätigen, wo er in den letzten Wochen gewesen ist. Aber versuchen Sie nicht, mir einzureden, daß dieser erbarmungswürdige kleine Waliser die Frau umgebracht hat, die er liebte.

Es steht mir nicht zu, Sie über Ihren Job zu belehren«, fügte er noch hinzu, als Jackson ging, »aber ich hoffe, Sie sind nicht zu streng mit ihm. Daß Sie soviel Zeit verschwendet haben, ist nicht seine Schuld.«

Als sich die Tür hinter Jackson schloß, kamen Melissa und Rebecca aus der Küche ins Zimmer. Das kleine Mädchen rannte auf Maltravers zu. »Los, Onkel Gus«, bat sie. »Wir sehen uns den Jahrmarkt an. Du hast es versprochen.«

Mit dem Beginn der Vernehmung Arthur Powells wurde auch sein im Punt Yard geparktes Motorrad mit dem Seitenwagen von einem Polizeitransporter abgeholt, um es auf eventuelle Spuren zu untersuchen, die darauf hindeuteten, daß es für den Transport von Körperteilen Dianas benutzt worden war. Powell, der völlig benommen war und wie ein Mann in Trance herumlief, wurde in einen Verhörraum gebracht und noch einmal in aller Form über seine Rechte belehrt.

»Wünschen Sie eine Aussage zu machen?« fragte ihn die Inspektorin Ruth Barrett. »Sie sind nicht zur Aussage verpflichtet, es sei denn, auf eigenen Wunsch. Aber alles, was sie sagen, wird schriftlich festgehalten und kann als Beweismittel verwendet werden.«

Die Worte schienen keinen Eindruck auf Powell zu machen, der mit leerem Blick auf die Tischplatte starrte.

»Wünschen Sie die Anwesenheit eines Anwalts?« Powell schüttelte schweigend den Kopf und fing kurz darauf an, leise zu sprechen.

»Ich werde Ihnen sagen, wie es in Wirklichkeit war.« Er redete zwanzig Minuten lang, und eine Polizistin stenographierte mit. Dann brachte man ihn in eine Zelle des Polizeireviers, wo er etwas zu essen erhielt. Seine Aussage wurde mit der Schreibmaschine abgetippt und Madden vorgelegt. Sie entsprach genau dem, was Maltravers gesagt hatte.

Powell war zuerst durch das Aktfoto in der Zeitung auf Diana aufmerksam geworden, und die davon in seiner Phantasie geweckten Vorstellungen – nicht nur sexueller Natur – faszinierten ihn. Der Brief, den er ihr geschrieben hatte, stellte einen seiner plumpen und unausgegorenen Versuche dar, sich zu artikulieren; das erwähnte Messer war für ihn nur ein anderes Objekt irrationaler Hingabe. Vercaster hatte er besucht, weil er sie einmal im wirklichen Leben sehen wollte. Was ihn anging, so hätte sie im Chapter House das Telefonbuch rezitieren können, er wäre es zufrieden gewesen. Am Nachmittag darauf lauerte er dann im Punt Yard, um noch einen Blick von ihr zu erhaschen, bis er gewahr wurde, daß Maltravers ihn bemerkt hatte. Anschließend war er einfach in Urlaub gefahren.

Zwei Wochen lang hatte er keine Zeitung gelesen und nicht Radio gehört. Die Einsamkeit bei seinem Aufenthalt an den verlassensten Orten, die er finden konnte, und das Meiden der Gesellschaft anderer Menschen wurden ihm durch die Erinnerung an den Anblick Diana Porters erträglich, an jene ferne, unberührbare und von jeder Bedrohung freie Ersatzperson für eine normale zwischenmenschliche Beziehung. Er hatte sich auf dem Gelände von Nationalparks aufgehalten und niemanden um Erlaubnis zum Zelten gefragt. Obwohl er sich erinnerte, gelegentlich von Wanderern gesehen worden zu sein, gab es keine Zeugen dafür, wo er gewesen war. Nachdem er von den Ereignissen gelesen hatte, kam er vor Erschütterung instinktiv nach Vercaster zurück, so schnell er konnte, denn er hoffte, irgendwer im Punt Yard würde ihm erklären, das alles gar nicht wahr sei.

Er hatte kein Alibi und keinen Menschen, der seinen Aufenthalt zu bezeugen vermochte. Leise, unablässig und gleichförmig wiederholte er, unschuldig zu sein und Diana Porter keinerlei Leid zugefügt zu haben. Schließlich fiel er in ein brütendes Schweigen; seine Gedanken waren düster überschattet von einem tiefen persönlichen Haß gegen denjenigen, der seine private Göttin vernichtet hatte. Er unterzeichnete seine Aussage in einer Weise, die sich kaum von der exakten und konzentrierten Handschrift eines Kindes unterschied.

Madden war wütend und frustriert. Zwei Wochen sorgfältiger Polizeiarbeit schienen sich in nichts aufzulösen. Der erste Bericht über Powells Motorrad besagte, daß sich daran keine Spur von Blut und auch sonst nichts Belastendes fand. Und aus Speichelproben war zu entnehmen, daß er nicht die Päckchen an den Dekan und den Bischof geschickt hatte. Madden ordnete an, daß zwei Beamte nach Los Angeles fliegen sollten, und stolzierte dann im Einsatzraum herum. Inmitten von Aktenordnern, Mappen, Berichten und anderem bunt gemischten Material der Fahndung nach Powell hörte ihm sein Team fügsam und ausgelaugt schweigend zu.

»Es ist möglich, ja vielleicht sogar wahrscheinlich, daß Hunderte Stunden Polizeiarbeit und Tausende Pfund aus öffentlichen Mitteln verschwendet worden sind.« Madden blickte sich so finster im Raum um, als mache er jeden persönlich für die Situation verantwortlich. »Falls sich nicht doch noch ein tragfähiger Beweis dafür findet, daß Arthur Powell ein ausgesprochen cleverer Mörder ist, stellt sich die Lage so dar, als ob wir annähernd zwei Wochen nach Miss Porters Verschwinden dem Täter oder den Tätern keinen Schritt nähergekommen sind. Ich habe vom Polizeipräsidenten persönlich die Genehmigung erhalten, diese Einsatzgruppe wenn nötig durch Beamte anderer Einheiten zu verstärken. Wie hart Sie auch bisher gearbeitet haben mögen, ich erwarte, daß Sie von nun an doppelt so hart arbeiten. Frau Inspektor Barrett, Sergeant Jackson, Sergeant Neale – in mein Büro.« Mit einem letzten zornigen Blick verließ Madden den Raum, und seine Zuhörer entspannten sich zusehends.

Als Jackson und die anderen Maddens Büro betraten, wandte er ihnen den Rücken zu und starrte aus dem Fenster auf den vorbeiflutenden Straßenverkehr. Sie standen unsicher in einer Reihe und warteten darauf, daß er zu sprechen begann.

»Sorgen Sie dafür, daß Powells Geschichte überprüft wird«, sagte er, ohne sich umzudrehen. »Er hat uns erzählt, wo er gewesen sein will. Fragen Sie bei den zuständigen Dienststellen nach, ob die jemanden auftreiben können, der imstande ist, seine Darstellung zu bestätigen.« Langsam drehte er sich um und blickte sie an. »Unter uns, ich bin noch nicht ganz bereit zu glauben, daß wir hier nur eine monströse und lächerliche Jagd nach einem Phantom veranstaltet haben, obwohl er vielleicht genau die ausgelöst hat.«

Jackson überlegte, ob Madden womöglich nach einem Weg suchte, um den glücklosen Powell für die Zeitverschwendung bei der Polizei zu belangen.

»Wenn dies nun aber der Fall sein sollte«, fuhr Madden mit steinerner Miene fort, »haben wir nur noch einen bekannten Verdächtigen – diesen Sinclair. Neben den Ermittlungen dazu eröffnet sich jedoch unmittelbar eine weitere Möglichkeit.« Er setzte sich.

»Ich wünsche, daß heute nachmittag sämtliche verfügbaren Zivilbeamten zum Jahrmarkt und heute abend zur Abschlußvorstellung dieser Mysterienspiele geschickt werden. Alle, die in Vercaster irgendwie mit der Angelegenheit zu tun hatten, werden dort sein, insbesondere die engeren Bekannten von Miss Porter.« Er zögerte, damit sich die Bedeutungsschwere seiner Bemerkung setzen konnte. Es war eine Rückkehr zu dem grundlegenden und verläßlichen Prinzip, demzufolge Mörder fast ausnahmslos ihre Opfer kannten.

»Ich werde es entsprechend einrichten und heute abend persönlich von der Bühne aus die Aufführung verfolgen. Sie dürfen beruhigt sein, daß ich ebenso wachsam meinen Dienst versehe wie jeder andere auch. Das ist alles.«

In der Erkenntnis, daß ihm Powell entgleiten konnte, und noch immer davon überzeugt, mit Sinclair kaum den richtigen Verdächtigen gefunden zu haben, wandte sich Madden nochmals einem Namen zu, der ihm nie ganz aus dem Sinn gegangen war: dem von Augustus Maltravers.

Die Wiese vor der Kathedrale war ganz von Lärm, Geschäftigkeit, Lachen, Musik und Bewegung beherrscht. Mit einer Urkunde in der Hand kam Klein-Bo-Peep voller Freude über den Rasen zu ihren Eltern gelaufen.

»Ich hab gewonnen, Mama! Ich hab gewonnen!« Sie hatte tatsächlich den zweiten Platz hinter einem kleinen Jungen belegt, der als Darth Vader kostümiert und, wie Maltravers argwöhnte, der Enkel von Stadtrat Hibbert war. Aber jede Art von Preis bedeutete für Rebecca einen Sieg. Aus einem Lautsprecher an einer Stange in ihrer Nähe gab eine blecherne Stimme bekannt, daß die Ritter in Kürze mit dem Turnier beginnen würden, und sie bahnten sich einen Weg hinunter ans Flußufer.

»Ich muß immer noch an diesen traurigen kleinen Mann denken«, sagte Tess. »Er ist auch nur ein Opfer von all dem.«

»Ich frage mich, ob Madden das auch so sieht«, erwiderte Maltravers.

Sie hatten den Rand eines mit Seilen abgesperrten Geländes erreicht, auf dem ein Mann die Kämpen vorstellte, die, um die Wirkung zu erhöhen, in »Gute« und »Böse« aufgeteilt waren. Sie wurden auf der einen Seite von Sir Geoffrey of Leicester angeführt, der, wie es sich gehörte, chevalereske Sittsamkeit ausstrahlte, und auf der anderen von dem ebenso angriffslustigen wie unflätigen Schwarzen Ritter. Als ihn die Menge ausbuhte, machte er ein grimmiges Gesicht und reagierte sich an seinem zwergenhaften Knappen ab, indem er ihm unnötigerweise einen Tritt versetzte. Die Ritter ihres Gefolges lieferten sich einen atemberaubenden Kampf nach kunstvoll eingeübtem Programm, danach galoppierten die beiden Feldherren donnernd aufeinander los. Der Schwarze Ritter wurde aus dem Sattel geworfen und rannte wütend an die Seite der Arena, von wo er einen beängstigend echt aussehenden Zweihänder holte und ihn mit herausforderndem Brüllen gegen seinen schimmernden Widersacher schwang. Sir Geoffrey stieg ab, ergriff eine gleichwertige Waffe, und die Menge verstummte, während das klirrende Geräusch der schweren Klingen die Kampfbahn erfüllte. Was wie ein harmloses Unterhaltungsstück begonnen hatte, wirkte plötzlich zermürbend echt in seiner Gewalttätigkeit.

»Sie haben ihn, wie ich hörte?« sagte eine Stimme hinter Maltravers' Schulter. Es war Jeremy Knowles.

»Wie bitte? Ach so ... ja, Powell. Woher wissen Sie das?«

»Ich hatte heute vormittag auf der Polizei zu tun. Gegen den Sohn eines meiner Klienten wird wegen Drogenbesitzes ermittelt. Das ganze Haus sprach davon. Sie müssen sehr erleichtert sein.«

»Eigentlich nicht.« Maltravers trat von dem Seil zurück, so daß er sich besser mit Knowles unterhalten konnte, und fing an, es ihm zu erklären.

»Und Sie waren ganz sicher, daß er die Wahrheit gesagt hat?« fiel ihm Knowles ins Wort.

»Absolut. Der Mann ist genauso unschuldig wie Sie oder ich.«

»Das erklärt auch, warum Mr. Madden so übel gelaunt war, als ich ihm auf dem Korridor begegnete. Wie machen sie nun weiter?«

Ihre Stimmen gingen in einem vielfachen Buh unter, weil der Schwarze Ritter gerade eine neue Übeltat verübt hatte, und beide drehten sich um, damit sie etwas sahen. Furios galoppierten die beiden Ritter aufeinander zu, die Banner, mit denen ihre Pferde geschmückt waren, knatterten wild. Sie waren nur noch wenige Meter voneinander entfernt, als ein riesenhafter Mann im Lederwams gebieterisch dazwischentrat. Er hob brüllend ein Schwert und trennte die beiden. Eines der Pferde bäumte sich heftig auf, und in seinen hocherhobenen Hufen spiegelte sich kurz die Sonne, bevor sie nur Zentimeter neben dem Schiedsrichter niederstampften.

»Das hätte aber ungemütlich werden können!« sagte Knowles. »Normalerweise achten sie auf einen größeren Sicherheitsabstand.«

»Dann haben Sie sie also schon mal gesehen?«

»O ja, sie sind hier in der Gegend eine sehr populäre Attraktion. Der Schwarze Ritter ist mein Bruder. Natürlich haben sie alles abgesprochen wie bei einem Ringkampf – er muß am Ende unterliegen.« Er lächelte sardonisch. »So wie ich heute abend.«

Maltravers besah sich den Schwarzen Ritter noch einmal und erkannte nun die Ähnlichkeit. Als er sich wieder umdrehte, ging Jeremy Knowles eilig davon. In der Arena gab man bekannt, daß es eine Unterbrechung geben würde, damit sich die Gemüter wieder beruhigen konnten, bevor das abschließende Handgemenge begann.

Den restlichen Nachmittag bummelten sie über den Jahrmarkt. Maltravers kaufte Tess am Stand der Kathedrale eine Brosche in der Form des Talbot-Turms.

»Als Erinnerung an Vercaster«, sagte er und machte die Nadel an ihrem Kleid fest.

»Davon habe ich eine Menge«, erwiderte sie.

Als sie gerade der Kapelle aus Vercasters französischer Partnerstadt zuhörten, die unter einer zeltartigen Markise spielte, so daß die Musiker trotz des strahlend heißen Sonnenlichts im Schatten saßen, trat Jackson zu ihnen.

»Hat Powell Madden schon überzeugt?« fragte ihn Maltravers.

»Vielleicht sollte man sagen, Mr. Madden hegt ernste Zweifel. Wir warten noch immer auf eine Nachricht aus Wales oder dem Lake District, die seine Geschichte bestätigen könnte. Aber ich bin Ihrer Meinung – ich kann mir nicht vorstellen, daß er es getan hat.« Ein Polizist in Uniform spazierte vorbei und ignorierte ihn bewußt. »Im Augenblick konzentrieren wir unsere Bemühungen an diesem Ort. Wie Mr. Madden sagt, sind alle Hauptpersonen hier. Ich habe schon die gesamte Geistlichkeit gesehen und auch verschiedene andere Leute, die bei der Vorstellung im Chapter House zugegen waren.«

Maltravers blickte sich um und bemerkte, daß sich der Dekan näherte. Er trug Gamaschen.

»Glauben Sie, daß sich unter denen der Mörder befindet?« fragte er Jackson.

»Irgendwo muß er sein.« Jackson verschwand still und heimlich wieder in der Menge, als der Dekan mit ernstem und teilnahmsvollem Gesicht bei ihnen ankam.

»Unser Fest muß Sie recht schmerzlich berühren«, sagte er.

»Dies durchzustehen nennt meine Schwester ›sich britisch benehmen‹.« Maltravers schaute den Dekan schuldbewußt an. »Wissen Sie schon, daß Powell aufgetaucht ist?«

»Domherr Cowan hat mir heute morgen erzählt, was passiert ist. Es liegt eine gewisse Ironie darin, daß die Ereignisse, von denen wir annahmen, sie würden alles aufklären, die Dinge anscheinend noch schlimmer gemacht haben.« Der Dekan schien außerstande, noch etwas zu sagen. Er lächelte Tess zu, entschuldigte sich und ging davon.

Langsam verstrich der Nachmittag mit seinen Farben und Kakophonien. Zweimal sah Maltravers Jackson, der jeweils leise zu Leuten sprach, von denen anzunehmen war, daß es sich um Beamte in Zivil handelte. Gelegentlich entdeckte er in der Menge auch weitere Männer und Frauen, die sich von dem Karneval ringsum abhoben und deren Blicke mit unnatürlicher Schärfe die Gesichter der Leute musterten. Durch den mittelalterlichen Jahrmarkt verlief ein tiefer Schnitt: Es war die Tätigkeit der Polizei.

Als der Reiz des Neuen zu verfliegen begann, flauten auch Rebeccas Kräfte ab, und Müdigkeit übermannte sie. Deshalb machten sich alle auf den Weg zurück in den Punt Yard. Sie kamen an einer Galerie aufsteigender Sitzplätze vorbei, die auf einem Podest gegenüber einer hölzernen Bühne an der Südseite des Refektoriums errichtet worden war.

»Hier werden wir heute abend sein«, sagte Melissa. »Zu den Mysterienspielen. Das sind die Plätze für das Organisationskomitee und für geladene Gäste. Alle anderen sitzen auf dem Rasen.« Sie schaute einen

Augenblick lang auf die leeren Sitze und die Bühne. »Dann ist Gott sei Dank alles vorüber.« Fernab, am anderen Ende des Geländes, erhob sich ein Johlen: Die guten und die bösen Ritter nahmen ihren letzten gnadenlosen Kampf auf.

Als sie am frühen Abend wiederkamen, hatte die Menge den Jahrmarkt verlassen, und die im heraufziehenden Dämmerlicht liegende Wiese war von ihren Hinterlassenschaften übersät. Pfadfinder sammelten Abfall, ein zusammengestürztes Festzelt lag nur noch als Haufen zerknüllter Leinwand herum, und Stände wurden wieder zerlegt. Alle Tätigkeiten ruhten jedoch, als es Zeit für den Beginn der Theateraufführung war. Nur weit entfernt, am anderen Ufer der Verta, arbeitete eine Handvoll Leute weiter auf einem Gerüst, an dem man die Feuerwerkskörper befestigt hatte, die den Abschluß des Ganzen bilden würden.

Zwischen dem Podest mit den Sitzen und der Bühne befand sich ein weiter Zwischenraum, den allmählich Zuschauer füllten, die ihre Plätze auf dem Rasen einnahmen. Maltravers und Tess saßen unmittelbar hinter dem Bischof und seiner Frau. Der Bischof drehte sich um und sprach mit ihnen.

»Ich habe gehört, was heute passiert ist«, sagte er diskret, während sie sich nach vorn beugten. »Es tut mir sehr leid.«

Unter den Besuchern auf dem Podium herrschte eine auffallend unbehagliche Atmosphäre. Im Gegensatz zu den plappernden Leuten unten im Gras lastete auf ihnen eine betretene Stille. Das Warten auf den Beginn der Vorstellung machte die Konversation zunehmend schwierig.

»Es ist sehr schade, daß diese Stücke nicht von Angehörigen der alten Zünfte dargeboten werden, die sie ursprünglich aufgeführt haben.« Der Bischof tat sein Bestes, um die von allen wahrgenommene Anspannung zu lockern, indem er sich mit dem Dekan zu seiner Linken unterhielt. »Noahs Sintflut boten damals die Fährleute von der Verta dar, und die Tischler spielten die Kreuzigung – eine offenkundige Ironie. Ich entsinne mich nicht mehr an alle. Die Gerber führten die Versuchung auf, die Weber das Jüngste Gericht und die Handschuhmacher die Anbetung der Heiligen Drei Könige. Heute bestünde die Schwierigkeit natürlich darin, genügend Angehörige dieser Gewerke zu finden. Wer hatte die Schöpfung dargestellt? Die Bäcker, glaube ich. Das hätte man möglicherweise noch zuwege bringen können.«

Maltravers warf einen kurzen Blick über die Sitzreihen, die jetzt nahezu vollständig besetzt waren. Alle Geistlichen der Kathedrale hatten sich eingestellt, und es waren noch verschiedene andere Gesichter dabei, an die er sich aus dem Chapter House und von der Gartenparty des Dekans her erinnerte. Seine Blicke wanderten weiter und blieben an Madden im hinteren Teil hängen, der ihm, beinahe unhöflich, nur erkennend zunickte. Dann schaute er hinunter zu der Menschenmenge auf dem Rasen, wo er Jackson wahrzunehmen meinte. Doch wie alle anderen auch, kehrte ihm die Gestalt den Rücken zu. Unerwartet erhellte ein Scheinwerfer, der auf dem Dach des Refektoriums hinter ihnen installiert war, die Mitte der Bühne. Die Stimmen wurden leiser, und die Vorstellung nahm ihren Anfang.

Eine Gruppe von etwa dreißig Männern und Frauen, die Priesterröcke trugen, kam dichtgedrängt herein, teilte sich, und nun war Jeremy Knowles zu erkennen. Sein Kostüm wirkte fast wie eine Karikatur vom klassischen Erscheinungsbild des Teufels, mit spitzem Schwanz, gebogenen Hörnern und Dreizack. Wie eine Spinne kroch er zur Vorderfront der Bühne, betrachtete langsam und eindringlich das gesamte Publikum und umfaßte dann alle in einer gemessenen bogenförmigen Gebärde seines Dreizacks, als umschlösse er sie mit einem Netz des Bösen, wobei er wissend und zufrieden lächelte. Anschließend fuhr er herum und streckte die Arme zu der Gruppe empor, die ähnlich einem Chor hinter ihm Aufstellung genommen hatte. Wie ein furchtbarer Dirigent brachte er sie zum Sprechen.

»Kreuzigt Ihn!« riefen sie einstimmig und gehorsam. Der Teufel drehte sich wieder um und verbeugte sich vor seinem Publikum als Zeichen der meisterlichen Macht, die er über den Menschen gewonnen hatte.

Die Laienspieler aus Vercaster, von denen Maltravers schon zuvor beeindruckt gewesen war, steigerten sich bei ihrer Darstellung der abschließenden schrecklichen Vorgänge der christlichen Legende zu noch größerer Kunstfertigkeit. Sie zeigten Christus – betrogen und verlassen, verzweifelt am Kreuze weinend und tot zusammensinkend, bevor er dann triumphierend aus dem Grabe auferstand. Aber dem Teufel mußte es noch heimgezahlt werden.

Der schlichte Bühnenhintergrund fiel plötzlich zu Boden, und buntes Scheinwerferlicht tanzte auf gemalten Flammen, zwischen denen sich Knowles wand wie eine angriffsbereite Schlange. Zwischen den beiden Hauptakteuren schwankte eine Gruppe von Seelen verwirrt hin und her, mal versucht von der Gerissenheit des Teufels, dann wieder angezogen von Gottes Verheißung. Als aus Knowles' Überredungsversuchen schließlich Drohungen wurden, versammelten sie sich hinter Christus, der in seinem weißen Gewand die Arme hob und dadurch einen langen Schatten über den Widersacher warf. Knowles fing an zu toben, seine Stimme ging in ein Kreischen über.

»Wo ist meine Macht?« schrie er, taumelte zurück und brach zusammen. Während sich alle Augen auf ihn hefteten, krümmte er sich am Boden wie ein Mann, der von einem Anfall geschüttelt wurde. Plötzlich öffnete sich der Boden unter ihm – in der Bühne befand sich ein Loch, abgedeckt mit einem Stück Leinwand – und verschluckte ihn mit einem lauten Knall und einem Ausbruch von blutrotem und violettem Rauch, aus dem die Gestalt Gottes hervortrat. Es war der Anbruch des Jüngsten Tages.

Tess, die von dem spektakulären und einfallsreichen Theaterstück ebenso gefesselt war wie alle anderen, spürte, daß Maltravers heftig ihre Hand ergriff. Sie drehte sich zu ihm um und sah, wie er schockiert und erstarrt dasaß.

»Allmächtiger Gott!« sagte er. »Wo ist er, verdammt noch mal?«

Er sprang auf, schaute sich hastig um und stieß grob sämtliche Leute beiseite, die zwischen ihm und der Treppe standen, die vom Podest hinunterführte. Ihre empörten Protestrufe ignorierte er. Hinter ihm erhob sich auch Madden, und von der Bühne blickte der Darsteller Gottes herab, verunsichert durch den Lärm. Maltravers sprang die Stufen mit einem Satz hinunter und verzog das Gesicht, als der Schmerz bei der Landung wieder in sein Bein schoß. Dann aber überwand er sich und rannte um das Chapter House herum zurück in den Punt Yard. Er hämmerte an die Tür, bis ihm Jenny öffnete. Oben hörte er, wie die im Schlaf gestörte Rebecca weinte.

»Ist irgend jemand hiergewesen? Hast du irgendwas gehört?« Die Eindringlichkeit seiner Stimme verschlug dem Mädchen die Sprache, und es schüttelte nur verdutzt den Kopf.

»Verdammter Kerl!« Maltravers blickte sich hilflos auf der Straße um. »Mach die Tür nicht mehr auf!« ordnete er an und hastete zurück in Richtung des südlichen Querschiffs.

Seine Schritte hallten durch den Pfarrweg, als er zu der Tür rannte, die ins Chapter House führte. Er drehte den Griff und drückte heftig dagegen, aber sie war verschlossen. Er lief durch den stillen Kreuzgang zurück und stürzte in den südlichen Mittelgang der Kathedrale selbst. Das mächtige, gewölbte Hauptschiff war leer. Verzweifelt sah er sich um und rang nach Atem. Trotz seiner Verwirrung wußte er nun, daß seine Suche keiner Logik folgte. Niemand war zu sehen. Er raste durch die Kirche und durch das Westportal hinaus, um schließlich auf dem Treppenpodest vor der Kathedrale stehenzubleiben. Als er sah, wie leer es auch draußen war, wurde er vor Ungeduld und Frustration noch wütender. Schon wollte er dorthin zurücklaufen, wo die Theatervorstellung inzwischen weiterging – da hörte er hinter sich ein knarrendes

Geräusch. An der einen Seite des Portals befand sich die Tür, die zum Talbot-Turm führte. Gewöhnlich war sie verschlossen, doch jetzt bewegte sie sich leicht in ihren alten Angeln.

Er kletterte die enge Treppe hinauf, die sich wie ein Korkenzieher durch das Mauerwerk nach oben bohrte, und stieß dabei mit den Schultern gegen die Wände. Die Stufen, in Jahrhunderten abgenutzt, wiesen halbrunde Vertiefungen auf, über die er mehrere Male fluchend stolperte. Er kam auch an der Stelle vorbei, wo eine Tafel daran erinnerte, daß dort Bischof Talbot zusammengebrochen und verstorben war. Oben endete die Treppe an einer niedrigen, gewölbten Tür mit einem Riegel, der durch einen rostigen Ring aus gedrehtem Eisen geöffnet werden konnte. Er packte zu, drehte ihn herum, stieß die Tür auf und betrat keuchend die hölzerne Plattform auf der Spitze des Talbot-Turms.

An dem Seil des Fahnenmastes in der Mitte hing Dianas Kopf – mit dem langen Haar daran festgebunden. Auf der anderen Seite kauerte in einer Aussparung der Zinnen eine Gestalt, die ihm den Rücken zuwandte.

»Du elendes Schwein!« stieß Maltravers mit brennender Lunge hervor.

Matthew Webster drehte den Kopf herum, sein Gesicht war von Irrsinn und Wut verzerrt.

»Elend?« kreischte er zurück. Sein Arm schoß hoch, und mit zitterndem Finger zeigte er anklagend auf Dianas Kopf. »*Sie* war elend und böse! Sie hat Gott in Seinem eigenen Hause verspottet und dabei Ihre blasphemischen Worte benutzt!«

Maltravers wurde von plötzlicher Schwäche befallen und sackte seitlich gegen die Tür. Ihm war schlecht. Für einen langen Augenblick sahen sich die beiden Männer über die sechs Meter hinweg an, die sie voneinander trennten.

»Geben Sie auf«, sagte Maltravers. Er richtete sich mit einem Ruck hoch und ging langsam auf den Fahnenmast zu. Sein Gesicht war voller Trauer. Webster warf ihm einen letzten, zutiefst unversöhnlichen Blick zu und verschwand. Maltravers sprang mit einem Satz an die Brüstung und blickte hinunter. Er sah, wie Webster mit dem Gesicht nach oben auf einem der Strebepfeiler an der Nordseite aufschlug, und hörte das Knacken, als sein Rückgrat brach. Ein paar Sekunden lang blieb der Körper dort wie eine Flickenpuppe liegen, dann rutschte er langsam an der Schräge der Strebe hinab zu Boden. Maltravers hörte hinter sich einen Schrei. Tess stand in der Tür, ihr Gesicht war von dem schrecklichen Anblick wie versteinert. Während sie die Augen abwandte und mit den Händen bedeckte, ging er zu ihr hinüber und nahm sie in den Arm. Behutsam strich er ihr über das Haar.

»Schon gut«, sagte er leise. »Jetzt ist alles vorbei.«

Unten war das Mysterienspiel zu Ende, und fünfhundert Stimmen erhoben sich freudig zum Gesang von Blakes »Jerusalem«. Über die Verta hinweg hörte man das Knattern des Feuerwerks, und drei große Raketen schossen empor, die nach ihrer Detonation am Himmel weiße Chrysanthemen aus Licht bildeten.

»Los, geh runter.« Maltravers drehte Tess um, so daß sie den Fahnenmast nicht sehen konnte. »Ich komme gleich nach.« Sie ging zur Tür zurück und begann langsam, die Treppen hinunterzusteigen.

Maltravers band Dianas Haar los und wickelte den Kopf in sein Jackett. Als er sich umdrehte, um Tess zu folgen, fiel sein Blick auf ein Trümmerstück, in dem ein Feuerstein von der Größe eines Tennisballs eingeschlossen war. Er hob es auf und nahm es mit hinunter. Auf halbem Wege traf er Jackson, der ihm ins Gesicht blickte und dann wortlos umkehrte. Am Portal gab er ihm das Jackett.

»Öffnen Sie es nicht hier«, sagte er. »Wo ist Tess?«

»Sie ist in die Kathedrale gegangen. Was ist das?«

Er betrachtete das Stück Stein in seiner Hand und ging dann dorthin, wo das Mauerwerk aufbewahrt wurde, das vom Turm herabgefallen war. Das Stück, von dem er getroffen worden war, lag obenauf. Er besah es sich, drehte es um und steckte dann das Teil aus seiner Hand in eine Aussparung am Rande.

»Sie haben mich danach gefragt, als wir durch irgend etwas unterbrochen wurden«, erklärte er. »Er hat versucht, auch mich umzubringen.«

Als Maltravers das Hauptschiff betrat, hockte Tess als einsame, gebeugte Gestalt auf einem Stuhl am Mittelgang. Er ging leise zu ihr und setzte sich neben sie. In der Hand hielt sie die Talbot-Turm-Brosche. Sie hatte das Schmuckstück von ihrem Kleid abgenommen und bog es gewaltsam hin und her. Unvermittelt brach es entzwei. Einen Augenblick lang starrte sie auf die Teile, dann vergrub sie ihren Kopf in Maltravers' Schulter. Er legte den Arm um sie. Ihr Schluchzen erfüllte das stille Bauwerk.

SECHZEHNTES KAPITEL

In der oberen Etage von Matthew Websters Haus gab es ein kleines, verschlossenes Zimmer, in dem die Polizei die verstümmelten Überreste Diana Porters fand. An ihrem Kleid war mit einer Stecknadel ein weiterer Bibeltext befestigt, dieses Mal aus dem 2. Buch Mose, Kapitel 22, Vers 18: »Wer bei einem Vieh liegt, der soll des Todes sterben.« Neben der Leiche lag ein Fleischerbeil, dessen hölzerner Griff Blutspuren aufwies.

Auf dem Nachttisch lag, zusammen mit der Bibel und einem Werk über die Offenbarung des Heiligen Johannes, Websters Tagebuch. Die Eintragung an jenem Sonntag, als Diana verschwand, lautete: »Die Frau ist tot. Dank sei Gott, dessen Auge auf Seinem gehorsamen Diener ruht.« Die anderen Einträge waren Termine im Zusammenhang mit seiner Tätigkeit bei den Festtagen. Am hinteren Ende des Gartens, der ebenso wie der des Dekans einen dichten Baumbestand hatte, stieß die Polizei auf eine frisch ausgehobene flache Grube. Das gräßliche Bild vervollständigte sich schnell und mit abrupter Endgültigkeit.

»Es bleibt nur eins, was wir eventuell noch untersuchen müßten«, sagte Madden. Sein Blick streifte die aufmerksamen Gesichter seiner Beamten Barrett und Jackson. »Ist Webster wirklich vom Turm gesprungen? Es gibt keinen unabhängigen Zeugen des Ablaufs.«

»Mr. Maltravers' Aussage ist sehr bestimmt«, entgegnete die Inspektorin Barrett. »Er nimmt an, Webster glaubte, daß er ihn angreifen würde. Er wußte, daß er ausweglos festsaß, deshalb beschloß er, sich das Leben zu nehmen.«

»Als Mr. Maltravers so unerwartet ...«, Madden machte eine Pause und sprach dann die nächsten Worte verächtlich, »den Fall löste, beschloß er auch sofort, die Dinge selbst in die Hand zu nehmen, anstatt die Polizei zu informieren.«

»Er sah, daß Webster verschwunden war, und wollte ihn unbedingt finden, bevor der ausführen konnte, was immer er vorhatte, und schließlich entkam. Er sagt, daß ihm keine Zeit blieb, seinen Verdacht zu erklären, und wenn wir nur Miss Porters Kopf an der Fahnenstange gefunden hätten, wären wir vielleicht nie auf den Täter gekommen.«

»Sie glauben also diese ... etwas phantasievolle Erklärung, wie ihm plötzlich einkam, daß es Webster war?«

»Er hatte recht, Sir. Ich bin überzeugt, daß er uns nichts bewußt vorenthalten hat. Ihm lag mehr als allen anderen daran, Miss Porter zu finden. Er fühlt sich sogar schuldig, weil er die Wahrheit nicht früher erkannt hat.«

Madden erwiderte nichts. Jede Einzelheit dieses Falles ärgerte ihn. Die überflüssige Fahndung nach Powell, das verschwendete Geld, um zwei Mann zur Befragung Sinclairs nach Los Angeles zu schicken, die riesige Polizeiaktion, bei der nichts herausgekommen war. Und zum Schluß lieferte auch noch der Mann die Lösung, den er immer als Verdächtigen im

Hinterkopf behalten hatte. Er litt unter dem Gedanken, daß er nicht wußte, was auf dem Talbot-Turm vorgefallen war.

»Dem leitenden Staatsanwalt geht ein Bericht zu«, sagte er. »Er wird entscheiden, ob weitere Maßnahmen erforderlich sind. Alle Beamten versehen wieder ihren normalen Dienst.«

Im Einsatzraum zog eine Polizistin der Reihe nach alle bunten Stecknadeln, die markierten, wo man Arthur Powell angeblich gesehen hatte, aus der Landkarte Großbritanniens und legte sie sorgfältig in kleine Pappschachteln.

Peter Sinclair in Los Angeles, den man informiert hatte, daß zwei Polizeibeamte aus England unterwegs waren, um ihn zu vernehmen, erhielt einen Anruf. Die Befragung finde nicht statt, teilte man ihm mit, denn man habe Diana Porters Mörder gefunden. Er führte daraufhin sofort ein Telefongespräch nach England.

»Wollte dir nur sagen, meine Süße, daß sie den haben, der es gewesen ist«, erklärte er, nachdem sich die Frau am anderen Ende gemeldet hatte. »Ich brauche jetzt also kein Alibi mehr und werde jedem erzählen, was ich wirklich getrieben habe. Du kannst jetzt das Blaue vom Himmel herunterlügen, aber ich sorge dafür, daß dein Mann erfährt, wo du überall herumbumst, verflucht noch mal.«

Die Verbindung wurde jäh abgebrochen, und die Frau hielt nur noch den Hörer in der Hand, als ihr Mann das Zimmer betrat.

»Wer war dran?« fragte er.

»Falsch verbunden.«

Das Gesicht des Bischofs sah ausgelaugt und grau aus, wodurch er wirkte wie ein alter, gebrechlicher Mann. Als Maltravers und Tess gemäß seiner Bitte, ihn vor der Abreise aus Vercaster noch einmal aufzusuchen, in die Residenz kamen, öffnete er ihnen selbst. Er geleitete sie in den Salon, wo seine Frau Kaffee servierte. Während der Bischof zu sprechen begann, fuhr Maltravers mit dem Finger auf dem Blumenmuster des Sessels entlang.

»Ich kann Ihnen gegenüber nur zum Ausdruck bringen, daß wir Ihren Schmerz zutiefst teilen. Das wollte ich Sie wissen lassen, bevor Sie wegfahren. Matthew war ein gepeinigter und nicht ganz normaler junger Mann, aber niemand von uns hat das bemerkt. Ich muß immer daran denken, daß ich selbst es gewesen bin, der ihn hier in die Kathedrale brachte.« Es herrschte ein unbehagliches Schweigen, das der Bischof schließlich selbst brach. »Mir ist immer noch nicht ganz klar, wie Sie am Ende erkannt haben, daß er es war.«

Maltravers beugte sich in seinem Sessel vor und hielt seine Kaffeetasse mit beiden Händen.

»Es war eine Merkwürdigkeit, die alles auslöste, und da begriff ich es sofort. Ich mußte es dann nur noch ganz bewußt Stück für Stück zusammensetzen, aber am meisten schreckt mich, daß ich so vieles wußte und trotzdem nicht schon früher begriff. Wenn ich vielleicht …«

»Mr. Maltravers, Sie müssen sich keine Vorwürfe machen«, unterbrach ihn der Bischof. »Was wußten Sie?«

»Ich glaube, es ging gleich zu Anfang los. Man erzählte mir als erstes, daß Matthew eifrig sei, überfromm. Selbst ein Blinder kann sehen, welche Wirkung Dianas Auftritt auf so einen Menschen haben mußte. Ich hatte den Text als Anregung geschrieben, um anerkannte Glaubensgrundsätze in ein neues Licht zu rücken. Er war darüber entsetzt, und der Umstand, daß die Vorstellung im Chapter House stattfand, machte das Ganze für ihn um so anstößiger. Und dann wurde alles noch schlimmer, als er hinterher Leute wie Sie und den Dekan sah, die Diana und mir gratulierten... Sie rühmten, was er nur als Gotteslästerung anzusehen vermochte.

Der gleiche Vorgang wiederholte sich am nächsten Nachmittag auf der Gartenparty des Dekans, wo Diana erneut von allen beglückwünscht wurde. Es ist ziemlich klar, was passierte: Er ging zurück zu sich nach Hause gleich nebenan, und er muß Diana dann, als er sie allein stehen sah, nachdem die meisten anderen Gäste gegangen waren, von seinem eigenen Garten aus an den Zaun gerufen haben. Was immer danach geschah, blieb hinter den Büschen verborgen, aber man hat bei ihr eine Kopfverletzung festgestellt – ein Hinweis, daß auf sie eingeschlagen wurde.«

Der Bischof schloß die Augen, als verspüre er Schmerzen.

»Inzwischen betrachtete er sich als Gottes Werkzeug der Vergeltung«, fuhr Maltravers fort. »Das war der Begriff, den er uns gegenüber benutzte, als wir über die Fahndung nach Powell sprachen. Er tötete Diana, aber andere Menschen sollten leiden. Wir waren die nächsten, als er im Punt Yard die Hand an die Tür nagelte.«

»Aber wie hat er das bewerkstelligt?« wandte der Bischof ein. »Das ist ein Punkt, der mir nicht einleuchtet. Der Dekan erzählte, daß er und seine Frau gemeinsam mit Matthew vom Hof losgingen und auf dem Weg zur Kathedrale noch Ihnen begegneten. Während des gesamten Abends saß Matthew an der Orgel, und eine Pause gab es nicht. Gleich nach dem Ende kam er ins Hauptschiff zurück, und Sie haben die Kirche alle zusammen verlassen.«

»Zuerst einmal konnte ihn niemand vom Hauptschiff aus sehen«, erläuterte Maltravers. »Er verständigte sich mit dem Dirigenten über die Fernsehkamera. Es gab zwar keine Pause, aber die Solisten sangen das Stück aus Stainers ›Kreuzigung‹ a cappella. Ich habe inzwischen einmal die Zeit bei einer Aufnahme gestoppt, die Michael hat – es dauert ungefähr drei Minuten, genug Zeit für ihn, sich von der Orgel zu entfernen und durch die Tür der Lady Chapel an der Südseite hinauszugelangen. Ich habe sie selbst einmal benutzt, sie liegt genau gegenüber der Haustür von Michael und Melissa. Der Nagel, an dem die Hand hing, war nicht tief eingeschlagen. Es ging ihm nicht so sehr darum, wenig Lärm zu machen, er hatte nur Zeit für einen schnellen Schlag, bevor er zurück mußte. In den Querschiffen und auch hinter der Chorwand befanden sich nirgendwo Zuschauer, er hatte also gute Chancen, ungesehen zu bleiben.

Dann war da noch die Sache mit der Notentasche, die er trug, als wir ihn auf dem Weg zur Kathedrale trafen. Melissa meinte zu ihm, sie hätte gedacht, daß er auswendig spielen würde. Aber in der Tasche waren Dianas Hand und der Hammer; die Polizei hat an der Innenseite Blutflecken gefunden. Die andere Hand und die Haarlocke per Post zu schicken, das war nicht schwierig. Mit dem Auto braucht man bis Nord-London nur eine halbe Stunde.«

Trotz seiner Betrübnis und Erschütterung begann der Bischof, sich für Maltravers' Erklärungen zu interessieren.

»Sie sagten, Sie wüßten noch mehr?«

»Eine Angelegenheit, die seinerzeit völlig unbedeutend schien, sich aber jetzt als wichtig erweist, ist das Gespräch, das ich mit ihm über Fehldrucke von Bibeln hatte. Ich machte mich darüber lustig, er dagegen sagte sinngemäß, das sei bedauerlich, denn es handele sich um Gottes Wort. Damals ist es mir wieder entfallen, aber es war noch ein Indiz für die Engstirnigkeit seiner Ansichten.«

»Wollen Sie damit sagen, daß er auch Latimers Güte gestohlen hat?«

Maltravers zuckte die Schultern. »In seinem Haus gibt es keine Spur davon, aber als Schlußfolgerung liegt das nahe. Die Aufbewahrung dieses Buches in der Kathedrale – und bedenken Sie, es befand sich nahe der Orgel, wo er es regelmäßig sah – muß er als widerlich empfunden haben. Vielleicht brachten ihn die bevorstehenden Festtage und die Aussicht, daß noch mehr Leute als gewöhnlich die Bibel sehen würden, dazu, etwas zu unternehmen. Das muß der Anfang von allem gewesen sein. Mehr als einmal habe ich mit Jackson darüber diskutiert, ob zwischen dem Diebstahl der Latimer-Bibel und Dianas Verschwinden ein Zusammenhang bestehen könnte, aber wir sahen keinen.«

»Glauben Sie, daß er das Buch vernichtet hat?«

»Ich bin nicht sicher. Er mußte den Umstand, daß es sich um einen Fehldruck handelte, dagegen abwägen, daß es eine Bibel war. Ich glaube, keiner von uns kann verstehen, was in seinem Kopf vorging, deshalb wissen wir auch nicht, wie er sich entschieden hat.« Maltravers trank seinen Kaffee aus und stellte die Tasse mit der Untertasse vorsichtig neben sich auf den Tisch.

»Es ist sowieso unwichtig. Wichtig war nur, daß er sich an einem Punkt verriet und daß ich es nicht bemerkt habe.«

»Ebensowenig wie ich oder Michael«, fügte Tess leise hinzu. »Und Sie waren nicht in der Verfassung, etwas zu bemerken.« Der Bischof schaute sie nacheinander fragend an.

»Tess meint den Tag, als er versuchte, mich mit dem Steinbrocken zu töten, den er vom Talbot-Turm schleuderte«, erläuterte Maltravers. »Das Stück, das ich am Samstagabend oben auf dem Turm fand, muß davon abgebrochen sein, als er ihn über die Brüstung schob. Wir kamen von Hibbert's Park zur Kathedrale und waren sicherlich schon von weitem deutlich zu erkennen. Er muß uns gesehen und eines der Bruchstücke genommen haben, die bereits früher heruntergefallen waren, um es dann hinaufzutragen – er nahm eins, das nicht so schwer ist, wie es aussieht. Nachdem er es auf mich geworfen hatte, lief er die Treppe im Turm wieder herunter und zurück in die Kathedrale. Er vertraute auf das Durcheinander draußen. Danach muß er am nördlichen Querschiff hinausgegangen und den Durchgang entlanggelaufen sein, der ins Stadtzentrum führt.

Die Leute in dem Laden, wo er die Geigensaiten kaufte, erinnern sich noch, daß er dort eine ganze Weile blieb und besonders genau auf die Uhrzeit achtete.

Das wäre ein Alibi gewesen, falls er es benötigt hätte. Dann ging er auf dem anderen Weg zurück und kam von der Hauptstraße her in den Punt Yard. Ich denke, er beabsichtigte vielleicht, unter einem Vorwand bei Michael und Melissa im Haus vorbeizuschauen und deutlich zu machen, daß er aus dem Laden zurück war. Aber er traf Michael zufällig schon vorher unterwegs.

Den Fehler, mit dem er jedoch ungeschoren davonkam, beging er, als Michael ihm auftrug, der Sache mit dem herabgefallenen Stein nachzugehen.« Maltravers machte eine Pause. »Er fragte nämlich überhaupt nicht danach, *wo* es passiert sei. Es konnte doch an jeder der drei Seiten des Turms geschehen sein – woher wußte er also, an welcher?«

»Aus Ihrem Munde klingt das, als sei er ein absolut gefühlloser und in voller Absicht handelnder Mörder gewesen«, stellte der Bischof fest. »Ich halte ihn mehr für einen irrationalen jungen Mann. War er wirklich so berechnend?«

»Er war erfüllt von Sendungsbewußtsein. Er führte aus, was er als Gottes Gebot ansah. Ich halte dies für eine so ausgeprägt irrationale Selbsttäuschung, daß auch Gerissenheit dazugehörte. Das einzig Untypische war, daß er zum Schluß den Talbot-Turm benutzte, obwohl ich den Eindruck habe, die Erweiterung könnte nicht richtig geweiht sein. Bischof Talbot verstarb ja auf dem Weg nach oben zum Gottesdienst.«

Der Bischof schüttelte den Kopf. »Nein. Diese Andacht sollte nur der Einweihung und Übernahme des Anbaus dienen. Vielleicht hat sie später nicht mehr stattgefunden, aber der Grund und Boden, auf dem alle Gebäude der Kathedrale stehen, ist geweiht. Nichts wird daran etwas ändern.«

»Ich frage mich, ob Webster das wußte«, sagte Maltravers. »Es sieht so aus, als ob der Turm ihm für seinen letzten Vergeltungsakt sehr zweckdienlich schien – für den Vergeltungsakt gegen möglichst viele der Menschen, die das Geschehen im Chapter House gutgeheißen hatten. Offenbar wollte er das Seil hochziehen und sie mit dem Anblick in Schrecken versetzen. Der Mann ist in seinem Wahnsinn dem Übel anheimgefallen.« Er wollte noch mehr sagen, aber Tess warf ihm einen warnenden Blick zu, und er behielt die schlimmen Dinge, welche der Mensch im Namen des sanftmütigen und geheimnisvollen Zimmermannssohnes tat, für sich.

»Da ist noch eine spezielle Angelegenheit, die ich gern ansprechen möchte«, sagte der Bischof nach einer Pause. »Der Vorschlag kam vom Dekan, und ich sagte, daß ich Sie fragen würde. Falls ihre Familie nichts dagegen hat, würden wir… ein wenig Trost daraus schöpfen, wenn Miss Porter auf dem Gelände der Kathedrale beigesetzt werden könnte. Ich weiß nicht, was Sie beide davon halten.«

Maltravers war zu aufgewühlt, um zu antworten, aber Tess sprach für ihn mit.

»Diana war von Ihrem Chapter House entzückt, und sie hat darin ihren größten Auftritt gehabt«, sagte sie. »Was immer wir dabei empfinden, ich denke, es wäre ihr Wunsch gewesen. Es ist sehr freundlich von …« Ihre Stimme ging plötzlich in einem Aufruhr von Emotionen unter, sie hielt sich hastig die Hand vor den Mund. »Entschuldigen Sie mich bitte … Tut mir leid.« Sie stand auf und ging, gefolgt von der Frau des Bischofs, schnell aus dem Zimmer. Der Bischof hatte sich halb aus dem Sessel erhoben und sah betrübt zu, wie sich die Tür schloß.

»Ich dachte mir schon, daß der Vorschlag Ihren Kummer nochmals aufwühlen würde«, erklärte er entschuldigend. »Wir fühlen uns nur in gewisser Weise mitverantwortlich und möchten ... Ich bin sicher, Sie verstehen.«

Maltravers nickte.

»Nur noch eins«, fügte der Bischof hinzu. »Am Anfang unserer Unterhaltung sagten Sie, es habe da eine Merkwürdigkeit gegeben, die – wie war Ihre Formulierung? – alles in Ihrem Kopf auslöste.«

»Ach ja, mein Weg der Erkenntnis bei den Mysterienspielen.« Maltravers lächelte eigenartig. »Es war etwas, das Sie gesagt haben, Herr Bischof.«

Der Bischof zog die Brauen hoch. »Etwas aus *meinem* Munde? Ich weiß noch, daß ich versuchte, ein bißchen Konversation mit dem Dekan zu pflegen, weil die Atmosphäre so belastend war, aber ich kann mich dabei an nichts Bemerkenswertes oder gar Wichtiges entsinnen.«

»Sie sprachen über die alten Handwerkszünfte, von denen die Spiele traditionell aufgeführt wurden. Unter anderem erwähnten Sie das Jüngste Gericht und – das ist wichtig – sagten, die Weber hätten es dargestellt. Just als die Vorstellung zu Ende ging, fiel mir ein, daß die alte englische Bezeichnung für Weber ›Websters‹ war.« Maltravers hob verständnisheischend die Hände.

Der Bischof schüttelte traurig den Kopf. »Er muß wirklich nicht mehr bei Verstand gewesen sein, wenn er das als Zeichen begriffen hat. Wir müssen jetzt zu meiner Frau und Miss Davy ...«

Die Frau des Bischofs saß mit Tess in der Empfangshalle und hielt ihr tröstend die Hand. Tess ging zum Bischof und ergriff seine Hand; ihre Augen waren tränengerötet, sie konnte nur blinzeln.

»Es tut mir leid, daß ich so reagiert habe«, sagte sie. »Augustus und ich wissen Ihre Geste sehr zu schätzen. Vielen Dank.«

Der Bischof hielt ihre Hand in der seinen, während sie zur Tür gingen. Auf der Schwelle blieben Maltravers und Tess stehen, um sich zu verabschieden.

»So furchtbar die Heimsuchungen auch sein mögen, von denen Menschen befallen werden«, sagte der Bischof, »ein Geistlicher findet für gewöhnlich ein Wort des Trostes in der Bibel.« Seine Frau hatte ihn behutsam am Arm ergriffen, und er blickte Maltravers in die Augen. »Ich werde für Sie beide beten. Und für Diana. Und für Matthew.«

Tess drehte sich um und ging den Weg hinunter zum Tor, wo sie stehenblieb, während die beiden Männer sich schweigend ansahen. Dann senkte Maltravers leicht den Kopf.

»Danke«, sagte er.

Als er unten ankam, hielt Tess das schmiedeeiserne Oberteil des Tores umklammert und starrte auf die gegenüberliegende Kathedrale.

»Ist es nicht schrecklich, daß Freundlichkeit so weh tun kann?« sagte sie. Die beiden gingen zurück in den Punt Yard, und vom Talbot-Turm verkündete ein dröhnender Glockenschlag die Uhrzeit über Vercaster.

Zwei Wochen später wurden die sterblichen Überreste Diana Porters im Klosterbereich der Kathedrale unter einem kleinen flachen Marmorstein beigesetzt. Er trug ihren Namen, das Geburts- sowie das Sterbejahr und dazu als einziges Wort »Schauspielerin«. Die Untersuchung des Todes von Matthew Webster ergab Selbstmord im Zustand geistiger Verwirrung. Sein Leichnam wurde verbrannt und die Asche auf Wunsch der Eltern im Fluß Verta ausgestreut. Drei Wochen danach erhängte sich Arthur Powell in seinem Haus; auf dem Kaminrost fand man die verkohlten Reste des Fotos von Diana. Bei Renovierungsarbeiten an der Orgel der Kathedrale wurde im Innern die mit Zeitungspapier umwickelte Latimer-Bibel entdeckt. Sie wird nicht mehr ausgestellt. In Vercaster wurden nie wieder Festtage veranstaltet.

Die Deutsche Bibliothek – CIP-Einheitsaufnahme

Richardson, Robert:
Bretter, die den Tod bedeuten : Kriminalroman /
Robert Richardson. Aus dem Engl. von Reinhard Ulbrich. –
Berlin : Verl. Volk und Welt, 1992
ISBN 3-353-00913-2

Lektorat: Hans Petersen
Redaktion: Wolfgang Witt
Schutzumschlag-/Einbandgestaltung: Lothar Reher
Gesetzt aus der ITC New Baskerville, Linotype
Satz: deutsch-türkischer fotosatz, Berlin
Druck und Bindearbeiten:
Graphischer Großbetrieb Pößneck GmbH
Ein Mohndruck-Betrieb
Printed in Germany
ISBN 3-353-00913-2